MORD IM GESELLSCHAFTSANZUG

MORD IM GESELLSCHAFTSANZUG

DETEKTIVIN MIT STIL, BUCH 4

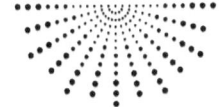

SARA ROSETT

Übersetzt von
ANNA DRAGO

MORD IM GESELLSCHAFTSANZUG

Buch 4 der Detektivin mit Stil-Serie

Veröffentlicht von McGuffin Ink

ISBN: 978-1-950054-53-4

Copyright © 2022 by Sara Rosett

Coverdesign: LLewellen Designs

Lektorat: Historical Editorial

Übersetzung: Anna Drago

Deutsches Lektorat: Katrin Dolle

DANKSAGUNG

Für meine treuen Patreon-Unterstützerinnen Kelly Biggs,
Carol S. Bisig, Margaret Hulse,
Connie Hartquist Jacobs, Carolyn Schrader

Vielen Dank, dass Ihr mich unterstützt – das ist so ein
einfacher Satz, aber jedes Wort davon kommt von Herzen.
Ihr seid die Besten!

Und danke an Jami und Danielle. Nur wenige Dinge
machen mir in meinem Schriftstellerleben so viel Freude
wie mit Euch beiden bei Chips und Guacamole über Bücher
zu sprechen!

DIE ROLLEN

FAMILIENANGEHÖRIGE

Olive Belgrave
> diskrete Problemlöserin der High-Society

Gwen Stone
> Olives gutmütige Cousine, die die häusliche Seite der Parkview Hall leitet

Sir Leo Stone
> Baronet und Besitzer von Parkview Hall; liebt die Jagd und Landkarten

Lady Caroline Stone
> Sir Leos Ehefrau; interessiert daran, Gwen zu malen und sie zur Ehe zu überreden

Peter Stone
> Olives Cousin; überlebte den Krieg ohne körperliche Verletzungen, hat jedoch Episoden

Cecil Belgrave

Olives Vater (und Lady Carolines Bruder); immer verloren in seinen Büchern, entweder beim Lesen oder beim Nachdenken über sein eigenes Buch

Sonia Belgrave

Olives geschäftsführende Stiefmutter

HAUSGÄSTE

Dinah Lacey (Deena)

Erbin; mag Couture, Juwelen und Automobile; besitzt einen Papagei namens Mr. Quigley

Inspector Lucas Longly

Inspector bei Scotland Yard; zurückhaltender Gentleman mit tadellosem Familienhintergrund; er und Gwen haben Briefe ausgetauscht, während sie in Südfrankreich war

Captain Thomas Inglebrook

der schneidige Gentleman, den Gwen in Südfrankreich kennengelernt hat

Miss Marion Miller

Unentschlossene Junggesellin; trifft sich oft mit Lady Caroline zum Bridge

Lady Gina Alton (Gigi)

Eine Freundin aus Olives und Gwens Schulzeit; sinnlich und interessiert an Mode und Spaß

Vincent Payne

Gentleman; ist der Meinung, dass jeder eine der antiken Landkarten kaufen sollte, die er verkauft

Jasper Rimington
ein Freund der Familie; Gentleman und Lebemann der sich durch nichts aus der Ruhe bringen lässt und Olive oft bei ihren diskreten Ermittlungen hilft

HAUSANGESTELLTE

Brimble
Butler

Hannah
Dienstmädchen, das Olive zugeteilt wurde

Ross
Gärtner, der auch als Chauffeur des Anwesens fungiert

Grigsby
Jaspers persönlicher Diener

Mr. Davis
Sir Leos Gutsverwalter

KAPITEL EINS

NOVEMBER 1923

Der rote Streifen hob sich von dem Braun und Beige der Novemberlandschaft ab. Ich schloss meine behandschuhten Hände fester um das Lenkrad und blinzelte durch die Fensterscheibe des Morris Cowley, um eine bessere Sicht zu haben, doch ich verlor den leuchtenden Farbtupfer aus den Augen, als die Straße abfiel.

Ich navigierte um die scharfe Kurve nahe der Brücke außerhalb des Örtchens Nether Woodsmoor. Der Fluss spiegelte die anmutigen Steinbögen zusammen mit den düsteren grauen Wolken wider. Normalerweise hätte ich am Fluss abgebremst, vielleicht sogar kurz angehalten, um die Aussicht zu bewundern, doch heute fuhr ich weiter in Richtung des roten Streifens zwischen den Bäumen.

Er war nicht allzu weit vor mir, fast in der Nähe der Tore zur Parkview Hall, das mein Ziel war. Meine Tante Lady Caroline und meine Cousinen Gwen und Violet waren vor kurzem von einem ausgedehnten Urlaub in Südfrankreich zurückgekehrt. Um ihre Heimkehr zu feiern, hatte Tante Caroline eine handverlesene Gruppe von Familienangehörigen und Freunden eingeladen, einige Tage zu bleiben.

Ich bremste ab. Es war ein Automobil, ein schnittiger Alfa Romeo, stechpalmenbeerenrot, die Nase im Graben, und die Reifen gruben sich tiefer in den Schlamm. Ich brachte den Morris zum Stehen und hängte meinen Arm über die Tür, während ich mich vorbeugte, um zu rufen: „Alles in Ordnung?" Mein Atem kam als kleine weiße Wolke heraus.

An ihren bunten Hüten konnte ich erkennen, dass es sich bei Fahrer und Beifahrer um Frauen handelte, doch sie waren beide von mir abgewandt, und der Motorenlärm übertönte meine Stimme.

Ich gab der Hupe einen scharfen Stoß. Die Reifen hörten auf, sich zu drehen, und die Frauen drehten sich um, um über ihre Schultern zu blicken. „Olive!" Meine Cousine Gwen stieg aus und suchte sich einen Weg durch den Schlamm, dann lehnte sie sich an meinen Wagen und umarmte mich kurz. „Was für ein perfektes Timing. Du bist genau im richtigen Moment gekommen. Nicht wahr, Deena?" Gwen drehte sich zu der jungen Frau um, die auf dem Fahrersitz des Alfa Romeo geblieben war. „Olive kann uns nach Parkview mitnehmen, und wir schicken Ross, um dein Automobil zu holen!", rief Gwen.

In einem ihrer Briefe über die bevorstehende Party hatte Gwen die Gäste aufgelistet, doch ich konnte mich nicht erinnern, dass Deenas Name auf der Liste stand.

„Ist das Deena Lacey?", fragte ich Gwen leise. „Von Charles Manor?"

Gwen nickte.

„Ich habe sie nicht mehr gesehen, seit – oh, ich weiß nicht. Es muss irgendwann zu Beginn des Krieges gewesen sein." Charles Manor lag dreißig Meilen nördlich von Parkview Hall. Deena hatte dort mit ihrem Onkel gelebt, der nach dem Tod ihrer Eltern ihr Vormund geworden war, bis sie ihr Erbe antrat. Als wir Kinder waren, hatten sich unsere Wege gelegentlich gekreuzt, doch da sie vier Jahre älter war – eine große Kluft, wenn man ein Kind ist – hatten wir nicht viel gemein. „Ich dachte, sie lebt hauptsächlich in London."

„Tut sie auch. Sie ist erst vor kurzem aus der Stadt zurückgekommen", antwortete Gwen mit ebenso leiser Stimme. „Ist eine lange Geschichte."

Deena warf einen Blick auf die dunkelgrauen Wolken. „Aber es sieht so aus, als würde es gleich regnen – oder schneien – und das wird es nur noch schlimmer machen. Ich weiß, dass ich wieder auf die Straße kommen kann. Der Verkäufer hat mir versichert, dass dieses Automobil ein ausgezeichnetes Handling hat." Deena ließ den Motor aufheulen.

Gwen sagte zu mir: „Das weiß ich nicht, aber ich bin mir sicher, es war das teuerste."

„Anstrengender Tag?", fragte ich. Meine Cousine Gwen hatte das süßeste und geduldigste Temperament. Wenn sie gereizt war, musste die Situation ziemlich schlimm sein.

„Deena und ich sind ins Dorf gefahren, um einzukaufen." Gwen zog heftig an ihrem Handschuh. Sie schien mehr sagen zu wollen, hielt aber inne.

„Also ist Deena wegen der Party hier in Parkview?"

Meine letzten Worte wurden übertönt, als Deena den Motor des Alfa Romeo aufheulen ließ. Die Räder drehten sich und schleuderten Schlamm, der hinten am Morris auf die Straße spritzte. Gwen machte ein paar schnelle Schritte in Richtung der Motorhaube des Morris. Ich ließ den Wagen ein paar Schritte nach vorn rollen, außerhalb der Reichweite des Schlamms.

Gwen sah aus, als würde sie gerne das Kindermädchen rufen und ihr Deena übergeben, doch sie holte tief Luft und rief über das Heulen des Motors: „Deena, du machst es nur noch schlimmer. Komm. Ich verspreche, dass wir den Wagen vor dem Abendessen in Parkview haben werden."

Deena stellte den Motor ab. „Schon gut, schon gut. Du hast ja Recht. Ich hoffe allerdings, dass sie sich schnell darum kümmern werden."

„*Ich* kümmere mich darum", sagte Gwen, als Deena aus dem tiefliegenden Automobil kletterte und die Tür zuschlug.

Deena war von Kopf bis Fuß in Gold gekleidet. Ihr Hut hatte die Farbe eines Sovereigns und bedeckte jede Haarsträhne, was die Tatsache unterstrich, dass ihr Gesicht ein langes schmales Oval war. Sie hatte mich immer an die Illustrationen der byzantinischen Heiligen in Vaters Büchern mit ihren länglichen Gesichtern und ihrem traurigen Ausdruck erinnert. Ich erkannte Deenas Hut als eine der teuersten Kreationen von Madame LaFoy. Ich hatte kurz überlegt, in ihrem Laden zu arbeiten, und ich hatte die schöne Cloche mit den Federn und Stickereien dort gesehen. Deenas Wollmantel mit Nerzkragen hatte den gleichen Goldton.

Sie machte ein paar Schritte auf ihren Zehenspitzen, um ihre goldenen T-Riemchen-Schuhe nicht mit Schlamm zu beschmutzen, doch dann blieb sie stehen und drehte sich wieder zu ihrem Automobil um. „Mr. Quigley! Wir dürfen ihn nicht vergessen."

„Mr. Quigley?", fragte ich Gwen. „Wer ist Mr. Quigley?" Ich konnte mich auch nicht an einen Gast namens Mr. Quigley erinnern.

Gwen stieß einen gedämpften Seufzer aus. „Ihr Papagei."

Ich war mir nicht sicher, ob ich sie richtig gehört hatte, doch Deena beugte sich über die Seite des Wagens und hob einen Vogelkäfig heraus. Er schaukelte, begleitet von Kreischen und Flügelgeflatter, als sie über den Schlamm stieg. „Mach dir keine Sorgen, mein Junge, ich habe dich." Deena kletterte den Hang mit dem durchnässten Gras hinauf. Einen Moment, bevor sie uns erreichte, rutschte ihr Fuß ab, und sie fiel nach vorn. Gwen packte ihren Ellbogen und den Rand des Vogelkäfigs.

Deena keuchte: „Du meine Güte! Danke, Gwen."

Im Käfig drehte der Vogel seinen Kopf und richtete seinen Blick auf Gwens Finger. Sie riss ihre Hand zurück.

„Oh, du musst dir keine Sorgen wegen Mr. Quigley machen. Er beißt nie." Deena stützte den Käfig auf meiner Augenhöhe an der Türkante ab. „Hallo, Olive. Ist er nicht einfach das schönste Ding, das du je gesehen hast?"

Mr. Quigley schaukelte auf seiner Stange. „Er ist nicht bunt", bemerkte ich.

Die Federn um seinen Kopf und Hals waren aufgeplustert, als ob er den allmählichen Farbübergang von fast weiß am Kopf zu perlgrau an den Flügelspitzen betonen wollte. Seine Schwanzfedern waren leuchtend rot. „Nein, er ist ein Graupapagei – ein extrem teurer Papagei. Und ausgesprochen intelligent."

Offensichtlich war für Deena die Intelligenz des Papageis im Vergleich zu den Kosten eindeutig zweitrangig. „Wie bist du zu einem Papagei gekommen?", fragte ich sie.

„Ich wollte ein Haustier, das mir Gesellschaft leistet, doch einfach jeder hat einen Hund oder eine Katze. Ich musste etwas Ungewöhnliches, etwas Unvergessliches haben."

„Das ist Mr. Quigley sicherlich", sagte ich. Trotz seiner gedeckten Farbgebung, die an die Wolken heute erinnerte, wirkte er exotisch und überaus deplatziert auf dem Land. „Wie lange hast du ihn schon?"

„Sechs Tage. Ich konnte ihn einfach nicht auf Charles Manor lassen. Papageien brauchen viel Interaktion."

Gwen sagte: „Deena war der Meinung, dass Mr. Quigley das Dorf sehen sollte."

Mr. Quigley stieß einen hohen Pfiff aus.

„Meine Güte", sagte ich. „Was bedeutet das?"

Deena lächelte wie eine nachsichtige Mutter. „Er sagt hallo."

Gwen sagte: „Das macht er seit der letzten Stunde."

„Ich verstehe." Dieses scharfe Geräusch in kurzer Entfernung vom Ohr musste jedem auf die Nerven gehen. „Kann er sprechen?"

„Oh ja. Er ist ziemlich gesprächig. Sein Vorbesitzer hat die ganze Zeit mit ihm gesprochen und ihm beigebracht, viele Dinge zu sagen."

„Unflätige Dinge?" Ich warf Gwen einen Blick zu. Tante Caroline wäre nicht erfreut, wenn ein Papagei während ihrer Party unanständige Worte ausstieß.

„Oh nein. Sein ehemaliger Besitzer war ein Missionar." Deena sprach den Käfig an. „Sag etwas für uns, Mr. Quigley."

Mr. Quigley schaukelte auf seiner Stange, dann steckte er seinen Schnabel unter den Flügel.

Eine Falte bildete sich zwischen Deenas dünnen Brauen. „Genau genommen hat er noch nichts gesagt. Ich hoffe, der Mann hat mich nicht angelogen, als er gesagt hat, dass Mr. Quigley sprechen kann."

„Ich bezweifle es, besonders wenn er ein Missionar war", sagte Gwen.

„Nun, vielleicht redet Mr. Quigley später mit uns", sagte ich. „Mal sehen, ob wir alle in den Morris passen. Es dürfte eng –"

Deena blickte wieder zu ihrem Automobil. „Ich hasse es, wegzufahren und den Alfa Romeo zurückzulassen. Es ist so einsam hier draußen. Glaubst du, alles wird gut?"

„Natürlich. Niemand wird ihn anfassen", sagte Gwen.

Deena packte ihren Nerzkragen mit einer Hand und zog ihn enger um ihren Hals. „Vielleicht sollte ich bleiben, während ihr beide fahrt und Hilfe holt."

„Sei nicht dumm", sagte Gwen mit fester Stimme. „Du

musst dir keine Sorgen machen. Und jetzt lass uns aus dieser Kälte verschwinden."

„Ich denke, das sollten wir –" Deena blickte über Gwens Schulter hinweg und fragte: „Schau, sind das nicht Inspector Longly und Captain Inglebrook? Da, die beiden, die sich durch die Schatten der Bäume bewegen. Die Jagd muss vorbei sein." Deena winkte. „Juu-hu!"

Ich kannte Detective Inspector Longly von Scotland Yard. Ich erkannte seine Silhouette mit dem leeren Ärmel, der an seine Jacke geheftet war. Der andere Mann war größer und hatte breitere Schultern. Als sie unter den Bäumen hervorkamen, konnte ich sehen, dass er ein Menjoubärtchen und dunkles Haar hatte.

„Ich freue mich darauf, Captain Inglebrook zu treffen", sagte ich und warf Gwen einen bedeutungsvollen Blick zu.

Sie hatte mir vor ein paar Wochen in einem Zustand geschrieben, der ihr überhaupt nicht ähnlich war. Sie hatte ein ruhiges, methodisches Wesen und war nicht jemand, der sich Höhenflügen oder emotionaler Aufregung hingab, doch der Gedanke an die beiden männlichen Hausgäste Inspector Longly und Captain Inglebrook machte mich nervös.

Sie hatte Captain Inglebrook in Frankreich kennengelernt. Der Urlaub war ein Versuch gewesen, Violet zu helfen, ihr Gleichgewicht nach einem ziemlich schrecklichen Vorfall auf Archly Manor, wo wir Inspector Longly getroffen hatten, wiederzufinden. Ich hatte gedacht, dass es eine gewisse Anziehung zwischen Gwen und Inspector Longly gab, doch dann hatten Gwens Briefe aus Frankreich häufig Captain Inglebrook erwähnt, während Longlys Name weitgehend fehlte. Nach ihrer Rückkehr nach Parkview hatte Violet, die sich vollständig von ihrem Trauma erholt und ihre übliche schelmische Art wiedergefunden hatte, Einladungen für beide Männer ausgesprochen und Gwen damit endloses Unbehagen bereitet. In diesem

Moment schien Gwen nicht erpicht darauf zu sein, mit *einem* der beiden Männer zu sprechen. Ich konnte es kaum erwarten, allein mit ihr zu sein und zu hören, was passiert war.

„Captain Inglebrooks Blick lodert geradezu", sagte Deena. „Ich habe das Gefühl, jedes Mal, wenn ich in seiner Nähe bin, in Ohnmacht fallen zu müssen." Deena drückte Gwen den Käfig in die Arme und eilte die Straße hinunter auf die Männer zu.

„Sie sieht ganz sicher nicht so aus, als würde sie gleich in Ohnmacht fallen", sagte ich. „Eher so, als würde sie einen Fünfzig-Yard-Sprint laufen."

„Sie hat eine ziemlich robuste Konstitution", sagte Gwen. „Wenn sie nur so viel Verstand hätte, wie sie Geld und Energie hat." Mr. Quigley näherte sich Gwens Fingern. Sie stellte den Käfig ab und wich zurück.

„Hat Deena nicht gesagt, dass er nicht beißt?"

„Ich gehe kein Risiko ein", sagte Gwen. „Meine einzige Erfahrung mit Haustieren ist eher banal, Hunde und Katzen und ein paar Pferde. Ich weiß nicht, was ich mit einem exotischen Vogel anfangen soll."

Die Männer und Deena schlenderten auf uns zu. Sie hatte ihren Arm bei Captain Inglebrooks untergehakt und sah aus, als hätte sie beim Dorffest einen Preis gewonnen. Sowohl Inglebrook als auch Longly trugen Tweed, und ihre Wangen waren von der Kälte leuchtend rot.

Der Captain löste sich von Deena, als Gwen mich vorstellte. Captain Inglebrook hatte rabenschwarzes Haar, die er mit Pomade aus einem hübschen, kantigen Gesicht gestriegelt hatte. Sein dunkler Blick heftete sich an mich, als wäre ich die einzige Frau im Umkreis von Meilen, als er meine Hand schüttelte und dann seine andere darauf legte. „Guten Tag, Miss Belgrave. Es ist eine Freude, Londons reizende Detektivin kennenzulernen. Ich habe schon von Ihrer illustren Karriere gehört."

„Captain Inglebrook, ich sehe schon, dass Sie zur Übertreibung neigen, und dass ich kein Wort von dem, was Sie sagen, glauben sollte."

„Im Gegenteil. Alle reden über Sie. Sie sind brillant."

„Kaum. Ich bin sicher, Inspector Longly würde dem widersprechen", sagte ich leichthin, um den Inspector in das Gespräch einzubeziehen. Er stand ein paar Schritte von den anderen entfernt. Longlys Haltung war eher für einen Exerzierplatz geeignet und passte nicht zur lockeren Atmosphäre der Gruppe, die sich um den Morris versammelt hatte. Ich war Longly nur bei seiner Arbeit begegnet, und ich hatte erwartet, dass er hier in Parkview in seiner Freizeit weniger zurückhaltend war.

„Miss Belgrave hat in der Tat einige interessante Ansichten." Longlys Ton war sachlich und schien im Widerspruch zu Inglebrooks neckischem Geplänkel zu stehen.

Inglebrook bemerkte Longlys ausdruckslosen Ton offensichtlich nicht und wandte seine Aufmerksamkeit dem Vogelkäfig zu. „Hat Mr. Quigley den Ausflug genossen?"

„Er hat jeden verzaubert, den wir getroffen haben, nicht wahr, Gwen?", schwärmte Deena.

Gwen stieß einen Laut aus, der möglicherweise als Zustimmung interpretiert werden konnte.

Deena packte Captain Inglebrooks Arm und zog ihn den Hang hinunter zum Alfa Romeo. „Sie müssen helfen. Mein armes Automobil. Ich hasse es, es hier draußen an einem so einsamen Ort zu lassen."

Captain Inglebrook begutachtete die Szene. „Was ist passiert?"

„Ich weiß es nicht", sagte Deena. „Wir sind die Straße entlanggefahren, dann waren wir plötzlich im Graben."

„Eine Schande." Inglebrook strich mit seiner behandschuhten Hand über die rote Farbe. „Das ist ein feines Automobil. Irgendwelche Schäden?" Deena und Inglebrook gingen herum, um die Motorhaube zu untersuchen.

Inspector Longly sagte: „Ladys", setzte seinen Hut auf, den er bei seiner Annäherung abgenommen hatte, und ging dann zu Deenas Automobil. Er stieg ein und bedeutete Inglebrook, den Motor anzulassen. Als der Motor lief, rief er Deena und Inglebrook zu, beiseitezutreten. Anstatt zu versuchen, durch die Rillen im Schlamm, die Deena gemacht hatte, rückwärts zu fahren, bewegte Longly das Automobil langsam vorwärts, bis es auf etwas trockenerem Boden stand. Dann fuhr er eine schwungvolle Kurve, beschleunigte den Hang hinauf und hielt auf der Straße an.

Deena klatschte in die Hände. „Brillant, Inspector Longly! Ich habe nie daran gedacht, vorwärts zu fahren." Deena nahm Captain Inglebrooks Arm und zerrte ihn die Steigung zur Straße hinauf. „Lasst uns alle zusammen zurück nach Parkview fahren." Longly fing an auszusteigen, doch Deena winkte ihn zurück. „Nein, bleiben Sie. Wir können uns alle reinquetschen. Sie müssen fahren. Ich bin zu nervös." Deena rief Gwen und mir über ihre Schulter zu: „Passt gut auf Mr. Quigley auf!" Als sich die beiden Männer mit Deena in der Mitte niedergelassen hatten, beschleunigte das rote Automobil und fuhr davon.

Gwen beobachtete sie einen Moment lang, dann murmelte sie: „Etwas stimmt nicht."

„Inspector Longly wirkte ein wenig zurückgezogen", wagte ich zu bemerken.

„Ja, ist er." Eine Kombination aus Irritation und Verwirrung durchzog Gwens Ton, als ihr Blick über das Auto wanderte. „Aber es ist mehr als das. Da war eine Atmosphäre – eine Anspannung –" Sie schüttelte den Kopf, was dazu führte, dass sich die Strähnen ihres blonden Haares, die aus ihrem Knoten gerutscht waren, um ihr Gesicht fielen. „Ich weiß nicht."

„Was meinst du?" Das war mehr, als dass Gwen von einem anstrengenden Hausgast irritiert war, und sie war nicht die Art Frau, die sich unnötig Sorgen machte, sich über kleine Details den Kopf zerbrach und Kleinigkeiten zu Phantomproblemen aufbauschte.

Der Alfa Romeo verschwand durch die Tore von Parkview, und Gwen runzelte die Stirn. „Ich kann es nicht anders beschreiben, außer, dass die Atmosphäre ziemlich angespannt ist." Sie zuckte mit den Schultern. „Vielleicht kannst du es ja herausfinden. Du bist viel besser mit diesen intuitiven Dingen, die unter der Oberfläche lauern." Sie kehrte zu ihrer normalen gutmütigen Art zurück und blickte auf den Vogelkäfig hinunter. „Anscheinend wurden Mr. Quigley und ich sitzengelassen. Würdest du uns mitnehmen?"

„Ich glaube, ich kann dich und Mr. Quigley in den Morris quetschen", sagte ich, als Gwen den Vogelkäfig aufhob und zur Beifahrerseite ging.

„Du meine Güte. Was ist das alles?" Gwens Blick wanderte über den Beifahrersitz des Wagens, der mit meinem Gepäck vollgestopft war. Der Schwiegermuttersitz war voll mit meinem Koffer und weiteren Kisten. „Was ist passiert?" Ein Lächeln erhellte ihr Gesicht. „Ziehst du zurück nach Nether Woodsmoor?"

„Nein, weit gefehlt. Zumindest hoffe ich das nicht – so sehr ich auch gerne in deiner Nähe wäre, das Leben mit Vater und Sonia ist einfach zu trostlos, um darüber nachzudenken. Steig ein, und ich erkläre dir alles."

KAPITEL ZWEI

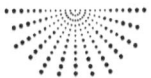

*W*ir packten meine Sachen um, um Platz zu schaffen, dann ließ sich Gwen im Automobil mit einem Koffer auf dem Schoß nieder. Als ich den Motor anließ, blickte sie über Mr. Quigleys Käfig, der zwischen uns stand. „Also, wenn du nicht zurück nach Nether Woodsmoor ziehst, was ist dann passiert? Sag mir nicht, dass du aus deinem Zimmer geworfen worden bist."

„Im Grunde doch. Mrs. Gutler heiratet. Sie geht mit einem sehr netten Junggesellen aus, der auch ein Haus besitzt. Sie haben sich entschieden, ihr Haus zu verkaufen, und sie zieht bei ihm ein, sobald sie verheiratet sind. Also habe ich in London keine Wohnung mehr – nun ja, nach nächster Woche. Ich habe gehofft, einige meiner Habseligkeiten in Parkview aufbewahren zu können, bis ich eine neue Unterkunft gefunden habe."

„Natürlich. Das ist etwas, das du nicht an die große Glocke hängen willst, nehme ich an?"

„Himmel, ja. Bitte erwähne es weder Vater noch Sonia gegenüber." Mein Vater war Pfarrer im Ruhestand und über ein Jahrzehnt Witwer gewesen, doch dann war Sonia gekommen und hatte alles verändert.

„Sie werden kein Wort von mir hören. Hast du dich schon nach einer anderen Unterkunft umgesehen?"

„Ja, aber kein Glück gehabt. Ich habe ein bisschen Geld gespart und dachte, ich könnte mir eine kleine Wohnung leisten."

„Kannst du nicht?"

„Der absolut beste Ort, den ich gesehen habe, war eine Souterrainwohnung, die nur wenig größer als ein Kleiderschrank ist, bei der sich die Tapete wegen der Feuchtigkeit von der Wand löst." Ich lenkte das Automobil durch die Tore von Parkview, bog dann nach rechts auf die Straße ab, die von der Auffahrt abzweigte und sich um das bewaldete Gelände des Anwesens schlängelte, was uns Zeit zum Plaudern geben würde. Wir rollten die lange, von Bäumen gesäumte Straße entlang, die kahlen Äste der Eichen und Ulmen bildeten eine Schablone gegen den grauen Himmel.

Mr. Quigley stieß ein Kreischen aus, gefolgt von einem Strom von Klickgeräuschen. Ich zuckte zusammen, und das Lenkrad vibrierte, als das Automobil an den Fahrbahnrand trieb und goldene, rote und gelbe Blätter aufwirbelte. Ich lenkte dagegen und brachte den Morris wieder vollständig auf die Straße. Mr. Quigley trottete auf seiner Stange hin und her und breitete seine Flügel aus.

„Ich glaube, er mag mein Fahren", sagte ich. „Genug über mich. Ich bin sicher, ich werde etwas finden." Ich ignorierte das Pochen der Sorge, das stärker geworden war, seit ich erfolglos London nach einem neuen Zimmer absuchte. Ich verdrängte diese Gedanken jedoch. „Also, was ist das für eine Atmosphäre in Parkview?"

Gwen rutschte auf dem Sitz herum und packte den Koffer fester. „Ich weiß nicht. Jeder ist so … *angespannt* ist die einzige Beschreibung, die mir einfällt. Es gibt Spannungen zwischen Inspector Longly und Captain Inglebrook."

Ich sah sie an. „Ich kann dir sagen, warum das so ist."

Sie lachte ein wenig. „Ich bin es nicht, wenn du das denkst."

„Bist du sicher?"

„Absolut. Von dem Moment an, als er angekommen ist, hat Inspector Longly deutlich gemacht, dass er überhaupt kein Interesse an mir hat." Ihre Stimme stockte bei den letzten Worten. Sie blickte aus dem Fenster.

„Bist du sicher?", fragte ich nach Mr. Quigleys Klickgeräuschen. „Als ich Inspector Longly in Blackburn Hall gesehen habe, war er gespannt auf alle Details, die ich über dich zu erzählen hatte. Männer verhalten sich im Allgemeinen nicht so, es sei denn, sie sind an einer Lady interessiert."

„Vielleicht war er einmal interessiert, aber das ist jetzt sicherlich nicht mehr der Fall. Das hat er trotz all seiner Briefe sehr deutlich gemacht."

„Briefe?"

„Wir haben uns geschrieben, während ich weg war."

Das war mir neu. Gwen hatte nicht erwähnt, dass sie mit Longly korrespondierte. „Wie oft?"

„Ein paarmal die Woche."

„Ich verstehe."

„Und er war so anders, als wir uns in London zum Tee getroffen haben."

„Ihr habt euch in London getroffen?" Das war auch interessant. Anscheinend waren die Dinge zwischen ihr und Longly viel weiter fortgeschritten, als mir bewusst war.

„Ja, Mutter hatte mehrere Verabredungen in der Stadt, und ich bin mit ihr gekommen. Ich hatte erwähnt, dass ich dort sein würde, und Inspector Longly schlug einen Tee vor." Ihre Stimme wurde weicher. „Wir haben uns in einem kleinen Teeladen in Piccadilly getroffen und sind danach im Park spazieren gegangen. Ein paar Tage später hat er mich zum Essen eingeladen. Wir hatten eine schöne Zeit."

Ich freute mich für sie. „Du hast also einen Schatz."

„Sei nicht böse, dass ich es dir nicht gesagt habe. Ich habe es niemandem erzählt."

„Nicht einmal Tante Caroline?"

„Besonders nicht Mutter. Ich hätte es dir gesagt, aber – ich weiß, das klingt albern – aber ich dachte, wenn ich es jemandem erzähle, würde ich es verhexen. Es hat sich alles genau richtig angefühlt. Ich wollte es nicht verderben, aber irgendwie ist plötzlich alles schiefgelaufen."

„Habt du und Inspector Longly Streit? Hattet ihr eine Meinungsverschiedenheit?"

Sie schüttelte den Kopf. „Er hat seit seiner Ankunft kaum mit mir gesprochen."

„Das tut mir leid, Gwen."

Sie hob eine Schulter, dann schluckte sie. „Schon gut. Wirklich", sagte sie mit erstickter Stimme.

Es war offensichtlich alles andere als gut. Es sah Gwen ähnlich, ihre wachsende Zuneigung für den Inspector für sich zu behalten. Die Tatsache, dass sie mir nichts davon erzählt hatte, bedeutete, dass er ihr wirklich etwas bedeutete. „Er ist ein Tor, wenn er dich nicht will."

Mr. Quigley zwitscherte und verkündete dann: „Der Kranz der Toren ist ihre Narrheit."

Nach einem erschrockenen Moment kicherten wir beide. Gwen sagte: „Also kann Mr. Quigley sprechen! War das ein Zitat?"

„Aus dem Buch der Sprüche, glaube ich."

„Deena hat gesagt, dass er einem Missionar gehört hat."

„Vielleicht kennt Mr. Quigley haufenweise Bibelverse?", fragte ich, als ich von der Straße auf den Papagei blickte.

Er fixierte mich mit seinen kleinen Augen, blieb aber stumm.

Gwen legte ihre Hand auf ihre Brust. „Oh du meine Güte. Was ist, wenn er ein Bibel-zitierender Papagei ist? Ich denke, das ist viel exotischer, als Deena wollte."

Wir versuchten, Mr. Quigley einen weiteren Satz zu

entlocken, doch er drehte seinen Kopf herum und widmete sich der Pflege der Federn an seinem Flügel, also sagte ich: „Erzähl mir von Captain Inglebrook."

„Er ist so charmant wie immer", sagte Gwen mit ausdrucksloser Stimme.

„Vielleicht ein bisschen zu charmant?", fragte ich und dachte an den verweilenden Blick des Captains, als wir uns vorgestellt worden waren, und wie er meine Hand gehalten und sie beinahe gestreichelt hatte. „Ein bisschen wie ein Don Juan?"

„Mehr als ein bisschen. Ein legendärer, denke ich." Sie strich mit dem Finger über eine Naht des Koffers. „Als wir ihn in Frankreich getroffen haben, war er so liebenswürdig und unterhaltsam, doch jetzt … er scheint – oh, es ist schrecklich, das zu sagen, aber – er wirkt furchtbar oberflächlich. Er ist nur Oberfläche und Glanz. Kein Tiefgang."

„Ich verstehe." Gwen war nicht die Art von Frau, die eine Affäre wollte. „Nun, vielleicht kommt Inspector Longly wieder zur Vernunft. Vielleicht macht er sich ja nur Sorgen über etwas, das mit seiner Arbeit zu tun hat. Ein Fall könnte ihn belasten."

„Vielleicht", sagte Gwen, aber sie klang nicht überzeugt.

Ärger über Violet loderte in mir auf. Ihre Kuppelversuche waren schiefgelaufen. „Ich bin überrascht, dass Violet nicht mit euch nach Nether Woodsmoor gegangen ist." Ich hatte noch nie erlebt, dass Violet sich einen Einkaufsbummel entgehen ließ, selbst wenn es nur ins Dorf ging.

„Sie ist nicht hier. Sie besucht James' Familie."

„Du meine Güte. Es ist also ernst."

„Ja. Ich dachte, sie würde James in Frankreich vergessen, aber sie hat ihm fast jeden Tag geschrieben. Er hat genauso oft geantwortet, und seine Briefe haben sie immer aufgemuntert. Als wir zurückgekommen sind, haben sie und James genau da weitergemacht, wo sie aufgehört hatten. Ich denke, wir planen eine Sommerhochzeit." Gwen sagte es ohne Eifersucht oder Neid.

„Du bist manchmal wirklich zu gutmütig", sagte ich. „Du solltest zumindest ein bisschen böse auf Violet sein, weil sie dich in diese unbehagliche Situation gebracht hat. Ich wünschte, sie hätte nicht sowohl Inspector Longly als auch Captain Inglebrook eingeladen."

„Oh, das freut mich nicht sonderlich", sagte Gwen schnell, doch dann wurde ihr Gesichtsausdruck weicher. „Aber ich will Violet glücklich sehen. Das ist wichtiger als ein bisschen" – sie wedelte mit der Hand– „Anspannung, die für ein paar Tage in der Luft liegt."

„Du magst vielleicht so denken, aber ich möchte ein bisschen mit Violet plaudern. Sie muss aufhören, sich einzumischen." Ich schüttelte die Verzweiflung ab, die ich empfand, weil dieses Gespräch Gwen nicht aufheiterte. Sie hatte immer noch die besorgte Furche zwischen ihren Brauen. „Sag mir, wer hier ist. Sind schon alle angekommen?", fragte ich in der Hoffnung, sie abzulenken.

Gwen zählte die Namen an ihren Fingern ab. „Inspector Longly. Captain Inglebrook. Gigi – obwohl ich nicht viel von ihr gesehen habe. Sie ist heute erst um zwei Uhr die Treppe heruntergekommen."

„Das klingt ganz nach der Gigi, die wir kennen." Gigi – Lady Gina Alton – war mit uns auf dem Mädchenpensionat gewesen. Gigi glitt an der Oberfläche des Lebens vor sich hin, ihr Augenmerk auf Mode, Schminke und ihr eigenes Wohlbefinden gerichtet, doch man konnte großen Spaß mit ihr haben. Abgesehen davon, dass sich unsere Wege auf Partys für einige Momente kreuzten, hatte ich sie seit Ewigkeiten nicht mehr gesehen.

„Miss Miller hat ziemlich deutlich gemacht, dass sie Gigi nicht mag."

„Dieser Name kommt mir vage bekannt vor."

„Sie ist eine Freundin von Mutter, eine unentschlossene

alte Jungfer, die mit ihrem Bruder zusammengelebt hat, bis er letztes Jahr gestorben ist. Sie neigt dazu, pausenlos zu plappern. Peter war gestern Abend ihr Partner beim Bridge, und er war wunderbar geduldig. Gott sei Dank war sie nicht Vater zugeteilt. Nichts irritiert ihn mehr als jemand, der sich nicht entscheiden kann und alles hinterfragt, und so spielt Miss Miller jede Hand."

Die Straße verzweigte sich wieder, und ich nahm die linke Seite der Gabelung, die sich durch die Bäume und zurück nach Parkview schlängeln würde. „Wie geht es Peter?"

„Besser – *viel* besser. Es ist eine große Erleichterung für Mutter und Vater. Peter scheint – nun ja, fast wieder normal zu sein. Er zeigt Interesse für das Anwesen, und Vater hat ihm die Verwaltung mehrerer Bereiche übertragen. Peter scheint nicht mehr so nervös zu sein wie nach seiner Rückkehr. Und er schläft endlich auch besser, was eine große Hilfe ist."

„Freut mich, das zu hören." Peter hatte im Weltkrieg gedient und war ohne eine einzige Verletzung nach Hause gekommen – zumindest ohne *sichtbare* Verletzung. Erst, nachdem er ein paar Monate zu Hause war, wurde uns allen klar, dass er unter dem litt, was er gesehen hatte – Alpträume und Seelenqualen, die keiner von uns verstehen konnte.

Gwen fuhr fort: „Und natürlich werden dein Vater und Sonia heute Abend zum Abendessen hier sein, wenn sie Lust dazu hat. Sie sind zum Tee gekommen, mussten aber gehen, weil Sonia sich nicht gut gefühlt hatte."

„Sie hat sich nicht gut gefühlt? Sonia?" Diese Kombination von Worten ergab keinen Sinn. Ich bremste das Automobil ab und drehte mich zu Gwen um, um sicherzustellen, dass ich sie trotz des Motorenlärms richtig gehört hatte. Sonia hatte die Konstitution eines Clydesdale-Pferdes und die Hartnäckigkeit einer Mücke. Ich konnte mir nicht vorstellen, dass sie krank war. Sie würde jede Krankheit mit der Kraft ihres Willens überwinden – es wäre einfach nicht erlaubt. Sie war Krankenschwester gewesen – die Krankenschwester meines Vaters –, bevor sie heirateten. Ich stellte mir vor, dass sie ihre Patienten zurück zum Wohlbefinden gequält haben musste.

„Ich weiß nicht, was los war", sagte Gwen. „Sonia war sehr blass. Sie sind gegangen, kurz nachdem alle zum Tee angekommen waren."

Sonia war die Person, die ich auf der Welt am wenigsten mochte, doch ich wollte nicht, dass sie krank wurde. Auch wenn ich mir nicht vorstellen konnte, was Vater in Sonia sah, liebte er sie. Wenn sie krank werden würde, würde er verzweifeln. Als ich durch den Ort gefahren war, hatte ich nicht am Tate House angehalten, weil ich wusste, dass Vater und Sonia für ein paar Tage in Parkview zu Gast sein würden, und ich dachte, ich würde sie dort sehen. Ich musste eine Notiz schicken und hören, wie es ihr ging, sobald ich mich in Parkview eingerichtet hatte.

„Wen habe ich vergessen?" Gwen neigte den Kopf, während sie im Kopf eine Liste durchging. „Oh ja. Vincent Payne."

„Noch ein Unbekannter für mich."

„Für mich auch. Vater interessiert sich für einige Landkarten, die Mr. Payne von seinem Großvater geerbt hat. Du kennst Vater und seine Karten."

„Ja, wie deine Mutter und ihre Gemälde." Tante Caroline verbrachte jede freie Minute damit, Bilder der umliegenden Landschaft zu malen – zumindest sagte sie das. Für mich sahen ihre Ölgemälde wie eine Ansammlung von Klecksen aus – wie ein Löschpapier –, doch ich war nicht künstlerisch veranlagt. Vielleicht waren ihre Bilder ganz gut, und ich war nur ziemlich ungebildet und konnte es nicht sehen. Onkel Leo hingegen erschuf nichts. Er hatte zwei Hauptinteressen, die Jagd und das Sammeln von Landkarten. Aufgrund seines Interesses an Karten hatte die Bibliothek in Parkview fast so viele Karten wie Bücher, und Gelehrte besuchten sie oft, um sie zu studieren.

„Und ist Mr. Payne so alt und verstaubt wie seine Karten?", fragte ich und dachte, er könnte ein guter Dinnerpartner für Miss Miller sein.

„Kaum. Er ist … Nun, er ist schwer zu beschreiben."

„Was ist?", fragte ich. „An deinem Ton höre ich, dass da noch etwas ist – etwas Unschmeichelhaftes – und du willst es nicht erwähnen, doch es stört dich. Du kannst es mir sagen. Ich werde es nicht weitererzählen."

„Nun –" Gwen drehte sich um und sah mich an. „Er ist … aufdringlich. Vater will seine Karten kaufen. Tatsächlich weiß ich, dass Vater seine Karten kaufen *wird*, aber Mr. Payne redet immer wieder davon, wie selten und wertvoll sie sind und wieso Vater sie haben muss. Und heute Morgen wollte ich nicht mit ihm im Garten spazieren gehen, doch er bestand darauf."

„Und du warst zu nett, um eine Ausrede zu finden."

„Er ist ein Gast."

„Ein aufdringlicher Gast. Du schuldest ihm nichts – weder einen Spaziergang im Garten noch sonst etwas."

„Das weiß ich, doch er sah am Boden zerstört aus, als ich sagte, ich sollte mir den Speiseplan ansehen, was keine Lüge war."

„Oh, ich weiß, es war keine Lüge." Tante Caroline konnte sich in den Wolken verlieren, wenn sie malte, und sie überließ einen Großteil des täglichen Betriebs von Parkview Gwen. „Also ist er aufdringlich und manipulativ."

„Jetzt hast du meinetwegen eine Abneigung gegen ihn."

„Du hast nichts gesagt, außer mich zu warnen. Ich werde vollkommen höflich zu ihm sein. Gott sei Dank bin ich nicht auf der Suche nach antiken Karten."

„Und dann ist da noch Deena", sagte Gwen.

„Ja. Ich wusste nicht, dass sie hier sein würde. Du hast sie in deinem Brief nicht erwähnt."

„Es war eine kurzfristige Entscheidung. Mutter und ich waren vor ein paar Tagen auf Lady Smith-Wentworths Gesellschaft. Ich bin in das Plauderstübchen gegangen, um meine Schärpe neu zu binden, und Deena hat in einer Ecke geweint. Sie war mit Mr. Cathcart verlobt, weißt du?"

„Cathcart? Eddie Cathcart, von dem ich letzte Woche gehört habe, dass er mit Felicity Knight verlobt ist?"

„Ja, dieser Eddie Cathcart. Die Nachricht von seiner Verlobung mit Miss Knight wurde während der Gesellschaft bekannt."

„Wie schrecklich für Deena", sagte ich. „Das erklärt ihre plötzliche Rückkehr nach Charles Manor."

„Ja, sie wollte den Gerüchten und den Spekulationen und den mitleidigen Blicken entkommen, da bin ich mir sicher. Natürlich ist die Nachricht mit etwas Verspätung in Nether Woodsmoor angekommen."

„Man sollte annehmen, dass jemand ihres Vermögens keine Probleme hat, einen Verlobten zu halten", sagte ich.

„Das Vermögen von Miss Knight ist noch größer als das von Deena."

„Ich verstehe. Dann ist es traurig, dass Mr. Cathcart ein Halunke und ein Mitgiftjäger ist. Zumindest müssen wir uns darüber keine Sorgen machen – Mitgiftjäger, meine ich. Ich noch weniger als du." Abgesehen von meinen kleinen Ersparnissen war ich mittellos. Während Gwen eine schöne Mitgift haben würde, würde Parkview an Peter gehen. „Danke, dass du mich auf einen Segen hingewiesen hast, von dem ich nicht wusste, dass ich ihn hatte."

„Es ist schön, dich lächeln zu sehen", antwortete ich auf ihren scherzhaften Ton. „Aber im Ernst, Deena hatte Glück, wenn das der einzige Grund war, warum Mr. Cathcart sie heiraten wollte."

„Du und ich können das sehen, und ich denke, sie

kommt langsam zu dieser Ansicht, doch so hat sie sich bei Lady Smith-Wentworths Gesellschaft nicht gefühlt. Sie tat mir leid. Sie verbringt so viel Zeit damit, modisch zu sein und – na ja, wie Gigi zu sein – aber es gelingt ihr nicht ganz ..."

„Nein. Sie hat nicht Gigis Flair. Deena bemüht sich zu sehr. Wenn sie sich entspannen würde und einfach sie selbst wäre, wäre sicher alles in Ordnung."

„Ja, ich denke schon", sagte Gwen, als ich das Lenkrad drehte und das Automobil in eine weite Kurve lenkte. Zu beiden Seiten der Straße breiteten sich Wälder aus, dichtes Gebüsch und Laubverwehungen.

Einige Meter vor uns tauchte eine Frau in einem langen Pelzmantel aus den Bäumen am Straßenrand auf.

Sie warf keinen Blick in unsere Richtung, als sie die Straße von uns weg in Richtung Parkview entlang stolzierte.

„Das ist Gigi", sagte Gwen überrascht. Gigis zierliche Gestalt und der wunderschön geschnittene Designermantel waren unverkennbar. „Was macht sie hier draußen?"

Gigi war nicht für lange Spaziergänge bekannt. Sie schlenderte nur die Bond Street entlang, wenn sie von Geschäft zu Geschäft ging. Ich nahm meinen Fuß vom Gaspedal, als ich neben Gigi fuhr und ihr einen Gruß zurief.

Gigi kam zum Morris herüber. Zwei mitternachts-schwarze Locken spähten unter ihrer Hutkrempe hervor und legten sich auf ihre Wangen. „Oh hallo! Ich war in meiner eigenen kleinen Welt verloren und habe das Automobil nicht gehört. Es ist schön, dich zu sehen, Olive."

Gwen beugte sich über den Vogelkäfig. „Gigi, was tust du hier draußen?"

„Ich gehe spazieren. Das macht man doch auf dem Land, nicht wahr? Man wandert an der frischen Luft herum, bewundert die Bäume und Büsche und so weiter."

Ein Mann eilte zwischen den Bäumen hervor, sein Jackett flatterte beim Laufen und entblößte einen kleinen Bauch, über dem seine Weste spannte. Gigi wandte sich von ihm ab und setzte in schnellem Tempo den Weg die Straße hinauf fort. Ich ließ den Wagen neben ihr vorwärts rollen. „Möchtest du mitfahren? Ich bin mir nicht sicher, wo wir dich hinsetzen sollen, aber –"

„Gigi!", rief der Mann, als er zu uns joggte. „Bitte warten Sie einen Moment."

Gigi wirbelte herum und sah den Mann an, der aussah wie Anfang dreißig und hellbraunes Haar und braune Augen hatte, die zu dem Tweed passten, den er trug. „Ja, Mr. Payne?" Ich trat auf die Bremse. An ihrem scharfen Ton war offensichtlich, dass Gigi mit Mr. Payne unglücklich war, und ich würde nicht davonfahren und sie mit ihm allein lassen.

„Gigi – bitte –" Mr. Payne atmete tief ein und aus, sein Gesicht war verblüfft. „Mir war nicht bewusst –"

Gigi drehte sich zu Gwen und mir um. „Mr. Payne hat einen Spaziergang über das Anwesen vorgeschlagen."

„Ja, als der Nieselregen aufgehört hatte" – er rang nach Luft – „und ich dachte, wir sollten das ausnutzen."

„Ja, das haben Sie auf jeden Fall." Ihre Worte waren leise, doch ich hörte sie. Gigi sah aus wie eine Lehrerin, die gerade ein Lineal auf die Fingerknöchel eines ungezogenen Schülers geschlagen hatte.

Payne wandte sich von ihrem stechenden Blick ab und wandte mir für einen Moment die andere Seite seines Gesichts zu. Seine linke Wange war leuchtend pink. Als er sich wieder zu Gigi umdrehte, veränderte sich sein Gesichtsausdruck, ein zerknirschter Blick ersetzte die Verwirrung. „Wenn ich etwas falsch gemacht habe, entschuldige ich mich."

Gigi nickte scharf, als eine Brise wehte und ihren Nerzmantel kräuselte. Die kahlen Äste über ihnen rasselten, und Blätter raschelten über den Boden.

Gwen räusperte sich. „Olive, ich glaube nicht, dass du unseren Gast schon kennengelernt hast. Das ist Mr. Vincent Payne. Er hat einige ziemlich spektakuläre antike Landkarten aus London mitgebracht, um sie Vater zu zeigen. Mr. Payne, das ist meine Cousine, ebenfalls aus London, Miss Olive Belgrave."

Auf Paynes Gesicht breitete sich sofort wieder ein Lächeln aus, das das Grübchen in seinem Kinn tiefer werden ließ, als er seinen Trilby lüftete. „Sehr erfreut. Ich hoffe, Sie hatten eine angenehme Anreise"

Es schien, dass Payne eines dieser beweglichen Gesichter hatte, deren Züge sich je nach Ausdruck stark veränderten. „Freut mich auch, Sie kennenzulernen, Mr. Payne", sagte ich. „Ich bin froh, nach einer langen Fahrt von London hier in Parkview zu sein."

„Oh ja!" Er zeigte auf mich. „Sie sind die clevere Detektivin!"

Ich fühlte mich wie ein Tier im Zoo, als er mich anstarrte.

„Wenn Sie jetzt hier sind, sind wir ja sicher", sagte er und starrte ihn an. „Ich habe noch nie eine Detektivin gesehen. Nun, jetzt muss ich mir keine Sorgen mehr machen, dass jemand meine Karten stiehlt – sie sind extrem selten, wissen Sie? Wenn Kriminelle in der Nähe sind, werden sie allein durch die Nachricht Ihrer Ankunft in die Flucht geschlagen."

„Ich bin mir sicher, dass es in der Nähe von Parkview keine Kriminellen gibt", sagte Gwen.

Paynes Grinsen wurde breiter, als er die Straße übertrieben absuchte und sein Blick von einem Ende der Fahrbahn zum anderen wanderte. „Man kann nie wissen, Miss Stone. Das ist eine Sache, die ich gelernt habe – man kann nie vorsichtig genug sein." Er setzte seinen Hut wieder auf und streckte Gigi seinen Arm entgegen. „Wollen wir weitergehen?"

„Nein." Gigi trat auf das Trittbrett des Morris und hakte ihren Ellbogen an der Tür ein. „Es macht dir nichts aus, wenn ich mit dir zurück nach Parkview fahre, oder, Olive? Diese Schuhe sind nicht dafür gemacht, durch die Landschaft zu wandern. Ich kann keinen Schritt mehr gehen."

„Natürlich nicht." Ich warf Payne einen Blick zu. „Ich fürchte, wir haben drinnen keinen Platz, aber Sie sind herzlich willkommen auf dem anderen Trittbrett."

Payne öffnete den Mund, doch Gigi sagte: „Mr. Payne geht lieber zu Fuß. Er hat mir vorhin von seiner Liebe zu Landspaziergängen erzählt."

Payne sagte: „Äh – ich genieße es gelegentlich, draußen zu sein."

„Ausgezeichnet", sagte Gigi. „Dann sehen wir uns im Haus." Sie tippte auf meinen Arm. „Lass uns fahren."

Ich ließ den Wagen vorwärts rollen, und wir ließen Payne hinter uns zurück.

„Das war ziemlich gemein", sagte Gwen zu Gigi.

Gigi hob ihre freie Hand, um ihren Hut festzuhalten, als der Morris etwas schneller wurde. „Nicht mehr, als er verdient. Ich mag ein bisschen Vertraulichkeit wie jede andere, doch er war ein bisschen zu vertraut."

Gwen sah schockiert aus. „Ich wusste, dass er kein Gentleman ist."

„Keine Sorge, ich kann mit Männern wie ihm umgehen." Gigis Augen blitzten. „Er wird mich nicht noch einmal belästigen."

„Ich mache mir keine Sorgen um dich", sagte Gwen. „Ich weiß, dass du auf dich selbst aufpassen kannst. Es sind die Dienstmädchen." Sie lehnte sich gegen den Sitz zurück. „Ich werde mit dem Personal sprechen und dafür sorgen, dass keines der Dienstmädchen mit Mr. Payne alleingelassen wird."

Als wir uns Parkview näherten, kamen die Gestalten von Longly, Deena und Inglebrook in Sicht. Der rote Alfa Romeo parkte am Fuß der geteilten Treppe, die zu den großen Flügeltüren des herrschaftlichen Hauses führte. Deena war immer noch zwischen den beiden Männern, ihre Arme bei beiden untergehakt, als sie die Treppe hinaufstiegen. Schon von weitem konnte ich das breite Lächeln auf ihrem schmalen Gesicht sehen. „Anscheinend waren ein paar Tage auf dem Land genau das, was Deena gebraucht hat", sagte ich zu Gwen.

„Sie scheint besserer Stimmung zu sein, und das ist gut. Doch Mutter ist immer noch verärgert, weil jetzt die Zahlen unausgewogen sind. Wir haben eine Dame zu viel."

Gigi sagte: „Deine Mutter ist so süß und altmodisch. Sag ihr, es ist in Ordnung. Wir sind den Mangel an Männern gewohnt."

„Mutter lässt sich nicht beirren. Sie ist in manchen Dingen so entspannt, doch sie ist fest von der Notwendigkeit einer ausgewogenen Gesellschaft überzeugt. Mutter hätte den Pfarrer eingeladen, doch er ist weg."

„Gott sei Dank dafür", sagte ich. „Sonst würde mich Sonia – ob krank oder nicht – sicher bei jeder Gelegenheit, die sich ihr bietet, in seine Richtung manövrieren." Nachdem Sonia Vater geheiratet hatte, hatte sie beschlossen, dass ich auch das Eheglück erleben sollte, und hatte sich auf den Pfarrer als besten Kandidaten vor Ort festgelegt. „Was ist mit Mr. Davis?" Der kahlköpfige und rundliche Gutsverwalter war ein angenehmer Gesellschafter beim Abendessen.

Mr. Quigleys Käfig schaukelte, als ich über die runde Auffahrt fegte. Gwen packte den Ring oben, um ihn festzuhalten, und hielt ihre Finger vom Käfig selbst fern. „Mr. Davis hat einige Geschäfte für Vater in London zu erledigen. Mutter hat Jasper eine Nachricht geschickt, um zu sehen, ob er sich uns anschließen möchte, um die Zahlen auszugleichen."

„Jasper wird hier sein?" Jasper war Peters Schulfreund. Da Jaspers Vater im Staatsdienst war und im Ausland lebte, hatte Jasper die meisten seiner Schulferien in Parkview verbracht. Als sich vor einigen Monaten unsere Wege in London kreuzten, hatten Jasper und ich unsere Freundschaft erneuert. Wir trafen uns gelegentlich zum Tee im Savoy. Eine kleine Welle der Freude erfüllte mich bei dem Gedanken, Jasper so bald wiederzusehen. „Ich dachte, er wäre auf einer Jadgreise nach Schottland."

„Aus irgendeinem Grund wurde sie abgebrochen, und er ist zurück. Aber er wird erst morgen ankommen", sagte Gwen. „Wir werden heute Abend mit dreizehn einen unausgeglichenen Tisch haben. Das ist unglücklich, aber was sollen wir tun?"

KAPITEL DREI

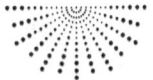

*G*igi hatte keine Bedenken, Mr. Quigleys Käfig hineinzutragen, und ich ließ sie und Gwen am Ende eines Zweigs der geteilten Treppe aussteigen. Ich fuhr herum zu den alten Stallungen. Als mein Gepäck und meine Kartons ausgeladen waren, hatte ich den Tee verpasst, also ging ich direkt in mein Zimmer, um mich für das Abendessen umzuziehen.

Ich war in meinem Lieblingszimmer. Es überblickte den Innenhof und war mit handbemalten chinesischen Tapeten und einem passenden dreiteiligen lackierten Paravent mit dem gleichen Muster aus Bambus, Blumen und Vögeln dekoriert. Das Muster aus grünen Blättern und Blumen im Teppich, der in der Mitte des Raums lag, spiegelte das orientalische Thema wider. Es war immer „mein" Zimmer gewesen, wenn ich in Parkview übernachtete. Vasen mit gelben und weißen Chrysanthemen gaben dem Raum eine fröhliche Note. Ich stellte mir vor, dass Ross, der betagte Gärtner, sie heute Morgen geschnitten hatte, und Gwen hatte sie wahrscheinlich arrangiert.

Das Dienstmädchen, eine gesprächige junge Frau namens Hannah, brauchte nicht lange, um meinen Koffer auszupacken, ein Bad für mich vorzubereiten und mir aus meiner Reisekleidung zu helfen. Ich entließ sie und ging durch die Verbindungstür, um ein langes Bad zu nehmen. Eines der schönen Dinge am orientalischen Zimmer war das angrenzende Bad, ein Luxus, den die meisten Zimmer nicht hatten. Als die vorherige Lady Stone das Obergeschoss renoviert hatte, hatte sie einen Wäscheschrank in ein Badezimmer umbauen lassen und eine Verbindungstür zwischen dem Badezimmer und dem orientalischen Zimmer geschaffen. Tante Carolines Vorgängerin war entschlossen gewesen, das Haus zu modernisieren und während der Renovierungsarbeiten so viel nutzbaren Raum wie möglich zu schaffen, was bedeutete, dass sie neben dem Einbau neuer Bäder in jedem Flügel auch so viele Staufächer, Nischen und Schränke wie möglich untergebracht hatte.

Sie hatte auch dafür gesorgt, dass das Badezimmer mit einer Tür versehen war, die zum Flur führte, damit andere Gäste es benutzen konnten. Hannah erzählte mir, dass jeder in diesem Flügel bereits gebadet hatte, also ließ ich mir Zeit, genoss die tiefe Wanne und überlegte, was Longly, der von Gwen fasziniert gewesen zu sein schien, veranlasst hatte, sich so zurückzuziehen.

Er war nicht wankelmütig. Ich konnte nicht glauben, dass er sie so schnell fallen ließ. Vielleicht hatte Violet gedacht, Longly würde eifersüchtig reagieren, wenn er Gwen und Inglebrook sah. Wenn das ihr Plan gewesen war, war er nach hinten losgegangen. Und selbst meine kurze Begegnung mit Captain Inglebrook reichte aus, um festzustellen, dass er kein Ehematerial war. Ich nahm ein Stück Seife und einen Schwamm. Gwen und Longly hatten sich nicht gestritten, was könnte also seine Veränderung bewirkt haben? Hatte er etwas über Gwen herausgefunden, das ihm unangenehm war? Nein, das hielt ich nicht für möglich. Waren es ihre Eltern? Onkel Leo und Tante Caroline waren ein wenig exzentrisch, doch sie waren nette Leute, und ich konnte mir nicht vorstellen, dass sie Longly nicht als Gast willkommen geheißen hatten. Nach weiterem Grübeln gab ich auf und griff nach einem Handtuch.

Ich war es gewohnt, mich selbst anzuziehen, und rief Hannah nicht, als ich aus der Wanne stieg. Ich entschied mich für mein blaugrünes Seidenkleid mit einem enganliegenden Mieder, das über meine Taille und Hüften floss. Aufwendig gestickte Blumen zogen sich vom Mieder bis zum Wirbel des weiten Rocks hinab. Es war eines meiner ältesten Kleider – ein abgelegtes von Gwen – doch wegen der schönen Details war es eines meiner Lieblingskleider.

Das Abendessen an diesem Abend war ungezwungener – nun ja, so ungezwungen, wie es Tante Caroline erlaubte. Sie hatte sich weit genug gebeugt, den Männern zu erlauben, heute Abend Smokings zu tragen. Für die morgige Dinnerparty wurde der große Gesellschaftsanzug erwartet, was bedeutete, dass die Frauen ihre feinste Couture und Juwelen tragen würden. Ich sparte die lange Perlenkette meiner Mutter für morgen Abend auf. Im Gegensatz zu Gigi, die spektakulären Familienschmuck besaß, und Deena, die so viel Schmuck und Edelsteinen kaufen konnte, wie sie wollte, waren meine Accessoires begrenzt. Ich strich meinen dunklen Bob glatt, zog meine Handschuhe über meine Ellbogen und hob meinen Seidenschal auf, entschlossen, mir Longly zu schnappen und herauszufinden, was die Veränderung in seinem Verhalten bewirkt hatte. Ich öffnete meine Tür und fand eine rundliche blonde Frau mit großen blauen Augen, hohen Wangenknochen und weißen Strähnen in ihrem blonden Haar. Sie knetete ein Taschentuch. „Oh, guten Tag", sagte ich, als ich die Tür zu meinem Zimmer schloss. „Sie müssen Miss Miller sein. Ich bin Miss Belgrave. Sehr erfreut. Wie geht es Ihnen heute Abend?"

„Nicht gut. Überhaupt nicht gut." Sie warf einen Blick

in die eine Richtung, dann in die andere, den Korridor hinauf und hinunter.

Ich blinzelte. Man beantwortete eher rhetorisch gemeinte Höflichkeitsfloskeln nicht wirklich ehrlich, doch Miss Miller war so verzweifelt, dass ihr die Wahrheit herausgerutscht war. Sie wedelte mit ihrem Taschentuch den Flur entlang. „Ich bin gegangen, um durch das Fenster am Ende des Flurs den Brunnen im Garten zu betrachten – die Aussicht ist abends schön, wenn er beleuchtet ist. Und dann fiel mir ein wunderschönes Porträt eines elisabethanischen Gentleman auf – wie unbequem müssen diese Rüschenkragen gewesen sein. Was denken Sie, wie sie sie dazu gebracht haben, in Form zu bleiben? Stärke, denke ich." Sie wedelte mit dem Taschentuch zum anderen Ende des Flurs. „Und dann habe ich eine Landschaft von Park-view Hall entdeckt, die vor der Installation des Brunnens gemalt worden sein muss, weil es nur ein Feld war – so faszinierend, die Veränderungen im Laufe der Zeit zu sehen. Ich fürchte, ich habe das Zeitgefühl verloren, als ich die Gemälde bewundert habe, und jetzt habe ich mich verlaufen. Ich glaube nicht, dass das der Korridor ist, in dem ich vorher war." Miss Miller wedelte mit ihrem Taschentuch in eine der Fensternischen, wo der Vorhang ein Stück zurückgezogen war. „Ich kann sagen, dass ich mich ganz verlaufen habe, denn als ich aus diesem Fenster gesehen habe, war der Blick nicht auf die Gärten, sondern auf den Innenhof."

„Sie sind im Westflügel." Zwei Flügel erstreckten sich vom Mittelblock des Hauses. Am anderen Ende des Hauses erstreckte sich der Wintergarten von einem Flügelende zum anderen, wodurch ein geschlossener Innenhof entstand. Ich streckte die Hand aus, um den Vorhang zuzuziehen, hielt dann inne, meine Hand an den dicken Fransen am Rand des Paneels.

Gaslampen säumten den Hof, und ihre tanzenden

Flammen warfen Lichtkreise. Sonias Silhouette mit ihrem altmodischen Kleid und dem aufgebauschten Knoten war unverkennbar. Sie sprach lebhaft mit jemandem im Schatten unter der Kolonnade, die an einer Seite des Hofes verlief. Es war keine freundschaftliche Unterhaltung. Die scharfen Bewegungen, die sie mit ihren Händen ausführte, waren intensiv und ihr Körper angespannt. Sie bewegte sich, und das Licht der Lampe beleuchtete die Schulter eines Mannes und das glänzende Revers eines Smokings, doch es erreichte nicht das Gesicht des Mannes. Es war nicht Vater. Der Mann war nicht groß genug. Warum sollte Sonia einen Mann im dunklen Hof treffen?

Hinter mir sagte Miss Miller: „Vielleicht kommt dieser nette Captain Inglebrook vorbei und zeigt uns den Weg. Es ist so hilfreich, einen Mann in der Nähe zu haben, nicht wahr? Ich vermisse meinen Bruder Winston. Er hätte mich nie durch die Gänge wandern und mich verlaufen lassen. Wenn wir Hausgäste waren, hat er immer darauf bestanden, dass ich in meinem Zimmer auf ihn warte und er mich zum Essen begleitet."

Ich zog den Vorhang vor das Fenster und wandte mich Miss Miller zu. „Machen Sie sich keine Sorgen. Ich kenne den Weg."

„Das tun Sie? Wie intelligent müssen Sie sein, wenn Sie sich an all die Drehungen und Wendungen erinnern können", sagte sie mit einem Ton des Erstaunens, als ob mein Wissen über den Grundriss von Parkview dem Verständnis von Physik oder dem Sprechen von Chinesisch gleichkam.

„Nicht wirklich. Ich bin praktisch hier in Parkview aufgewachsen. Es gibt wahrscheinlich keinen Winkel, den ich nicht kenne."

„Na, ist das nicht wunderbar?"

Ich führte sie den Korridor entlang, vorbei an der Haupttreppe und sagte: „Der Salon ist die zweite

Doppeltür zu Ihrer Linken. Gehen Sie nur schon vor. Ich muss noch einen kleinen Umweg machen."

„Danke, meine Liebe. So nett von Ihnen. Sind Sie sicher, dass Sie den Weg zurück finden werden?"

„Ja, keine Sorge." Ich ging zurück zur Haupttreppe und hinunter ins Erdgeschoss, dann den Gang entlang zum Wintergarten an der Rückseite des Hauses. Peter war eine ruhige Seele und hatte die Angewohnheit, vor dem Abendessen im Wintergarten herumzuspazieren. Ich hatte ihn seit Ewigkeiten nicht mehr gesehen und wollte ihn außerhalb des Gedränges im Salon begrüßen.

Die feuchte Wärme des Wintergartens hüllte mich ein. Jenseits der üppigen Vegetation und blühender Schlingpflanzen waren die gläserne Decke und die Wände undurchsichtig schwarz, als hätte jemand ein riesiges Tuch über den ganzen Teil des Hauses fallen lassen und die Sicht versperrt. Bei diesem Gedanken kam mir Mr. Quigley in den Sinn, und ich fragte mich, ob er in einem mit Stoff bedeckten Käfig schlief oder ob Deena ihn heute Abend mit in den Salon bringen würde. Ein erdiger Geruch, vermischt mit leichteren floralen Noten, erfüllte die Luft.

Ich ging durch den riesigen Raum zu dem beruhigenden Rinnsal des Wassers, das aus dem Brunnen in der Mitte des Wintergartens kam. Der Wintergarten war ein ausgezeichneter Ort zum Spielen gewesen, als wir Kinder waren. Wir hatten ein Sardinenspiel, das damit endete, dass wir alle hinter dem alten Gummibaum und seinen stützenden Wurzeln zusammengepfercht waren, die einen Sichtschutz bildeten. Die Blätter der höchsten Palmen streiften das Glasdach, während Bäume, Sträucher und massive Urnen, die mit Farnen und Efeu überfüllt waren, den Raum zierten. Die gealterten Pflanzen bildeten eine Reihe von abgeschirmten, gewundenen Pfaden. Grün war die vorherrschende Farbe, reichte jedoch von tiefen

Smaragdtönen über blasseren Salbei bis hin zu silbrigen Olivtönen.

Ich fand Peter am Brunnen auf einer weiß gestrichenen eisernen Chaiselongue, die Füße ausgestreckt und ein Kissen hinter dem Kopf. Aus der kreisrunden Schale des Brunnens spritzten Wasserbögen in das flache Becken des quadratischen Unterbeckens, das in den Boden eingelassen und mit bunten italienischen Kacheln ausgekleidet war, die ein früherer Baronet von seiner Reise über den Kontinent mitgebracht hatte.

Peter rauchte eine Zigarette, während er ein Buch las. Als er mich sah, sprang er auf und drückte seine Zigarette aus. Anders als Gwen und Violet, die Tante Caroline glichen und blondes Haar hatten, war Peter dunkel wie Onkel Leo. Er kam durch die Mischung aus Korb- und Eisenstühlen auf mich zu, um mich zu begrüßen. „Olive, du siehst gut aus."

„Du auch", sagte ich und meinte es ernst. Sein Gesicht sah noch immer mager aus, doch seine Augen lagen nicht mehr so tief, und er wirkte entspannt anstatt nervös. Ich sah den Titel des Buches, das er in der Hand hielt, und sein Finger markierte die Stelle, die er gelesen hatte. „Du liest in deiner Freizeit über Gartenbau?"

Er rieb sich eine Augenbraue. „Landwirtschaft ist ziemlich kompliziert."

„Was lernst du?"

„Unter anderem Fruchtwechsel, Viehzucht und Imkerei. Wir haben jetzt unseren eigenen Honig – das ist mein Lieblingsprojekt. Ich beaufsichtige unseren Garten, und Vater hat mir freie Hand gelassen, Honig zu produzieren und zu verkaufen."

„Das ist faszinierend. Ich kann es kaum erwarten, mehr darüber zu hören."

„Lass mich nicht ins Schwärmen geraten. Ich kann sehen, dass Violet dich nicht gewarnt hat. Sie hat mir gesagt, wenn ich noch einmal *Honigbienen* erwähne, würde sie schreien." Er verschränkte die Arme und lehnte sich gegen eine Stuhllehne. „Nun, was höre ich über dich und Jasper?"

„Was hörst du über mich und Jasper?"

„Nicht viel. Außer dass seine Stimme einen gewissen Ton annimmt – einen, den ich bei ihm nicht oft gehört habe – wenn er von dir spricht."

„Das ist –"

„Olive!" Der schrille Ton schnitt durch die laue Atmosphäre des Wintergartens.

Meine Schultern strafften sich. Ich wandte mich dem Geräusch raschelnder Seide zu. „Guten Abend, Sonia."

Meine Stiefmutter schlug ein riesiges Tropenwurzblatt aus dem Weg und ging über den schwarzweißen Marmorboden zum Brunnen. Ihr Kleid wäre mit seiner schmalen Taille, dem hohen Kragen und den langen Ärmeln für ein Gibson Girl angemessen gewesen, doch ich wusste, dass Sonia keine alten Kleider trug. Ihr und meinem Vater ging es gut in finanzieller Hinsicht. Sie hatten genug, um für sich selbst zu sorgen – und für mich, wenn ich mich entschieden hätte, bei ihnen zu leben. Ich hatte versucht, in Tate House zu leben, doch ich hatte es nicht aushalten können und war nach London geflohen. Eine winzige Wohnung – selbst eine mit feuchter Tapete – war besser, als unter Sonias Fuchtel zu leben.

Sonias Mundwinkel waren von Natur aus nach unten gerichtet, was sie dauerhaft missbilligend dreinblicken ließ. „Ich dachte, ich hätte deine Stimme gehört, Olive. Du weißt, dass du zu spät kommen wirst."

„Ich habe Peter begrüßt. Ich komme gleich. Du hast dich vollständig von deinem Unwohlsein erholt, wie ich sehe."

„Mir geht es viel besser." Sonias Blick wurde noch missbilligender. „Es zeugt von schlechten Manieren, die Leute warten zu lassen."

Ich rang meine wachsende Verärgerung nieder. „Wir sind nur wenige Schritte vom Salon entfernt."

Peter steckte das Buch in seine Tasche. „Vielleicht sollten wir gehen. Darf ich die Damen begleiten?" Er bot uns seine Arme an und wir hakten uns zu beiden Seiten unter.

Als wir den Salon betraten, ging ich zu Vater und Tante Caroline, die sich unterhielten. Ich hatte meine Stola mitgenommen, doch ich würde sie nicht brauchen. Trotz der Größe des Raumes mit seinen hohen Decken und dem Holzboden war es warm, und ein Feuer knisterte im Kamin. Die langen Samtvorhänge waren zugezogen und hielten die Kälte ab. Chrysanthemen füllten Vasen im ganzen Raum, doch hier waren die Blüten rostrot und orangefarben, was hübsch zu den gedämpften Blau- und Orangetönen des Axminster-Teppichs auf dem Parkett passte.

Tante Caroline sagte hallo, doch sie schien ein wenig abgelenkt zu sein, was typisch für sie war. Normalerweise dachte sie ans Malen, doch ich wusste, dass sie sich jetzt darauf konzentrierte, ihren Gästen einen angenehmen Abend zu bereiten. Ich gab Vater einen Kuss auf die Wange. „Guten Abend, Vater." Ich nahm erfreut zur Kenntnis, dass er viel gesünder aussah als das letzte Mal, als ich ihn gesehen hatte. Sein Gesicht war voller, und er hatte mehr Farbe. Er war schwer krank gewesen, und Sonia hatte ihn gesund gepflegt. Ich mochte meine Meinungsverschiedenheiten mit Sonia haben, doch ich war dankbar, dass sie Vater geholfen hatte, sich zu erholen.

„Oh, meine Liebe", sagte er. „Wann bist du angekommen?"

„Erst vor kurzem."

„Ah, schön. Ich war den ganzen Nachmittag in der Bibliothek. Ich dachte, ich hätte dich vielleicht verpasst."

Ich tätschelte seinen Arm. „Ich würde nichts anderes von dir erwarten." Er und Tante Caroline waren Bruder und Schwester. Obwohl sie nur wenige körperliche

Ähnlichkeiten hatten, hatten sie beide die Fähigkeit, sich in allem, woran sie arbeiteten, zu verlieren – Tante Caroline in ihrer Kunst und Vater in seinem Schreiben, wenn er an einem Bibelkommentar arbeitete. „Haben Onkel Leo und Mr. Payne dir die Karten gezeigt?"

„Karten?"

„Mr. Payne ist hier, um Onkel Leo ein paar Landkarten zu verkaufen", sagte ich.

Vater schob seine Brille hoch und sah sich um. Sein Blick landete auf Payne, der mit Gwen sprach. Mit ihrem blonden Haar, das zu einem eleganten Chignon arrangiert war, und ihrem blassrosa Kleid, das die Farbe in ihren Wangen betonte, hätte sie eine Illustration für den Begriff *englische Rose* sein können. „Dieser zu aufgeregte Kerl mit dem animierten Gesicht?", fragte Vater. „Ich hatte keine Ahnung, dass er wegen Karten hier ist. Aber wenn ich so darüber nachdenke, hat er mich heute genau befragt, ob ich Illustrationen für den Kommentar brauche." Vater senkte die Stimme. „Ich bin sicher, er ist ein absolut angenehmer junger Mann, aber er wollte einfach nicht aufhören zu reden. Schwierig, wenn man versucht, sich auf David und Goliath zu konzentrieren."

Vater arbeitete seit Jahren an seinem Kommentar, und war nicht einmal ganz durch das Alte Testament durch. „Dann bist du beim ersten und oder zweiten Buch Samuel. Das ist ausgezeichnet." Als ich Nether Woodsmoor das letzte Mal besucht hatte, hatte er über Josua geschrieben.

Ich wandte mich Tante Caroline zu. „Es ist schön, wieder hier in Parkview zu sein. Vielen Dank für die Einladung."

Tante Caroline zuckte zusammen. Ihr Blick war auf Gwen gerichtet gewesen, die sich mit Miss Miller unterhielt. Tante Caroline schenkte mir ihre volle Aufmerksamkeit. „Wir freuen uns immer, dich hier zu haben, Olive. Ich war nur nicht sicher, ob du dich nach all der Aufregung mit den Mumien in Mulvern House von London losreißen kannst."

„Das war faszinierend, doch ich finde immer Zeit, dich und Vater zu besuchen." Ich sah mich im Salon um. „Ich habe halb erwartet, Deenas Papagei Mr. Quigley heute Abend hier zu sehen. Ich höre, dass sie ihn nicht gerne allein lässt."

„Keine Papageien im Salon. Ich bin eine sehr zuvorkommende Gastgeberin, aber gewisse soziale Grenzen sollten nicht überschritten werden." Sie hakte sich bei mir unter und sagte: „Es macht dir nichts aus, wenn ich mir Olive ausleihe, oder, Cecil?"

„Hmm? Nein überhaupt nicht. Ich überlege gerade, ob ich ein wenig Hintergrundinformationen zur Kultur der Philister anbieten sollte. Das könnte für die Leser hilfreich sein ..."

„Dann lassen wir dich in Ruhe darüber nachdenken." Tante Caroline führte mich durch den Raum. „Weißt du, was zwischen Gwen und Captain Inglebrook vorgefallen ist?"

„Ich habe keine Ahnung. Vielleicht hat es etwas mit Inspector Longly zu tun?" Der Captain hatte sich Gwen und Miss Miller angeschlossen, und er musste etwas Schmeichelhaftes zu Miss Miller gesagt haben, denn sie tippte ihm auf den Arm und errötete.

Tante Caroline runzelte die Stirn. „Ich bin immer noch wütend auf Violet, weil sie Inspector Longly hinter meinem Rücken eine Einladung geschickt hat. Violet fand es sicher sehr amüsant, doch es hat unzählige Probleme verursacht."

„Du wolltest nur Captain Inglebrook einladen?", fragte ich.

„Zwischen Gwen und Captain Inglebrook ist es in Frankreich ausgesprochen gut gelaufen, doch seit er und der Inspector angekommen sind, ist die Atmosphäre zwischen den beiden Männern angespannt, und Gwen ist unglücklich. Sieh zu, ob du herausfinden kannst, was passiert ist. Du bist so gut darin, Dinge herauszufinden."

Onkel Leo kam zu uns, und ich gab ihm einen Kuss auf die Wange. Er reichte mir einen Drink. „Ich glaube mich erinnern zu können, dass du dieses Gebräu namens *Fizz* magst?"

Onkel Leo war ein robuster Mann mit einem dicken Schnurrbart. Seine dunklen Augen waren von Fältchen umgeben, die vom Blinzeln über das Gelände von Parkview herrührten. Das Sammeln von Landkarten war sein einziges Interesse im Haus. Im Großen und Ganzen zog er es vor, mit seinen Hunden über das Anwesen zu wandern, anstatt an einer Dinnerparty teilzunehmen, doch er nahm auch seine Pflichten als Hausherr ernst und war ein gutmütiger Gastgeber.

„Ja, danke." Ich trank einen Schluck. Das Getränk war süß mit einem Hauch Minze, die wahrscheinlich frisch aus dem Kräutergarten stammte.

Onkel Leo wandte sich Tante Caroline zu. „Ich sehe, was du tust, Caroline. Du schickst Olive nicht schon wieder auf eine Mission. Lass sie den Abend genießen." Er warf Gwen und Inglebrook einen Blick zu. „Die jungen Leute werden das alles schon selbst regeln, ohne dass wir uns einmischen."

Tante Caroline presste ihre Lippen zu einer dünnen Linie aufeinander. „Du weißt so gut wie ich, dass manchmal ein Schubs nötig ist." Sie war viel mehr dafür, die Dinge in die Richtung zu lenken, die sie wollte, während Onkel Leo eine Politik der Nichteinmischung bei seinen erwachsenen Kindern verfolgte.

„Aber nicht heute Abend, meine Liebe. Lass sie in Ruhe."

Tante Caroline öffnete den Fächer, der an ihrem Handgelenk gebaumelt hatte, und peitschte ihn hin und her, wodurch die Spitze um den Ausschnitt ihres Kleides flatterte.

„Das muss eines deiner Kleider aus Paris sein", sagte ich, um das Gespräch von Gwen abzulenken. Als Tante Caroline, Gwen und Violet aus Südfrankreich zurückgekehrt waren, hatten sie in Paris Halt gemacht, um neue Kleider zu kaufen. „Es ist sehr schmeichelhaft."

„Danke, Liebes. Wir haben auch ein neues Kleid für dich mitgebracht. Ich hoffe, es gefällt dir."

„Du musstest mir nichts mitbringen", sagte ich. Tante Caroline und Onkel Leo waren mir gegenüber immer sehr großzügig gewesen und behandelten mich eher wie eine Tochter als eine Nichte.

Tante Caroline lächelte. „Oh, aber ich wollte es für dich. Es ist ein tiefvioletter Samt – Aubergine. Ich lasse morgen die Dorfnäherin kommen, um eine kleine Änderung an meinem Kleid vorzunehmen, das ich zum Dinner tragen werde. Wenn du dein neues Kleid tragen möchtest, kann ich sie alle Anpassungen vornehmen lassen, die nötig sind." Sie fächelte schneller. „Es ist eng hier drin. Und Captain Inglebrook raucht. Ich lasse einen Diener ein Fenster öffnen, um frische Luft hereinzulassen. Ich will nicht, dass du husten musst."

„Ich bin sicher, dass es mir gut gehen wird." Zigarettenrauch löste oft mein Asthma aus, doch dank der hohen Decken und der Größe des Raumes würde sich der Rauch verziehen. Ich hatte nur Schwierigkeiten beim Atmen, wenn ich Rauch direkt einatmete, und vermied ihn so gut es ging.

Deena und Gigi betraten zusammen den Salon. Beide trugen rote Abendkleider. Gigi sah spektakulär aus in einem Kirschrot, das mit ihrem nachtschwarzen Haar kontrastierte. Manche Frauen konnten den extremen Kurzhaarschnitt des Eaton Crop nicht gut tragen, doch bei Gigi betonte er ihre lächerlich langen schwarzen Wimpern und ihre zarten Züge. Deenas Kleid war ein ähnlich kräftiges Rot, doch Deena hatte nicht Gigis Porzellanteint. Die kräftige Farbe überwältigte Deena und ließ ihr schmales Gesicht teigig und verwaschen aussehen, wie eine kränkliche byzantinische Heilige. Deena war mit ihren Accessoires aufs Ganze gegangen. Von den rubinbesetzten Kämmen in ihrem Haar bis zu den Spitzen ihrer roten T-Riemchen-Schuhe war sie komplett blutrot.

„Trotzdem ist ein offenes Fenster eine gute Idee", sagte Tante Caroline und fügte dann hinzu: „Sieh zu, ob du Miss Miller loseisen und Gwen ein paar Augenblicke mit Captain Inglebrook allein gewähren kannst." Tante Caroline ging, um Deena und Gigi zu begrüßen, und blieb auf ihrem Weg durch den Raum stehen, um mit Brimble, dem Butler, zu sprechen.

Ich lächelte in mich hinein. Tante Caroline ließ sich von ihren Kuppelversuchen nicht abhalten. Ich wollte sowieso mit Gwen sprechen, also nippte ich an meinem Drink und ging durch den Raum auf sie zu. Mein Weg führte mich an Peter und Longly vorbei. „Wie gefällt Ihnen Ihr Aufenthalt hier in Parkview, Inspector Longly?"

„Parkview Hall ist ein fantastisches Anwesen", sagte Longly mit einem Nicken zu Peter.

„Es war sicherlich ein wunderbarer Ort, an dem man aufwachsen kann", sagte Peter. „Wir können morgen ins Labyrinth gehen, wenn es nicht regnet."

„Wann hat uns der Regen jemals aufgehalten?", fragte ich.

„Wohl wahr. Olive schreckt nicht vor Feuchtigkeit zurück", sagte Peter zu Longly.

„Gwen auch nicht", sagte ich. „Wir haben mal während eines Gewitters im Labyrinth Verstecken gespielt. Erinnerst du dich? Gwen hat gewonnen."

„Natürlich tue ich das", sagte Peter. „Es sind immer die Stillen, auf die man achten muss."

Longly lächelte, doch es sah aus als kostete es ihn Mühe. Mit ihm stimmte definitiv etwas nicht.

„Also steht morgen ein Besuch im Labyrinth auf dem Programm, ob Regen oder Sonnenschein", sagte ich und fragte Longly dann: „Haben Sie in letzter Zeit an interessanten Fällen gearbeitet?"

„Es war relativ ruhig."

„Dann bin ich froh, dass Sie rauskommen und sich uns hier anschließen konnten. Ich weiß, dass Gwen sich darauf gefreut hat, Sie zu sehen."

Longly sah aus, als wüsste er nicht, was er sagen sollte. „Ich freue mich, hier zu sein", murmelte er, während er sich auf sein Glas konzentrierte, dann trank er seinen Drink aus und entschuldigte sich, um sich einen neuen zu holen.

„Melancholischer Typ." Peter grinste mich an. „Ich habe gut reden, ich weiß. Ich hatte selbst genug schlechte Tage." Er blickte quer durch den Raum zu Longly, der am Getränkewagen stand. „Ich bin mir nicht sicher, ob er die beste Wahl für Gwen ist, aber wenn sie ihn mag …"

„Inspector Longly scheint nicht ganz er selbst zu sein", sagte ich. „Ich frage mich, ob seine Wunde ihn schmerzt –"

Ein Krachen hallte durch die Luft.

Peter rief: „Runter! Angriff!" Ein Stoß zwischen meine Schulterblätter warf mich zu Boden. Meine Knie krachten auf den Parkettboden, und mein Gesicht wurde auf den Rand des Teppichs gedrückt.

KAPITEL VIER

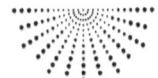

„*E*s war der Luftzug vom Fenster –"
  „… so schockierend …"
  „… hat mich auch erschreckt …"

Als das Durcheinander von Wörtern um mich herum floss, stützte ich mich auf. Peter kauerte neben mir am Boden. Sein Blick begegnete meinem, doch kein Funke des Erkennens zeigte sich in seinem Gesicht. Ein Schauer durchlief mich, als ich die Leere dieses Blicks bemerkte. Es war, als würde er direkt durch mich hindurchblicken. Er suchte den Raum ab, seine Schultern starr, sein Körper wie eine Sprungfeder angespannt. Mir wurde klar, dass ich ihn so sah, wie er in den Schützengräben gewesen war – bereit, um sein Leben zu kämpfen.

Sonias Flüstern war laut genug, um durch den Raum zu mir zu dringen. „… wie beunruhigend … schrecklich peinlich für Caroline …"

Ich verlagerte mein Gewicht von meinen schmerzenden Kniescheiben. Eine Hand kam unter meinen Ellbogen und half mir auf. „Geht es Ihnen gut, Miss Belgrave?", fragte Longly.

Bevor ich antworten konnte, sagte Payne, der neben

Peter in die Hocke gegangen war, mit lauter Stimme: „Es war nur die Tür! Sie ist zuschlagen, alter Junge. Hat gezogen wegen des offenen Fensters. Es hat mir auch einen ziemlichen Schrecken eingejagt. Ich dachte kurz, die Jerrys wären da."

Peter blinzelte, als er in Paynes Gesicht starrte.

Payne legte eine Hand unter Peters Arm und half ihm auf. „Es ist schwer, diese Schlachtfeldreflexe abzulegen, ich weiß. Der 5. November und die Feuerwerke sind am schlimmsten für mich."

Peters Haaransatz entlang waren Schweißperlen ausgebrochen. Er wischte sich mit der Hand über die Stirn, dann rückte er seine Krawatte zurecht. „Tut mir schrecklich leid. Ich weiß nicht …" Er drehte sich zu mir um. „Es tut mir leid, altes Mädchen. Ich wollte nicht – es schien so real –"

„Keine Sorge. Es geht mir gut. Wirklich."

Ein Dienstmädchen fegte bereits die Scherben zusammen, wo mein Glas zerbrochen war, und ein anderes Dienstmädchen tupfte den Teppich trocken.

„Nichts passiert", sagte ich und ignorierte das Pochen in meinen Kniescheiben. Da Peter seine Emotionen kontrollierte und so tat, als wäre nichts Ungewöhnliches passiert, würde ich dasselbe tun. Ich wusste, dass er entsetzt war, doch er tat sein Bestes, sich nichts anmerken zu lassen.

Payne klopfte Peter erneut auf den Rücken. „Du hast heute Abend sicher Schwung in die Bude gebracht!"

Tante Caroline gesellte sich zu uns und trat zwischen Payne und Peter. Sie legte eine Hand auf Peters Arm. „Vielleicht solltest du dich auf dein Zimmer zurückziehen …?"

„Auf keinen Fall." Peter straffte die Schultern. „Wenn ich das täte, wäre dein Tisch noch unausgewogener." Er verzog einen Mundwinkel zu einem schiefen Lächeln. „Das können wir nicht zulassen, oder?"

Tante Caroline musterte einen Moment lang sein

Gesicht, dann tätschelte sie seinen Arm. „Dann lass uns zum Essen gehen."

～

Beim Abendessen saß ich zwischen Peter und Payne. Obwohl Peter sich mit mir und dann mit Miss Miller unterhielt, die auf seiner anderen Seite war, konnte ich sehen, dass er immer noch von dem Vorfall im Salon erschüttert war. Seine Hände zitterten, als er nach seinem Wein griff, und er verspannte sich, als der Diener über den Rand des Teppichs stolperte und der Löffel gegen die Suppenschüssel klapperte.

Payne erwies sich als gesprächiger Tischherr. Ich mochte die Art und Weise nicht, wie er Gigi vorhin behandelt hatte, doch er war heute Abend der Erste gewesen, der an Peters Seite gesprungen war, und seine Reaktion hatte meine Meinung über ihn etwas gebessert.

Er würzte das Gespräch mit großzügigen Erwähnungen seiner Karten, doch wir sprachen auch über das British Museum sowie die neue Ägyptologie-Ausstellung, die in ein paar Monaten im Mulvern House eröffnet werden sollte.

„Ich habe keine Karten von Ägypten", sagte Payne, „und das ist schade. Bei all dieser Ägyptomanie hätte ich ein Vermögen mit so etwas machen können."

Ich winkte das Angebot, meinen Wein nachzufüllen, ab und fragte: „Woher bekommen Sie Ihre Karten, Mr. Payne?"

„Ich habe die Sammlung meines Großvaters geerbt, und damit habe ich angefangen. Ich hatte keine Verwendung für Stapel antiker Karten, aber ich habe bemerkt, dass Sammler daran interessiert sind. Ich bin so etwas wie ein Händler für antike Karten geworden – ausschließlich im Amateurbereich. Ich suche in Buchläden danach und reise zu Landhäusern wie diesem und kaufe Karten von Familien, die entweder ausmisten oder in finanzieller Notlage sind."

„Ich verstehe. Sie müssen auf viele interessante Dinge stoßen."

„Oh, das tue ich. Am beliebtesten sind die signierten Karten." Er drehte seine Gabel. „Rudyard Kipling, Charles Dickens, solche Sachen. Diese bringen immer die höchsten Preise ein."

„Interessant. Ich würde denken, die sind extrem selten."

„Sind sie auch. Das sind sie in der Tat." Zufriedenheit durchdrang seinen Ton. Er lächelte mich auf eine Weise an, die mich an eine Katze denken ließ, die wusste, dass sie eine Maus in die Enge getrieben hatte. Es war ein seltsamer Gedanke, der mir in den Sinn kam, und er brachte mich dazu, bei Payne wieder auf der Hut zu sein.

Unsere Konversation versiegte an dieser Stelle, doch ich war in den sozialen Künsten gut ausgebildet und belebte das Gespräch mit einer Frage wieder. „Und ist das Ihr erster Besuch in Derbyshire?"

„Nein, aber es sind jetzt sicherlich glücklichere Umstände als das erste Mal, dass ich hierher gereist bin."

„So?"

Payne sah an mir vorbei zu Peter, der immer noch an Miss Miller gewandt war. Payne senkte seine Stimme leicht. „Ich war 1914 hier in Parkview Hall. Ich war verletzt."

Während des Krieges hatten Tante Caroline und Onkel Leo Parkview Hall in ein Lazarett umgewandelt. Es war viel mehr das Projekt von Tante Caroline als das von Onkel Leo gewesen. Sie hatte ihre Farben weggeräumt und sich zwei Jahre lang ausschließlich auf das Lazarett konzentriert. Onkel Leo hatte die Mittel zur Verfügung gestellt, doch Tante Caroline war es, die den laufenden Betrieb des Lazaretts beaufsichtigt hatte – etwas, das ihrer üblichen Natur völlig widersprach, doch es war ihr Beitrag zu den Kriegsanstrengungen. Am Ende des zweiten Jahres hatte

sie sich mit einer anderen Gesellschaftsdame zusammenge-
tan. Sie entschieden, dass ein Standort in London am sinn-
vollsten sei, weil die Verwundeten nicht so weit reisen
mussten und auch, weil die genesenden Soldaten näher an
einer spezialisierteren Versorgung in London wären. 1916
schloss Tante Caroline das Lazarett in Parkview Hall und
richtete ihre Aufmerksamkeit auf das Londoner Stadthaus
von Lady Marsh, das sie in ein weiteres Lazarett
umwandelten.

Ich war in meinen frühen Teenagerjahren gewesen, als
der Krieg begann, und ich hatte in Parkview mitgeholfen,
so oft es Tante Caroline erlaubt hatte. Rückblickend wurde
mir klar, dass sie versucht hatte, Gwen, Peter, Violet und
mich vor den schrecklichen Ereignissen zu schützen. Tante
Caroline hatte uns nicht erlaubt, viel Zeit mit den Patienten
zu verbringen. Sie hatte uns auf andere Weise helfen lassen,
zum Beispiel beim Bandagenrollen oder Socken oder Pull-
over stricken, um sie an die Soldaten zu schicken.

„Ich hatte keine Ahnung", sagte ich. „Weiß Tante Caroline, dass Sie als Patient hier waren?"

Paynes lebhafte Miene wurde widerwillig. „Nein, ich
habe kein Wort gesagt. Ich bin sicher, es waren so viele
Männer hier, dass sie sich nicht an mich erinnern würde."

„Sie wären überrascht. Sie fand, dass jeder Mann, der
nach Parkview kam, besondere Sorgfalt und Aufmerksamkeit verdiente. Wir haben uns alle in den fast zehn Jahren
seitdem verändert, also müssen Sie ihr verzeihen, dass sie
Sie nicht sofort erkannt hat."

„Natürlich. Ich habe nicht erwartet, dass sie es tut. Ich
war nicht lange hier und … Nun, es ist aus einer Zeit, an
die ich nicht zu denken versuche." Paynes Blick wanderte
über meine Schulter zu Peter.

„Ich verstehe."

„Trotzdem werde ich wahrscheinlich morgen am Rundgang teilnehmen."

„Rundgang?"

„Durch das Haus. Ihre Tante hat für alle, die es interessiert, eine Führung angeboten. Ich würde gern mein altes Zimmer sehen." Er drehte sein Glas und starrte auf seinen Wein. „Hier in Parkview zu sein, war nicht so, wie ich es mir vorgestellt hatte. Wir wurden wie wichtige Leute behandelt. Wir waren nur zu zweit in einem Zimmer. Wussten Sie, dass der Butler bei meiner Ankunft wissen wollte, welche Zeitung ich bevorzuge und ob ich mein Frühstück auf einem Tablett in meinem Zimmer oder im Speisezimmer einnehmen würde?" Payne schüttelte den Kopf und lachte leise. „Eine ziemliche Abwechslung zu den Schützengräben." Er beobachtete, wie sich das Kerzenlicht auf der Oberfläche des Weins spiegelte. „Es war surreal. Ich fühlte mich wie in eine andere Welt versetzt, wie in einem Märchen ... oder ... einer kleinen Ecke des Himmels."

Tante Caroline stand auf und verkündete: „Wir sind heute Abend im Musikzimmer. Verweilen Sie nicht zu lange hier, meine Herren. Gwen wird für uns singen."

Sie führte die Damen nach oben in das Musikzimmer, wo ein Wandgemälde von Venus und Mars bis hinauf in Mitte der Voutendecke reichte. Der Raum war eingerichtet mit einem schönen Malachittisch, ein paar mit Seide bezogenen Sesseln und einem Cembalo aus Atlasholz. Es gab Platz für Reihen eleganter Stühle, wenn Tante Caroline einen großen Musikabend veranstalten wollte. Am gegenüberliegenden Ende des Raumes, in der Nähe des Feuers, stand ein Klavier, und wir setzten uns mit Kaffeetassen in der Hand darum herum.

„Nur zu, Liebes", sagte Tante Caroline zu Gwen. „Sing ein paar Lieder, um dich aufzuwärmen, bevor die Männer kommen."

Gwen neigte den Kopf, sodass nur ich ihr Gesicht sehen konnte, und weitete die Augen. Tante Caroline tat ihr Bestes, die Talente ihrer Tochter zur Schau zu stellen. Ich hob meinen Kaffee zu einem mitfühlenden Gruß und verstand die Qual, im Mittelpunkt ihrer Kuppelversuche zu stehen. Gwen straffte ihre Schultern und fragte Deena: „Ich erinnere mich, dass du bei einem deiner Besuche Klavier gespielt hast. Möchtest du mich begleiten?"

Deena drückte ihre Zigarette aus. „Natürlich."

„Das wäre wunderbar, vor allem, wenn du meine Fehler vertuschen könntest."

Es war rücksichtsvoll von Gwen, Deena einzubeziehen, anstatt das Rampenlicht für sich selbst zu behalten. Während Gwen und Deena die Noten durchblätterten, setzte sich Gigi neben mich. „Singst oder spielst du?", fragte ich sie.

„Nur wenn jemand will, dass die Leute schreiend aus dem Raum rennen. Meine Talente liegen in anderen Bereichen", sagte sie und hob die Brauen. „Du?"

„Nein, ich habe überhaupt kein musikalisches Talent."

„Gut, dann unterhalten wir uns." Sie stützte ihren Ellbogen auf die Sofalehne, legte die Beine auf das Kissen und drehte sich zu mir um. „Ich muss mit dir reden."

Gigis ernster Ton sah ihr überhaupt nicht ähnlich. „Worüber?", fragte ich.

Sie holte tief Luft, aber dann setzte sich Sonia auf einen Stuhl neben uns. Gigi formte lautlos das Wort *später* mit den Lippen, dann fragte sie mich in einem unbeschwerten Ton: „Was wirst du morgen Abend tragen?"

„Ein Kleid, das Tante Caroline für mich ausgesucht hat."

„Aus Paris? Du Glückspilz!"

Deena spielte die ersten Töne von „It Was a Dream", und Gwen begann mit dem Lied, das die Männer von ihrem Port weglockte wie eine Sirene, die ein Schiff auf See rief. Deena, deren längliches Gesicht vor Konzentration düster wirkte, stolperte über ein paar Noten. Doch Gwen sang weiter, und Deena erholte sich immer wieder und fand ihren Platz in der Musik.

Captain Inglebrook lehnte sich neben Gigi an die Sofalehne, und sie unterhielten sich in einem Flüsterton miteinander. Payne rauchte auf der anderen Seite des Zimmers
am geöffneten Fenster, während Inspector Longly
regungslos im hinteren Teil des Zimmers neben dem
Kaffeetisch stand.

Sonia sah während der fröhlichen Verse missbilligend
aus, doch Vater, der sich neben sie gesetzt hatte, tippte mit
dem Fuß zur Musik.

Longly, der sich keinen Zentimeter bewegt hatte und
seine Aufmerksamkeit während ihrer Lieder auf Gwen
gerichtet hielt, erschrak ein wenig, als sie fertig war und
Applaus den Raum erfüllte. Er sah sich um, begegnete
meinem Blick und senkte den Kopf. Er nippte an seinem
Kaffee, verzog das Gesicht und drehte sich um, um sich
eine frische Tasse einzugießen.

Gwen verbeugte sich vor ihrem Publikum und winkte
Deena dann zu. „Und jetzt wird Deena Mozarts Sonate 16
in C-Dur spielen."

Gwen ließ sich auf das Kissen zwischen mir und Gigi
fallen. „Longly war wie gebannt", flüsterte ich.

„Was? Nein, er hat sich so weit zurückgezogen, wie er
konnte, ohne unhöflich zu sein."

„Er war so fasziniert von dir, dass er seinen Kaffee kalt
werden ließ – er hat ganz vergessen, ihn zu trinken."

Gwen neigte ihren Kopf, damit sie um mich herum
blicken konnte, dann stieg eine tiefe Röte in ihre Wangen.
„Er starrt mich an."

„Ich glaube nicht, dass alle Hoffnung verloren ist",
murmelte ich, dann wandte ich meine Aufmerksamkeit
Deena zu, die begann, Mozarts unbeschwerte Noten hand-
werklich solide zu spielen.

KAPITEL FÜNF

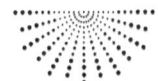

*I*ch verbrachte den größten Teil des Morgens mit der Anprobe und den Anpassungen meines neuen Kleides. Es war wirklich wunderschön mit schöne Linien. Das Samtoberteil war im aktuellen Stil locker geschnitten, aber nicht kastenförmig. Es fiel über meine Figur zu einer tieferen Taille. Der Stoff sah fast schwarz aus, doch dann fing er das Licht ein und brachte die tiefen Purpurtöne zum Vorschein. Da der Rock eine Menge winziger Plissees hatte, dauerte es lange, bis die Schneiderin ihre Anpassungen vorgenommen hatte.

Als sie fertig war, ging ich zum Mittagessen hinunter, das als Buffet angerichtet war, damit jeder sich selbst bedienen konnte. Ich kam an Mr. Payne und Captain Inglebrook vorbei, die aus dem Speisezimmer traten.

„… habe noch einige ausgezeichnete Karten, vielleicht möchten Sie einen Blick darauf werfen …"

Ich war froh, Paynes Verkaufsgespräch zu entgehen, und hatte ein schönes Mittagessen mit Tante Caroline und Deena. Als wir mit dem Essen fertig waren, sagte Tante Caroline: „Kommst du mit auf den Rundgang durch das Haus, Olive?"

Deena sagte: „Niemand sonst kommt – keine anderen jungen Leute, meine ich. Es sind nur dieser Kartenmann und Miss Miller. Gigi hat überhaupt kein Interesse. Captain Inglebrook ist verschwunden, und Inspector Longly ist spazieren gegangen." Deena trug ein weiteres einfarbiges Ensemble. Ihr Veloursanzug war mattrostfarben, die beliebteste Farbe in diesem Herbst, und ihre Schuhe hatten denselben Farbton. Ich versuchte, mir vorzustellen, genug Geld zu haben, um ein Paar Schuhe zu haben, die zu jedem Outfit passten, und scheiterte. Diese Extravaganz! Aber Deena hatte vor ein paar Jahren ein riesiges Erbe angetreten. Sie konnte es sich wahrscheinlich leisten, ihre Schuhe stündlich zu wechseln, wenn sie wollte.

„Natürlich komme ich mit dir." Ich kannte Parkview Hall gut und hätte den Rundgang wahrscheinlich auch selbst geben können, doch als Hausgast nahm man immer an vorgeschlagenen Aktivitäten teil, wenn man eingeladen wurde.

Payne stand in der Eingangshalle und wartete auf uns, die Hände in den Taschen, während er über den Schachbrett-Marmorboden auf und ab ging.

„Mr. Payne", sagte Tante Caroline, „freut mich sehr, dass Sie sich uns anschließen konnten."

„Natürlich." Sein Blick fiel über unsere Gruppe, und ich vermutete, dass er überlegte, wie er sich dezent entschuldigen konnte, weil er nicht der einzige Gentleman sein wollte, doch er folgte Tante Caroline, die durch die Eingangshalle ging und auf Details über das Deckengemälde hinwies, die römischen Büsten und die Sanierung des Treppenhauses vor zehn Jahren.

Nachdem wir einen Rundgang durch den Raum gemacht hatten, sagte Tante Caroline: „Ihr habt alle das Speisezimmer, das Wohnzimmer und den Salon gesehen, also konzentrieren wir uns auf einige der anderen Bereiche des Hauses." Ihre Absätze klapperten über den Marmor zu einem meiner Lieblingsplätze in Parkview. „Doch zuerst die Bibliothek. Ich weiß, dass Mr. Payne" – Tante Caroline neigte den Kopf zu ihm – „mit diesem Zimmer bereits vertraut ist."

Er sagte: „Es ist eine der besten Bibliotheken, die ich je durchstöbern durfte."

„Wie nett von Ihnen, das zu sagen. Wir lieben sie. Sie wissen sicher um die Landkarten, die mein Mann sammelt, aber wir haben auch einige schöne Erstausgaben, die er wahrscheinlich nicht einmal erwähnt hat."

Tante Caroline stieß die Tür auf, und es überraschte mich nicht, Vater in einem Ohrensessel in der Nähe des Feuers zu finden, mit nicht einem, sondern vier aufgeschlagenen Büchern auf seinem Schoß und den Armlehnen. Sonia saß auf dem anderen Sessel und stickte.

Vater begann, die Bücher zu schließen, damit er aufstehen konnte, als wir ins Zimmer kamen, doch Tante Caroline winkte ab. „Du musst nicht aufstehen. Wir sind nur auf der Durchreise – ein kleiner Rundgang durch das Haus."

Tante Caroline führte uns durch die Bibliothek und zeigte auf verschiedene seltene Bücher. „Der zweite Baronet war ein Bücherwurm und hat die Galerie bauen lassen", sagte sie und deutete auf die zweite, offene Ebene.

Deena strich mit der Hand über das Geländer der Wendeltreppe, die zur Galerie hinaufführte. „Oh, darf ich da hinaufgehen?"

„Ja, natürlich", sagte Tante Caroline, als Payne zu Sonia und Vater hinüberschlenderte.

„Was für eine gemütliche häusliche Szene", sagte Payne, während er auf den Fersen wippte, die Hände in den Taschen.

Vater sah von seinen Büchern auf. „Hmm? Tut mir leid, haben Sie etwas gesagt, Mr. Payne?"

„Nichts Wichtiges, mein Lieber", sagte Sonia zu Vater, während ihre Nadel durch den Stoff hin und her blitzte.

Payne kehrte zurück, um sich unserer Gruppe anzuschließen, ein kleines Lächeln auf seinem Gesicht, das aussah, als wäre es … ich suchte nach dem richtigen Wort … hämisch.

Deena zupfte an meinem Ärmel. „Olive, wir ziehen weiter."

„Oh, richtig. Tut mir leid." Ich ging neben ihr her. Wir machten einen Rundgang durch das Billardzimmer, hielten kurz im Musikzimmer an und gingen dann weiter in die Porträtgalerie.

Mr. Payne blieb auf der Schwelle stehen und murmelte: „Ah, daran erinnere ich mich. Das war der Aktivitätenraum."

Tante Caroline hatte den Arm zu einem Porträt eines Mannes zu Pferd erhoben. Sie wollte gerade eine Geschichte über den dritten Baronet erzählen, ließ den Arm jedoch sinken. „Mr. Payne, waren Sie während des Krieges hier?"

„Ich muss gestehen, das war ich, Lady Caroline. Nur für kurze Zeit 1914. Ich muss sagen, der Aufenthalt in Parkview Hall war einer der wenigen Lichtblicke in diesen Jahren." Er drehte sich um und nahm den ganzen Raum in Augenschein. Er nickte zu einem der hohen Fenster. „Die Dominosteine waren da drüben. An der Wand entlang standen die Tische mit Puzzlespielen." Er wippte auf den Fersen und nickte. „Ja, das war in der Tat eine Atempause."

„Das freut mich zu hören", sagte Tante Caroline. „Wir haben nach einer friedlichen Atmosphäre gestrebt, die die Heilung förderte."

„In meinem Fall haben Sie Ihr Ziel erreicht." Er tippte auf sein linkes Bein. „Mein Bein ist gut verheilt. Keine Probleme damit."

„Ausgezeichnet", sagte Tante Caroline. „Wunderbar! Mit verletzten Beinen war es immer so eine Sache."

Paynes animiertes Gesicht hatte einen ernsten Ausdruck angenommen. „Sie haben meinen aufrichtigen Dank für alles, was Sie zu dieser Zeit getan haben."

„Danke, Mr. Payne, aber ich muss sagen, es war ein ganzer Kader von Leuten, die das Krankenhaus zu einem Erfolg gemacht haben. Abgesehen von den fleißigen Ärzten und Krankenschwestern haben alle im Umkreis von Meilen mitgeholfen und ihren Teil dazu beigetragen. Vielleicht wollen Sie die Bibliothek noch einmal besuchen. Wir haben eine Sammlung von Fotografien aus dieser Zeit. Gwen hat ihre Brownie-Kamera benutzt, um die Veränderungen am Haus zu dokumentieren und das Personal und die Patienten zu fotografieren. Die Fotos sind in Alben im untersten Regal des Bücherregals, das der Wendeltreppe am nächsten liegt."

„Danke, Lady Caroline. Das werde ich tun", sagte Payne. Wir gingen weiter und besichtigten einige der Gästezimmer, die derzeit nicht belegt waren. Als wir das Mahagonizimmer erreichten, zögerte Mr. Payne auf der Schwelle und trat dann langsam ein. „Ja, das war das Zimmer, in dem ich untergebracht war. Ich war mir nicht sicher, ob ich es wiedererkennen würde. Mein Bett war da drüben auf der anderen Seite und ein weiteres hier, in der Nähe der Tür." Er ging zum Fenster mit Blick auf den Hof, drehte sich um und kam zurück. „Es riecht sogar noch genauso wie damals. Dieser erdige Kräuterduft bringt mich zurück."

„Das sind die Chrysanthemen. Wir haben sie zu dieser Jahreszeit immer in allen Zimmern", sagte Tante Caroline, als sie sich auf den Weg ins nächste Zimmer machte. Deena war nicht ins Zimmer gekommen und stand immer noch in der Tür. Sie trat hastig zurück, als Tante Caroline hereinkam. Tante Caroline drehte sich um. „Sie können gerne länger bleiben, wenn Sie möchten, Mr. Payne."

Er zuckte zusammen. „Nein. Verzeihung. Ich war in Gedanken verloren." Payne ließ sich für den Rest des Rundgangs zurückfallen.

Miss Miller konnten wir kaum aus dem Porzellanzimmer und Parkviews umfangreicher Sammlung von Wedgwood und anderem Porzellan loseisen.

Wir beendeten den Rundgang im Wintergarten mit Tante Caroline, die auf den Gummibaum mit seinen langen Stützwurzeln und die Bananen- und Ananaspflanzen aufmerksam machte. Deena und ich folgten Miss Miller, die neben Tante Caroline blieb, und stellten Fragen zu den Pflanzen, insbesondere zu den seltenen Orchideen, die importiert worden waren, als ein viktorianischer Baronet eine Pflanzenjagdexpedition in die Tropen gesponsert hatte.

Wir kehrten zum Brunnen zurück, wo Payne wartete. Er saß in einem Korbstuhl und rauchte eine Zigarette. Er warf sie in den Brunnen und stand auf, als wir wieder zu ihm kamen.

Deena sagte zu Tante Caroline: „Darf ich Mr. Quigley hierher bringen? Er würde es lieben." Tante Caroline blinzelte. „Mr. Quigley?"

„Mein Papagei."

„Ah ja. Äh – ich nehme an, das wäre in Ordnung. Nur nicht morgens, wenn Ross sich um die Pflanzen kümmert oder vor dem Abendessen. Da verbringt Peter gerne Zeit hier. Es würde ihn erschrecken, wenn ein Papagei auf seiner Schulter landen würde."

„Mr. Quigley hat sehr gute Manieren", sagte Deena. „Das würde er nie tun."

„Da bin ich mir sicher", sagte Tante Caroline ohne eine Spur von Überzeugung in ihrem Ton.

Gigi segelte in den Wintergarten. „Gut, ich habe euch

gefunden! Wir wollen ins Labyrinth gehen. Wer will mitkommen?"

Tante Caroline warf einen Blick zur gläsernen Decke. Feuchtigkeitstropfen übersäten das Äußere der Verglasung und verwischten die Sicht. „Es ist furchtbar da draußen. Es nieselt und ist kalt."

„Wir ziehen uns warm an", sagte Gigi. „Machen Sie sich keine Sorgen um uns."

„Dann mache ich euch im Salon ein schönes Feuer und heiße Getränke, wenn ihr zurückkommt", sagte Tante Caroline.

„Hört sich köstlich an." Gigi nahm meinen Arm und den von Deena und führte uns zur Eingangshalle, wo Brimble und mehrere Lakaien mit unseren Mänteln warteten. Payne entschuldigte sich und löste sich von unserer Gruppe in Richtung Bibliothek.

Captain Inglebrook sagte zu Gwen: „Sie sehen umwerfend aus in diesem Samthut. Paris, nehme ich an?"

Gwen murmelte ihren Dank, während Inspector Longly etwas abseits stand, sein Gesicht düster, doch er trug Mantel und Hut, also würde er mit uns kommen. Longly nickte in unsere Richtung, während Inglebrook jeden von uns der Reihe nach begrüßte.

Inglebrook war ebenfalls warm eingepackt, doch er hatte seinem Mantel einen weißen Seidenschal hinzugefügt, was seine Ähnlichkeit mit einem Filmstar nur unterstrich. Er sprach mit allen, doch er blieb bei Gigi. Sie hakte sich bei ihm unter. „Wollen wir?"

Wir machten uns auf den Weg durch die Gärten, die zu dieser Jahreszeit eher schlicht waren. Die feuchte Luft, in der der Geruch von Rauch aus dem Kamin lag, tat nach der stickigen Atmosphäre gut. Wir verließen die geometrisch angelegten Gärten und stapften durch nasses Laub den Weg entlang, der uns über den Hügel und um den See zum Labyrinth führte. Ich wurde langsamer und ließ mich zurückfallen, damit ich neben Longly gehen konnte, der das Schlusslicht der Gruppe bildete: „Ich dachte, Sie wären heute schon spazieren gegangen."

„Man kann nie genug Landspaziergänge unternehmen", sagte er, während er Gwen beobachtete, die neben Gigi und Captain Inglebrook ein paar Schritte vor uns ging. Ich versuchte, die Gruppe so zu manövrieren, dass Gwen und Longly nebeneinander laufen konnten. Ich bin mir sicher, dass Tante Caroline das mit Leichtigkeit hätte bewerkstelligen können, doch mir gelang es nicht, bevor wir das Labyrinth erreichten.

Gigi betrachtete das zwei Meter hohe Gebüsch. „Ausgezeichnet. Es ist sogar größer als Sie, Captain Inglebrook, also können Sie nicht betrügen."

„Glauben Sie, ich würde betrügen?" Er presste eine Hand auf seine Brust und zerknitterte den Seidenschal.

„Zweifellos. Fangen Sie mich, wenn Sie können." Gigi schoss durch die Lücke in der Hecke, die der Eingang war. Inglebrook stürzte hinter ihr her.

Gwen sagte zu uns anderen: „Da ist ein Brunnen in der Mitte. Wir sehen uns dort. Viel Glück."

Sie warf Longly einen schnellen Blick unter ihren Wimpern hervor zu, doch er richtete gerade seinen Mantel und bemerkte ihn nicht. Gwen senkte den Kopf und betrat das Labyrinth. Ich blieb zurück, plauderte mit Deena und war glücklich zu sehen, dass Longly nur ein paar Schritte hinter Gwen folgte.

Deena und ich wanderten eine Weile zusammen durch das Labyrinth, doch dann trennten wir uns. Sie wollte nach links gehen, und ich wusste, dass rechts die richtige Richtung war. Als ich mich zum Zentrum vorarbeitete, bog ich um eine Ecke und stellte fest, dass Inglebrook Gigi tatsächlich eingefangen hatte. Sie waren in einer Sackgasse des Labyrinths und küssten sich. Es war auch kein schnelles Küsschen auf den Lippen. Ihre Arme waren fest umeinander geschlungen, und obwohl ich lautlos weiterging, brauchte ich mir keine Sorgen zu machen, dass sie mich bemerken würden. Sie waren in ihrer eigenen Welt verloren.

Ich erreichte den Brunnen wenige Augenblicke nach Deena, die als Erste ankam. Sie klatschte in die Hände. „Gibt es einen Preis?"

„Nur das Recht damit anzugeben, dass du unter den ersten hier warst."

Deena verzog ihre Lippen zu einem Schmollmund. „Sei's drum."

Der Rest der Gruppe kam herein, Inglebrook mit einem Lächeln im Gesicht, und Gigi rückte ihren Hut zurecht. Ich war glücklich, Longly und Gwen Seite an Seite hereinspazieren zu sehen. Ihre Hände waren in den Taschen verstaut, doch ihre Schritte waren perfekt synchron. Sie gingen gemeinsam den ganzen Weg zurück zum Haus und hielten nur inne, als Longlys leerer Ärmel an einem Ast hängen blieb und sich die Nadeln, die ihn an seiner Jacke festhielten, lösten. Als ich an ihnen vorbeiging, sagte Gwen: „Hier, lass mich", und faltete den Ärmel wieder zusammen. Der Blick, den Longly ihr zuwarf, als sie den Kopf senkte, um die Nadeln wieder zu befestigen, ließ mich glauben, er wünschte sich, sie wären in einer abgelegenen Ecke des Labyrinths und nicht im Freien. Da Gigi und Inglebrook immer noch aneinander klebten, ging ich neben Deena her, die mir eine ausführliche Einführung in Papageienhaltung gab.

Wir versammelten uns im Salon zum Tee, und Deena und ich nahmen neben Miss Miller und Sonia am Feuer Platz. Payne kam wieder zu uns, setzte sich uns gegenüber und nippte an seinem Tee.

Wir erzählten ihm von dem Labyrinth, und Deena hob das Kinn. „Ich habe den Brunnen zuerst erreicht."

„Herzlichen Glückwunsch", sagte Payne trocken. Er

stellte seine Tasse ab. „Ich glaube, ich werde mich zurück-ziehen. Die Hitze des Feuers ist ziemlich erdrückend."

„Wir könnten die Plätze tauschen", bot ich an, doch er lehnte ab und ging durch den Raum.

Tante Caroline setzte sich zu uns. „Ich habe eine Nach-richt von Jasper bekommen. Er hatte Probleme mit seinem Automobil. Er sagt, er wird sein Bestes tun, heute Abend vor dem Abendessen anzukommen. Ich hoffe, er schafft es. Ich will nicht noch ein Abendessen mit dreizehn Gästen."

„Eine so unglückliche Zahl", stimmte Miss Miller zu, als der Ankleidegong ertönte.

Als wir das Zimmer verließen, wartete Payne im Flur. „Einen Moment Ihrer Zeit, bitte, Miss Miller", sagte er.

Es schien eine seltsame Paarung zu sein. Payne hatte die Gesellschaft jüngerer Frauen wie Gigi und Gwen gesucht, obwohl er fast ein Jahrzehnt älter war. Ich konnte mich an kein einziges Mal erinnern, dass er ältere Frauen wie Miss Miller oder Tante Caroline herausgegriffen hatte. Nun, das stimmte nicht ganz. Er hatte heute in der Bibliothek mit Sonia gesprochen, doch es kam mir immer noch seltsam vor, dass er mit Miss Miller sprechen wollte. Ich warf ein paar Blicke auf die beiden, als ich den Flur entlang zu meinem Zimmer ging. Nach einem Moment hörte Payne auf zu sprechen, und Miss Miller nickte. Ich ging nicht in mein Zimmer, bis Payne weggegangen war.

Die Schneiderin hatte mein Kleid fertig, und es lag auf meinem Bett ausgebreitet. Nachdem ich gebadet hatte, kommentierte Hannah ständig den schönen Schnitt des Kleides und die Optionen für Accessoires. Als das Kleid über meine Schultern strich, sagte ich: „Nur die Perlen, denke ich."

Sie zog den Saum zurecht und reichte mir die Halskette. „So schön, diese Perlen. Soll ich Ihnen jetzt die Haare bürs-ten?" Hannah konnte nicht viel tun, um es zu arrangieren, außer es zu glätten und eine Spange anzubringen. Ich trug ein wenig Lippenstift und Rouge auf und ging dann zum Abendessen hinunter, in der Hoffnung, dass Jasper angekommen war.

Ich war an der Tür zum Salon, als ein scharfes Klappern, Schuhe, die schnell über den Marmor schlugen, aus der Eingangshalle hallte. Deena kam die Haupttreppe heraufgeflogen, eine lange königsblaue Feder in ihren Haaren flatterte beim Laufen. Sie blieb ruckartig stehen, und ihre baumelnden Diamantohrringe schwankten hin und her. Sie packte meine Hände. „Er bewegt sich nicht." Während sie mich die Treppe hinunterzog, klatschten ihre Ohrringe gegen ihre Wangen, als sie über ihre Schulter sprach. „Oh bitte, beeil dich. Es ist schrecklich."

KAPITEL SECHS

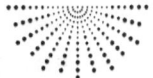

*I*ch bemühte mich, meine Füße unter mir zu halten, als Deena mich die Treppe hinunterzerrte. „Deena! Langsamer! Was ist passiert?"

Die Pailletten ihres Kleides funkelten unter dem schnellen Heben und Senken ihrer Brust. „Ich weiß nicht, was passiert ist. Er war einfach *da*. Er sieht aus." – sie atmete zitternd aus – „Ich glaube, ich meine – ich weiß nicht – ich bin nicht geblieben, um nachzusehen. Aber er ist grau und bewegt sich nicht. Ich glaube, er könnte tot sein."

Mein Herz pochte, und mir wurde schwindelig. „Peter?" Er war zu dieser Tageszeit immer im Wintergarten.

Deena umklammerte mein Handgelenk mit einer Hand. „Hier entlang." Ihr königsblauer Rock flatterte um ihre Beine und schlug gegen mich, als sie mich zum Wintergarten zog. „Ich bin reingegangen, um zu sehen, ob jemand da war", sagte sie. „Ich dachte, ich könnte Mr. Quigley runterbringen und ihn für ein paar Augenblicke fliegen lassen, wenn niemand da wäre. Ich hätte nie gedacht – es war so ein Schock, ihn da auf dem Boden zu sehen."

Die feuchtwarme Luft des Wintergartens hüllte uns ein, und Deena ließ mein Handgelenk los. Sie ging voraus und eilte den Pfad durch das Grün entlang, wobei ihre hell-blauen Schuhe beim Laufen auf den schwarzweißen Fliesen blitzten. Ich rannte hinter ihr her, wich Bananenblättern aus und stieß die Schlingpflanzen weg, die nach mir griffen.

In meinen Augenwinkeln flackerte eine Bewegung, ein Aufblitzen von etwas Hellem, einem blassen Violett. Nein, es war Malve. Die Blässe der Farbe kontrastiert mit den Grüntönen. Durch das dichte Grün konnte ich nur einen flüchtigen Blick darauf erhaschen, doch ich konnte erkennen, dass es ein glänzender Stoff war – vielleicht Seide?

„Olive! Warum bleibst du stehen? Hier drüben." Deena bedeutete mir, sie einzuholen, dann rannte sie um die letzte Wegbiegung und in den offenen Bereich um den Brunnen herum.

Ein Mann im schwarzen Gesellschaftsanzug lag auf dem Rücken, den Kopf auf den Fliesen, die den Rand des unteren Beckens des Brunnens säumten. Ein anderer Mann beugte sich über ihn und hatte uns den Rücken zugekehrt.

Ich atmete auf. Der am Boden liegende Mann war nicht Peter. Sein Haar war zu hell. Es war Mr. Payne. Meine Knie wurden weich, als mich Erleichterung durchströmte.

Ich ging an Deena vorbei, die mit einem Ruck am Rand des Weges zum Stehen gekommen war. Innerhalb weniger Schritte konnte ich erkennen, dass die gebeugte Gestalt Peter war –die Abendgarderobe ließ die Männer so ähnlich aussehen, besonders von hinten. Er kauerte neben Payne, die Hand am Kragen des Mannes.

Ich kniete mich neben Peter. Die steife Oberfläche von Paynes Hemd bewegte sich nicht. Seine Augen waren offen, doch sie waren matt, was mir sagte, dass er nie wieder blinzeln würde. Bei diesem Anblick durchfuhr mich ein Schock. Ich konnte bei Payne keine sichtbare Verletzung erkennen, doch die Kacheln um seinen Kopf waren roten gesprenkelt. Und dann sah ich, dass sein Hinterkopf ziemlich beschädigt war. Ich schluckte und wandte den Blick ab, konzentrierte mich auf den Bereich um den Brunnen herum, während ich mich sammelte.

Erde aus einem umgestürzten Topf lag verstreut am Boden. Hier und da hatten Fußabdrücke – einige halb und andere vollständig – die dunklen Krümel der Erde zermalmt, während zwei Linien durch den Schwung des Granulats durchschnitten und in einem schwachen Halbkreis vom Topf bis zu Mr. Paynes Fersen verliefen.

„Was ist passiert?" Ich sah Payne nicht mehr an, sondern konzentrierte mich auf Peter. Die Haut um sein linkes Auge war geschwollen und rot. „Grundgütiger, Peter, dein Auge!"

Er schien meine Worte nicht zu verstehen.

„Habt ihr euch gestritten? Hat dich jemand geschlagen?", fragte ich und warf Payne einen Blick zu, doch Peter antwortete nicht, und mein Magen drehte sich. Er schien mich überhaupt nicht zu sehen. Wenn ich aufgestanden und weggegangen wäre, bezweifle ich, dass er gewusst hätte, dass ich jemals dagewesen war. Sein Gesichtsausdruck war leer und weit weg. Ich berührte seine Schulter. „Peter, ich bin's."

Er blinzelte und konzentrierte sich auf mein Gesicht. „Olive?"

„Ja. Olive." Ein Aufflackern der Angst durchfuhr mich – das war schrecklich, einfach nur schrecklich. Ich versuchte, meine Gefühle zu unterdrücken, während ich darum kämpfte, meinen Ton ruhig zu halten. „Was ist passiert?", fragte ich und bemühte mich um den gleichen Ton, mit dem ich ihn gefragt hätte: „Willst du eine Partie Tennis mit mir spielen?"

Ich sah auf Payne hinunter. Peters Blick folgte meinem. Ich hatte immer noch eine Hand auf seiner Schulter und spürte, wie ein Schauder durch seinen Körper lief.

„Ich weiß nicht." Er drehte sich wieder zu mir um. Seine

Worte waren abgehackt, und er schien verwirrt. „Er hat nur – hier – so gelegen."

Ich zog an Peters Schulter. „Ich glaube nicht, dass wir etwas tun können. Aber wir sollten nach Sonia schicken."

„Ja. Richtig." Peter stand auf und wich zurück, seinen Blick immer noch auf Payne gerichtet. Die Farbe verschwand aus Peters Gesicht, und seine Finger zitterten, als er die Hand hob, um sein verletztes Auge zu berühren. Er sah nicht stabil auf den Beinen aus, also nahm ich ihn beim Ellbogen und führte ihn zu der Gruppe von Korbstühlen, die umgestürzt waren. Ich stellte einen Stuhl auf und schob Peter hinein, drückte seine Schultern nach vorne, sodass er mit dem Kopf über den Knien nach vorne gebeugt saß.

Ich drehte mich zu Deena um, die näher an den Brunnen herangekommen war. „Finde Sonia", sagte ich. „Meine Stiefmutter, Mrs. Belgrave. Sie ist Krankenschwester."

Deena nickte und rannte über die Schmutzspur.

Ich rief: „Und Inspector Longly." Deena wirbelte mit verwirrtem Gesicht zu mir herum. „Geh", sagte ich. „Beeil dich."

Sie nickte und eilte davon, wobei sie um eine Chaiselongue herum schritt, die auf der Seite lag. Sie streifte an einer Efeuranke vorbei, die hinter ihr wedelte.

Ich kniete mich vor Peter nieder, sodass mein Blick auf seiner Höhe war. „Peter, was ist passiert?" Ich spürte ein Schaudern, doch ich kämpfte darum, meinen eigenen Aufruhr zu verbergen und meinen Ton ruhig zu halten.

Peter, immer noch in seiner gebeugten Haltung, hob den Kopf. Sein Haar, das normalerweise nach hinten gekämmt war, hing in von der Pomade strähnigen Büscheln nach vorn. Die steife Oberfläche seines Hemdes und seines Gesellschaftsanzugs war mit Erde verschmiert. Er sah mich an – sah mich wirklich an – und ich konnte erkennen, dass er mich sah und nicht irgendeine ferne, eindringliche Vision aus seiner Vergangenheit. „Ich weiß nicht." Sein Ton war leise und seine Worte zögerlich, als ob er verschwommene Erinnerungen durchstöberte. „Ich bin durch die Tür vom Westflügel hereingekommen." Er neigte seinen Kopf zum anderen Ende des Wintergartens, durch die Deena gerade verschwunden war.

„Danach erinnere ich mich nicht mehr an viel. Ich muss den Pfad durch die Pflanzen dort entlanggekommen sein." Er runzelte die Stirn, zuckte zusammen und berührte dann den angeschwollenen Augenwinkel. „Ich glaube, ich bin über einen Stuhl gestolpert."

Ich drehte mich auf den Fersen um und sah mir die Umgebung des Brunnens genau an. Die meisten Stühle und Tische waren umgeworfen. Stücke von Korbwaren und Stuhlkissen waren auf dem Boden verstreut. Die eiserne Liege, um die Deena herum getreten war, würde jemandem, der vom Westflügel hereinkam, direkt im Weg liegen, und Peters Imkereibuch lag daneben, aufgeschlagen, mit dem Umschlag nach unten, mit zerknitterten Seiten.

Deenas ununterbrochenes Geplapper ertönte und wurde lauter zusammen mit dem Rascheln von Seide. Ich packte die Armlehne von Peters Stuhl, um mich im Stehen zu stabilisieren, doch Peter ergriff meine Hand und half mir beim Aufstehen. „Ich weiß, dass ich manchmal ein bisschen daneben bin." Er berührte seine Stirn. „Aber ich hatte nichts damit zu tun …" Er nickte zu Paynes Leiche.

Ich drückte seinen Arm und ließ ihn los, als Sonia den offenen Bereich betrat und direkt zu Peter ging, während sie sagte: „Also, was haben wir denn hier?", in diesem fröhlichen künstlichen Ton, den Krankenschwestern und Kindermädchen gerne benutzten. Anscheinend hatte Deena die Situation nicht klar erklärt und Sonia dachte, Peter hätte einen weiteren seiner „Anfälle" gehabt.

Ich nickte dem Brunnen zu. „Es ist Mr. Payne. Ich glaube nicht, dass wir etwas für ihn tun können."

Sonia drehte sich zum Brunnen um und erstarrte für einen Moment.

Ich sagte: „Ich habe dich holen lassen, weil du Erfahrung in der Krankenpflege hast ..."

„Ja, sicher." Ihre Stimme wirkte zerstreut. Sie kniete sich neben Payne, überprüfte seinen Puls und strich ihm mit einer sanften Geste, die mich überraschte, eine Haarsträhne aus seiner Stirn.

Ich hatte immer geglaubt, Sonia wäre eine furchterregende Krankenschwester, jemand, der durch die reine Kraft ihrer Persönlichkeit überzeugte – oder forderte –, dass ihre Patienten genasen, doch vielleicht zeigte sie ihren Patienten mehr Mitgefühl als den Menschen in ihrem täglichen Leben. Vielleicht war das das Geheimnis ihres Pflegeerfolgs.

Sie setzte sich auf die Fersen. „Wir können nichts tun." Sie sah auf ihre Uhr und murmelte: „Halb sieben", ein Überbleibsel aus ihrer Zeit als Krankenschwester, da war ich mir sicher.

Meine Kehle schnürte sich zu, und Peter senkte den Kopf und starrte auf den Boden. Deena, die die Finger beider Hände an ihre Lippen gepresst hatte, ballte nun die Hände an ihrem Hals zusammen. „Wie furchtbar. War es ein Unfall? Was ist passiert?" Sie drehte sich zu Peter um, doch er rührte sich nicht und sagte nichts.

„Entschuldigen Sie, Miss Lacey." Inspector Longly ging um Deena herum, die sich zurückzog, als hätte jemand einen heißen Schürhaken auf sie gerichtet. Longly betrachtete die Szene um den Brunnen, sein Blick blieb lange bei Payne hängen, dann sah er Sonia mit hochgezogenen Augenbrauen an.

Sie schüttelte den Kopf. Longly nickte, dann nahm seine Stimme eine Autorität an, die ich seit meiner Ankunft in

Parkview nicht mehr von ihm gehört hatte. „Gut. Wenn Sie bitte alle in den Salon treten könnten, wäre das meiner Meinung nach das Beste. Miss Belgrave, vielleicht könnten Sie Brimble rufen und ihn bitten, die örtlichen Behörden zu kontaktieren."

~

„Entschuldigen Sie, dass ich Ihre Abendpläne unterbrechen muss", sagte Inspector Longly. Er stand im Salon, seine Füße in der Mitte des weinrebengemusterten Axminster-Teppichs, während wir anderen im großen Raum herumstanden. Anstelle des üblichen angenehmen, leisen Geplappers, das von Gelächter unterbrochen wurde, war die Stimmung im Raum angespannt und still, während wir auf den Inspector warteten. Die einzigen Geräusche waren gelegentliches gedämpftes Gemurmel und das Knistern des Feuers im großen Kamin gewesen.

Peter stand am anderen Ende des Zimmers. Er hatte die Vorhänge ein Stück zurückgezogen und starrte in den Garten hinaus, den Rücken der Gruppe zugewandt. Ich stellte mir vor, er wünschte, er könnte ins Freie fliehen. Er war wie Onkel Leo und lieber draußen, doch das war heute Abend nicht möglich. Tante Caroline war wegen seines blauen Auges erschrocken und hatte nach Eis gerufen, doch die kalte Kompresse baumelte von seiner Hand an seiner Seite.

Tante Caroline, an deren Ohren und Hals Saphire funkelten, wandte ihren Blick von Peter ab. „Es ist sicherlich nicht Ihre Schuld, dass Sie der Verantwortliche hier sind, Inspector. Armer Mr. Payne. So eine traurige Situation. Was können Sie uns dazu sagen?"

„Im Moment nicht viel, fürchte ich. Ich hoffe, Ihnen später ein klareres Bild geben zu können." Er sah Onkel Leo an. „Die örtlichen Behörden haben mich gebeten, die

Ermittlungen zu übernehmen. Mit Ihrer Erlaubnis, Sir Leo, möchte ich heute Abend mit jedem Gast einzeln sprechen. Der Chief Constable wird mich begleiten, während ich alle vernehme."

„Natürlich." Onkel Leo stand hinter Tante Caroline, die auf einem der weichen, samtbezogenen Sessel saß. Die Falten in seinem Gesicht sahen tiefer aus, und seine Aufmerksamkeit wanderte auch immer wieder zu Peter. „Ich bin sicher, dass alle voll kooperieren werden." Er legte Tante Caroline eine Hand auf die Schulter. „Caroline und ich würden uns freuen, als erste mit Ihnen zu sprechen."

„Ja, sicher." Tante Caroline griff nach ihrem Schal, als sie sich aufrichtete.

Longly sagte: „Danke, Sir Leo."

Captain Inglebrook beugte sich vor. „Es muss ein Unfall gewesen sein, Lucas."

Es dauerte einen Moment, bis mir klar wurde, dass der Captain Inspector Longly mit seinem Vornamen angesprochen hatte. Bis zu diesem Moment hatte ich fast vergessen, dass Inglebrook und Longly Freunde aus Kindertagen waren. Ich hatte nicht gesehen, dass sie viel Zeit miteinander verbrachten, und sie hatten so unterschiedliche Persönlichkeiten.

Inglebrook saß auf einem der Sofas zwischen Deena und Gigi. Sein Anzug war makellos, und sein dunkles Haar war aus dem Gesicht gekämmt, jedes Haar an seinem Platz. Gigi saß in einer Ecke des Sofas und blies gemächlich Rauchringe an die Decke, doch Deena zuckte zusammen, als Inglebrook sprach. Die Feder in ihrem Haar wippte und ihre Diamantohrringe schwangen, als sie in seine Richtung zuckte. Ihre Nervosität war verständlich nach dem, was sie im Wintergarten gesehen hatte. Ich war auch noch aufgewühlt.

Inglebrook fuhr fort: „Er muss gestolpert sein und sich

den Kopf aufgeschlagen haben. Ich verstehe nicht, worum es bei der ganzen Aufregung geht."

Offensichtlich hatte er Paynes Kopf nicht gesehen. So viel … Schaden … konnte ein Sturz nicht angerichtet haben. Ich unterbrach diesen Gedankengang, als Inglebrook sich mit der Hand über seinen dünnen Schnurrbart strich und fortfuhr: „Wir können doch sicher essen, Lucas, dann kannst du später deine Fragen stellen."

Longly sagte: „Es ist zu früh, um Aussagen zum Tod von Mr. Payne zu machen."

Ich blickte von einem Mann zum anderen. Sie waren vielleicht Freunde aus Kindertagen, doch jetzt gab es definitiv eine Kluft zwischen ihnen, und ich dachte nicht, dass sie sich allein auf eine Rivalität um Gwens Zuneigung zurückführen ließ. Inglebrook war Gigi gegenüber viel aufmerksamer gewesen.

In einer fließenden Bewegung, die mich an eine Katze erinnerte, stand Gigi auf, und die schlichten Linien ihres leuchtendrosa Kleides fielen an ihren Platz. Ihr einziger Schmuck war ein schmales Band aus Saatperlen, das sie um die Stirn trug und das durch ihr dunkles Haar gefädelt war. „Dann brauchen Sie nicht mit mir zu sprechen – oder mit Captain Inglebrook. Wir haben Mr. Payne nach dem Tee nicht mehr gesehen. Captain Inglebrook und ich haben Billard gespielt, bis es Zeit war, uns für das Abendessen anzuziehen."

„Im Gegenteil, Lady Gina, ich muss mit jedem von Ihnen sprechen, um ein vollständiges Bild von allen Bewegungen an diesem Abend zu bekommen." Longlys Stimme klang entschlossen und autoritär.

Auf der anderen Seite des Raums verschmolz Gwens blassgoldenes Kleid mit der cremefarbenen Polsterung ihres Sessels. Sie hatte an der Schließe ihres Topasarmbandes herumgespielt. Sie klappte sie zu. „Aber Sie müssen nicht gleich mit Peter sprechen, Inspector. Das kann bis morgen warten, oder? Er hat einen schrecklichen Schock erlitten. Das verstehen Sie sicher."

„Ich stimme zu, es ist eine schwierige Zeit, aber ich habe festgestellt, dass es am besten ist, sofort mit allen zu sprechen, wenn die Eindrücke noch frisch sind. Wenn Mr. Stone mir ein paar Augenblicke gewähren kann, würde ich gerne heute Abend mit ihm sprechen."

Peter wandte sich vom Fenster ab. Mein Magen verkrampfte sich beim Anblick seines Auges, das jetzt zugeschwollen war. Er warf Gwen einen warnenden Blick zu, als sie Luft holte, um weiterzudiskutieren. Peter sagte zu Longly: „Ich würde gerne mit Ihnen sprechen, wann immer es Ihnen recht ist."

„Danke", sagte Longly und wandte sich an Sir Leo. „Trotz Ihres großzügigen Angebots, zuerst mit mir zu sprechen, Sir Leo, möchte ich mit denjenigen beginnen, die heute Abend im Wintergarten waren. Ich glaube, dazu gehören Mr. Stone", sagte Longly mit einem Nicken zu Peter und wandte sich dann mir zu, „und Miss Belgrave."

„Sicher", sagte ich, während ich bereits durchging, was ich sagen würde, und fühlte einen Anflug von Angst, als ich mich an den seltsamen Ausdruck in Peters Augen erinnerte. Ich würde mich an die Fakten halten, beschloss ich. Ich würde genau sagen, was ich gesehen hatte, mehr nicht – keine Beschönigungen oder Ausschmückungen.

Longly blickte zu Sonia. „Und Mrs. Belgrave."

Sonia und Vater waren hinter mir. Die Kamee, die Sonia am Hals ihres hochgeschlossenen Kleides trug, tanzte, als sie schluckte. „Natürlich, Inspector", sagte sie in einem ausdruckslosen, aber respektvollen Ton, den sie sicher oft verwendet hatte, wenn sie „Ja, Doktor" gesagt hatte.

Sie stand ein wenig hinter Vater. Er zog sie an ihrem Arm an seine Seite. Sonia lehnte sich an ihn, und mir wurde klar, dass Paynes Tod wahrscheinlich auch bei ihr unerfreuliche Erinnerungen wachgerufen hatte. Sie musste während des Krieges schreckliche Dinge gesehen haben.

Longly wandte sich wieder dem Sofa zu. Gigi hatte sich auf der Armlehne niedergelassen und saß nun da und schwang einen zarten Fuß hin und her. Sie war immer zappelig gewesen. In einem Klassenzimmer im Mädchen- pensionat zu sitzen war für sie eine Qual gewesen, doch sie hielt inne, als Longlys Blick über das Sofa zum anderen Ende schweifte. „Und ich muss auch mit Miss Lacey sprechen."

Deenas Kopf ruckte hoch. „Mit mir? Mit mir brauchen Sie sicher nicht zu sprechen. Ich war nur ein oder zwei Minuten im Wintergarten. Ich habe nur einen Blick hinein- geworfen, wirklich."

„Es ist wichtig, dass ich mit Ihnen spreche, Miss Lacey. Sie haben Mr. Payne gefunden."

„Aber Peter war auch da."

„Sie haben Alarm geschlagen", ergänzte er. „Wir werden gleich darauf eingehen." Longly sah sich im Zimmer um. „War noch jemand im Wintergarten zwischen dem Tee und der Zeit, als Mr. Paynes Leiche entdeckt wurde?"

Ich sah Miss Miller an, die in einem Sessel in der Nähe des Feuers saß, und der Rock ihres malvenfarbenen Seiden- kleides blähte sich um ihren Stuhl. Sie wickelte ihr Taschen- tuch um einen Finger, wickelte es ab und wickelte es dann um einen anderen Finger. Sie sagte kein Wort.

Longly wandte sich Onkel Leo zu. „Wenn wir Ihre Bibliothek benutzen dürften …?"

Auf Onkel Leos Nicken hin sagte Longly zu Peter: „Mr. Stone, wenn Sie so gut wären, mich in die Bibliothek zu begleiten, fangen wir mit Ihnen an."

KAPITEL SIEBEN

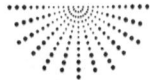

*I*nspector Longly sah von seinem Notizbuch auf und sagte zu mir: „Sie haben Mr. Stone als über Mr. Paynes Körper gebeugt beschrieben, seine Hände an Mr. Paynes Hals, ist das korrekt?"

Wir saßen auf gegenüberliegenden Seiten des großen Lesetisches in der Bibliothek. Am anderen Ende saß ein Constable und kritzelte in sein Notizbuch. Colonel Havens, der örtliche Chief Constable, saß in einem Sessel in der Nähe, und der Rauch seiner Pfeife stieg an die Decke.

„Ja", sagte ich. „Da war Peter, als ich hereingekommen bin und ihn gesehen habe, aber er war nicht in einer bedrohlichen Pose."

Colonel Havens nahm seine Pfeife aus dem Mund. „Wie können Sie das sagen?"

„Peter hat nach seinem Puls gesucht." Natürlich hatte er das. Ich hielt inne, bevor ich Peters leeren Blick und seinen verwirrten Zustand erwähnte. Longly hatte nicht ausdrücklich gesagt, dass er vermutete, dass Peter an Paynes Tod beteiligt war, doch seine detaillierten Fragen machten mich nervös um Peters willen.

Longly spähte auf eine vorherige Seite seiner Notizen zurück. „Und er hat nichts gesagt, als Sie angekommen sind?"

„Nein."

„Aber Sie haben mit ihm gesprochen?"

„Ja, ich habe gesagt, wir sollten Sonia holen, und er hat zugestimmt." Ich verdrängte den Gedanken an Peters sprachlosen Zustand aus meinem Kopf.

„Und Sie haben ihn gefragt, was passiert ist?"

„Korrekt. Wie ich Ihnen bereits berichtet habe." Wir waren diese Details zuvor durchgegangen, zusammen mit Fragen zu Paynes Freunden, Familie und Geschäft, von denen ich Longly nichts erzählen konnte, außer, dass Payne Landkarten verkaufte. Ich unterdrückte meine Ungeduld mit Longlys Gründlichkeit. Ich wollte unbedingt, dass die Befragung endete, bevor ich einen Fehler machte und etwas sagte, das Longly gegenüber Peter noch misstrauischer machen könnte.

„Und was hat Mr. Stone gesagt?"

„Er dachte, er wäre über die Chaiselongue gestolpert." Longly stürzte sich auf das Wort. „Dachte?"

Der kalte Finger der Sorge glitt meine Wirbelsäule empor. „Ich erinnere mich nicht genau, was er Wort für Wort gesagt hat."

„Ich verstehe."

Um seine Fragestellung zu unterbrechen, fragte ich: „Was ist mit der Erde?"

Longlys Bleistift hielt inne. „Erde?"

„Es gab zwei dünne Linien in der Erde auf dem Boden. Sie haben von dem umgestürzten Topf zu Mr. Paynes Fersen geführt, doch als Deena Sonia holen gegangen ist, hat sie sie verwischt. Waren noch Spuren der Linien übrig?"

„Der Wintergarten wird derzeit fotografisch und zeichnerisch dokumentiert." Sein Ton deutete darauf hin, dass das Thema Erde am Boden für ihn abgeschlossen war, dann blätterte er zu einer neuen Seite im Notizbuch. „Und wie war der Geisteszustand von Mr. Stone?"

Der kalte Griff der Angst drückte mein Herz. Es war die Frage, von der ich befürchtet hatte, dass sie auftauchen würde, und ich wollte sie nicht beantworten. „Was meinen Sie damit?"

„Wie sah Mr. Stone aus? War er verwirrt? Durcheinander?"

„Bei klarem Verstand, meinen Sie?"

Mein Ton war scharf, und Longly legte seinen Bleistift weg und rieb sich die Schulter unter dem leeren Ärmel. „Ich weiß, das ist schwierig, Miss Belgrave. Aber diese Fragen müssen gestellt werden – vor allem nach dem Vorfall gestern im Salon." Ich schob meinen Stuhl zurück. „Dann schlage ich vor, dass Sie sich jemanden suchen, der in diesen Dingen ein Experte ist, um Ihre Fragen zu beantworten. Ich weiß nur, dass Peter den Puls gesucht hat und Mr. Payne eindeutig tot war, als ich eingetroffen bin."

„Olive, altes Mädchen!", rief eine Stimme. Ich hatte die Eingangshalle halb durchquert und nicht bemerkt, dass die Gestalt an der Tür Brimble seinen Mantel, seinen Zylinder und seinen Stock reichte. Jasper trat auf die schwarzweißen Fliesen, und seine langen Beine bewegten sich in seinem üblichen, gemächlichen Schritt, seine blonden Locken waren von seinem Hut zerzaust und ungezähmt von Haarwasser. „Ich hatte Ärger mit meinem Automobil und habe es in Upper Benning zur Reparatur gelassen."

„Jasper, Gott sei Dank bist du hier!" Ich durchquerte den Raum mit ausgestreckten Händen. Bevor ich darüber nachdachte, drückte ich mich an seine Brust. Eine Sekunde später schlossen sich seine Arme um mich.

Seine Stimme war leise und sanft, als er in einem ganz

anderen Ton sagte: „Was ist los? Versteh mich nicht falsch – ich finde die Begrüßung bezaubernd, aber das ist nicht der normale Empfang, den ich bekomme, selbst wenn ich eine Gastgeberin davor rette, dreizehn Gäste zum Abendessen bewirten zu müssen."

Ich schob mich von ihm zurück. „Tut mir leid. Ich habe mich für einen Moment vergessen. Aber ich bin so froh, dass du hier bist. Etwas Schreckliches ist passiert. Mr. Payne ist tot, und Inspector Longly vermutet, dass Peter es getan hat."

Jegliche Spur von Humor verschwand aus Jaspers Gesicht. „Peter?"

„Ja, wegen eines Vorfalls gestern Abend im Salon. Jemand hat ein Fenster geöffnet, und der Luftzug ließ die Tür zuschlagen. Peter hat reagiert, als wäre er wieder in den Schützengräben. Es war ziemlich beängstigend und – nun ja, da fanden wir es nur ein wenig peinlich, doch jetzt, mit Mr. Paynes Tod und Peters blauem Auge ..." Ich hielt inne und holte tief Luft. „Aber eins nach dem anderen, sonst kommst du durcheinander. Komm mit mir ... ähm... in das Musikzimmer. Es sollte leer sein. Da erzähle ich dir alles."

Jasper folgte mir ins Musikzimmer, und ich sagte: „Du solltest besser die Tür schließen. Ich denke, das sollte niemand belauschen."

Das Geräusch unserer Absätze, die über den Holzboden klapperten, hallte durch den leeren Raum. Es war ein krasser Kontrast zum Vorabend, als der Raum mit Musik und Applaus gefüllt war.

Ich setzte mich auf eine Sitzbank mit geschwungenen Armen, und Jasper zog einen Sessel heran. Während ich zusammenfasste, was passiert war, hörte Jasper zu, den Ellbogen auf die Armlehne des Sessels gestützt, sein Kinn auf seine Hand und seine Finger über seinen Mund gelegt.

Als ich fertig war, nahm er seine Hand von seinem Gesicht. „Du denkst, Peter hat es getan."

Ich brauste angesichts seines erstaunten Tons auf. „Ich *fürchte*, er könnte es getan haben. Ich will nicht glauben, dass er es getan hat. Oh, wenn du sein Gesicht gesehen hättest – diesen glasigen Blick. Ich bin sicher, er war verwirrt und – und – verwirrt, ist die einzige Art, es zu beschreiben. Er wusste nicht, was passiert war."

„Er hat es nicht getan", sagte Jasper. „Es gibt Grenzen, die er nicht überschreiten würde – nicht überschreiten *könnte*."

„Aber was ist, wenn Peter etwas aus der Fassung gebracht hat, wie das Krachen der Tür im Salon gestern Abend? Er war völlig in diese schrecklichen Erinnerungen versunken und reagierte darauf. Meine Knie schmerzen immer noch, nachdem er mich zu Boden geworfen hat." Alle meine Sorgen sprudelten heraus. „Ich glaube nicht, dass Peter Mr. Payne absichtlich schaden würde. Natürlich nicht. Aber vielleicht war Peter mitten in einem seiner … Anfälle. Wenn er dachte, er wäre auf dem Schlachtfeld …"

Jasper schüttelte den Kopf. „Ich kann dir versichern, dass Peter so etwas nie tun würde." Jaspers Disposition war eher unbeschwert. Er nahm das Leben nicht allzu ernst, doch er war jetzt düsterer, als ich ihn je gesehen hatte.

Ich beugte mich vor. „Wo hat Peter dann sein blaues Auge her? Er und Mr. Payne müssen gekämpft haben …"

„Erzähl mir von Mr. Payne."

„Gut", sagte ich und war froh, nicht weiter über Peters Geisteszustand reden zu müssen. „Mr. Vincent Payne. Wo soll ich anfangen?"

„Bei diesem Gesicht, das du gerade gemacht hast,

vermute ich, dass dieser Mann etwas Unappetitliches an sich hatte."

„Er war eine seltsame Mischung. Nun, er ist mit Gigi zu weit gegangen. Sie hat ihn geschlagen."

„Gigi konnte schon immer gut auf sich selbst aufpassen."

„Wohl wahr. Aber Gigis Zurückweisung schien Mr. Payne nicht zu stören. Ich meine, er sah aufgebracht aus, aber nur für kurze Zeit. Er war zerknirscht und hat sich entschuldigt, dann hat er so getan, als wäre nichts passiert", sagte ich und dachte daran, wie Mr. Payne seinen Arm ausgestreckt hatte, um mit Gigi zurück nach Parkview zu gehen. „Kurz darauf war er mit den anderen im Salon – obwohl er um Gigi einen großen Bogen gemacht hat."

„Oh, das kann ich mir vorstellen. Landkarten, sagst du? Sir Leo muss sich dafür interessiert haben."

„Natürlich. Das ist der Grund, warum Onkel Leo Mr. Payne nach Parkview eingeladen hat. Onkel Leo wollte Karten von ihm kaufen."

„Also hat Mr. Payne antike Karten verkauft?"

„Ja, aber soweit ich das verstanden habe, war er kein Händler in dem Sinne. Für ihn war es eher etwas, das er nebenbei betrieben hat. Obwohl Mr. Payne sie sehr energisch angepriesen hat."

„Hmm … Kartenhändler sterben eher selten unter verdächtigen Umständen, denke ich."

„Ich weiß."

Jasper beugte sich vor und stützte seine Ellbogen auf seine Knie. „Nun, was hat es mit der Erde auf sich, die du vorhin erwähnt hast?"

Ich beschrieb den umgestürzten Topf und die über den Boden verstreute Erde genauer. „Da war ein Haufen Erde." Ich drückte meine Hand flach und fegte sie in einem Bogen. „Das Seltsame war, dass es zwei parallele Linien gab, die an

Mr. Paynes Fersen endeten, doch Deena ist darüber gelaufen, um Sonia zu holen, und sie sind auf demselben Weg zurückgekommen, sodass ihre Schritte den Großteil der Linien verwischt haben."

„Aber es sah so aus, als ob Mr. Paynes Absätze durch die Erde zum Brunnen geschleift worden wären?"

„Genau", sagte ich. Als ich über die Positionierung von Mr. Paynes Körper nachdachte, fügte ich hinzu: „Seine Gliedmaßen waren ausgerichtet, seine Beine waren gerade und die Arme lagen an seinen Seiten."

„Was wahrscheinlich nicht der Fall wäre, wenn er gefallen wäre", sagte Jasper.

„Das scheint nicht wahrscheinlich, nein." Ich runzelte die Stirn. „Captain Inglebrook nahm an, dass Mr. Paynes Tod ein Unfall war, dass er gestürzt und mit dem Kopf aufgeschlagen war – Deena muss ihm erzählt haben, was sie im Wintergarten gesehen hatte –, doch es sieht so aus, als ob Mr. Payne angegriffen und dann geschleift wurde ... hinüber zum Springbrunnen und so arrangiert, als wäre er rückwärts auf den Rand gefallen und hätte sich den Kopf aufgeschlagen, doch sein Kopf sah aus –"

„Schon gut", sagte Jasper schnell. „Du musst es nicht noch einmal beschreiben. Du warst beim ersten Mal ziemlich blass. Wenn jemand Mr. Paynes Leiche bewegt hat, ist das kaum die Reaktion von jemandem inmitten einer Episode einer Schützengrabenneurose, was gut für Peter sein sollte, angenommen Inspector Longly glaubt, Peter hätte eine Art Wahnvorstellung gehabt. Peter würde Mr. Payne nicht zum Brunnen schleifen. Das ist das Handeln von jemandem, der versucht, die Wahrheit zu vertuschen. Wenn Peter verwirrt gewesen wäre, wäre er nicht in der Lage gewesen, an so etwas zu denken."

„Vielleicht hat Peter geglaubt, dass Mr. Payne ein Verletzter auf dem Schlachtfeld war", sagte ich und hasste es, meine Gedanken überhaupt in Worte zu fassen. „Vielleicht dachte Peter, er würde ihn in Sicherheit bringen?"

„Und hat dann Mr. Paynes Kopf auf dem Rand des Brunnens balanciert?" Jasper schüttelte den Kopf. „Nein, das klingt viel zu klar, besonders wenn Peter unter einer Episode seiner Schützengrabenneurose gelitten hat. Vielleicht ist Peter einfach in den Wintergarten gegangen und hat die Leiche gesehen, was die Episode ausgelöst hat."

„Woher hat er dann sein blaues Auge?", fragte ich. Es war eine weitere Frage, auf die ich nicht eingehen wollte, doch wir konnten sie nicht ignorieren. Longly sicher auch nicht.

„Du sagtest, Peter denkt, er wäre gestolpert", sagte Jasper. „Vielleicht ist Peter in den Wintergarten gekommen, hat Mr. Payne gesehen und die umgestürzte Chaiselongue nicht."

Als Jasper das sagte, fiel mir etwas ein. „Oh! Der malvenfarbene Stoff!"

„Malvenfarbener Stoff?"

„Jemand anderes war im Wintergarten. Als ich Deena hinein gefolgt bin, habe ich einen Blick auf malvenfarbenen Stoff durch das Blattwerk erhascht. Ich konnte nichts anderes sehen, aber durch eine kleine Lücke zwischen den Pflanzen habe ich klar malvenfarbenen Stoff erkannt."

Jasper sagte: „Der Wintergarten hat mehrere Wege. Jemand hätte den nehmen können, der am äußeren Rand des Raumes entlanggeht und zurück zu den Türen."

„Nur eine Person trug heute Abend malvenfarbenen Stoff– Miss Miller."

„Hilf meiner Erinnerung auf die Sprünge. Wer ist nochmal Miss Miller?", fragte Jasper. „Ich weiß, dass du sie in deiner Zusammenfassung der Situation erwähnt hast, aber ich erinnere mich nicht, was du über sie gesagt hast."

„Das liegt daran, dass es nicht viel zu sagen gibt. Sie ist eine unverheiratete Lady, eine von Tante Carolines Bridgepartnerinnen. Sie führte den Haushalt für ihren Bruder, der jedoch kürzlich verstorben ist. Sie ist furchtbar unentschlossen und neigt zu ausschweifenden Erzählungen."

„Hmm … kein Grund, Mr. Payne anzugreifen?"

„Keiner, der mir einfällt. Und sie wirkt gebrechlich. Ich bin mir nicht sicher, ob sie … so etwas tun könnte. Aber als Longly die Leute aufgezählt hat, mit denen er zuerst sprechen wollte, diejenigen, die heute Abend im Wintergarten gewesen waren, hat sie kein Wort gesagt. Ich wollte es ihm schon vorhin sagen, aber als ich in der Bibliothek mit ihm gesprochen habe, da habe ich es vergessen, weil ich mir solche Sorgen um Peter gemacht habe. Ich sollte Inspector Longly sofort Bescheid sagen. Vielleicht hat Miss Miller etwas gesehen, das Peter entlasten kann."

„Warum hat sie nicht gleich etwas gesagt?"

Ich seufzte. „Ich weiß nicht. Ich hoffe, es lag daran, dass sie nicht in eine polizeiliche Untersuchung verwickelt werden wollte. Zurückhaltend erzogene Damen vermeiden solche Dinge." Jasper grinste, und ich unterbrach ihn, bevor er einen Kommentar abgeben konnte. „Ich bin ein Sonderfall. Ich muss mich in diese Situationen einmischen. Meine Arbeit erfordert das."

„Und du bist neugierig."

Ich grinste ihn an. „Das auch."

Jasper stand auf, streckte eine Hand aus und zog mich hoch. „Ich hoffe, du hast Recht und Miss Miller kann helfen, aufzuklären, was passiert ist. Ich mache mich auf die Suche nach Peter, um mich mit ihm zu unterhalten." Er drückte meine Hand, bevor er sie losließ. „Mach dir keine Sorgen. Wir werden das klären."

Wir trafen Brimble in der Eingangshalle. „Im Speisezimmer wurde ein kaltes Abendbuffet aufgebaut", sagte er.

„Danke, Brimble", sagte ich. „Vielleicht später."

„Ist Peter im Speisezimmer?", fragte Jasper Brimble.

„Nein, Sir. Ich glaube, er hat sich für den Abend in sein Zimmer zurückgezogen."

Jasper dankte Brimble und sagte dann zu mir: „Lass uns uns später treffen. Vielleicht im Billardzimmer?"

„Ich glaube nicht, dass ich Lust auf eine Partie Billard habe."

„Nein, um Notizen zu vergleichen. So funktioniert die Detektivarbeit, oder nicht?" Er lächelte mich kurz an und ging den Korridor entlang, viel schneller als sonst.

Ich ging nicht ins Speisezimmer. Da ich ein arbeitendes Mädchen war, neigte ich dazu, jede üppige Mahlzeit zu nutzen, die mir angeboten wurde. Jede Abwechslung von meinen Dreigroschenbrötchen und meinem lauwarmen Tee war willkommen, doch ich würde heute Abend nicht essen können. Mein Magen fühlte sich zu mulmig an.

Ich klopfte an die offene Tür der Bibliothek. Ich musste Inspector Longly zwischen den Vernehmungen erwischt haben, denn er war allein. „Miss Belgrave, bitte kommen Sie herein."

„Ich werde nicht viel von Ihrer Zeit in Anspruch nehmen, Inspector. Ich wollte nur etwas erwähnen, das ich vorhin vergessen habe."

Longly wies auf den Platz sich gegenüber am Tisch und nahm sein Notizbuch, als ich ihm erzählte, dass ich den malvenfarbenen Stoff im Wintergarten gesehen hatte.

„Malvenfarben? Könnte es eine Blume oder eine Ranke gewesen sein?"

„Nein. Es war Stoff. Er hatte einen Glanz wie Seide."

Longlys Blick wanderte über die Tischoberfläche hin und her, und ich nahm an, dass er im Geiste die Abendkleidung aller durchging.

„Nur eine Person hat heute Abend etwas Malvenfarbenes getragen – Miss Miller. Ich bin nur ungern eine Tratschtante, aber ich hatte das Gefühl, es erwähnen zu müssen."

Er schlug in seinem Notizbuch nach und blätterte die Seiten um. „Miss Miller sagt, dass sie sich nach dem Tee in ihrem Zimmer ausgeruht hat und dann vor dem Abendessen direkt in den Salon gegangen ist." Er machte sich eine Notiz. „Ich werde morgen mit ihr sprechen. Sie hat sich für den Abend zurückgezogen. Danke, Miss Belgrave."

KAPITEL ACHT

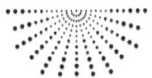

Ich ging den Flur entlang und las die Namenskarten neben jeder Tür. Longly musste bis morgen warten, um mit Miss Miller zu sprechen. Es wäre unhöflich, zu bitten, mit ihr zu sprechen, nachdem sie sich für die Nacht zurückgezogen hatte. Er mochte ein Kriminalkommissar sein, doch man rief einen älteren Gast einfach nicht aus dem Bett. Ich war jedoch selbst ein Gast und konnte mich vielleicht mit ihr unterhalten, wenn sie noch wach war.

Den Flur entlang kam ein Dienstmädchen aus einem der Zimmer, zog die Tür zu und ging den Gang hinunter. Dieselbe Tür ging auf, und Miss Miller lehnte sich mit dem Rücken zu mir heraus, während sie das Dienstmädchen zurückrief. Miss Miller trug einen Morgenmantel, und ihr blondes Haar war zu einem langen Zopf geflochten, der ihr über den Rücken hing.

Ich eilte auf sie zu, um sie anzusprechen, bevor sie wieder im Zimmer verschwand. Ich erreichte ihre Tür, gerade als Miss Miller dem Dienstmädchen ein Paar cremefarbene Schuhe entgegenhielt. „Die müssen gereinigt werden."

Das Dienstmädchen griff nach den Schuhen, die an einer der Zehen einen schwarzen Fleck hatten. „Es tut mir leid, Miss. Ich kümmere mich gleich darum."

Als Miss Miller dem Dienstmädchen die Schuhe reichte, neigte sie sie und zeigte die Sohlen. In die Schuhsohlen war tiefschwarze Erde gemahlen – die gleiche Farbe wie die Blumenerde, die über den Boden des Wintergartens verschüttet worden war.

„Warten Sie einen Moment!", rief ich dem Dienstmädchen nach, das sich halb abgewandt hatte, und sie blieb stehen.

Miss Miller fuhr herum. Ich griff nach den Schuhen und drehte die Sohlen nach oben. „Sie waren heute Abend im Wintergarten, nicht wahr, Miss Miller?"

Ihr Gesicht wurde so weiß wie die Spitzenverzierung ihres Morgenmantels. Sie schwankte. Ich ergriff einen ihrer Arme, und das Dienstmädchen den anderen, bevor Miss Miller zusammenbrach.

Ich stolperte zurück und hielt sie aufrecht. Sorge überflutete mich. War Miss Miller bei schlechter Gesundheit? Ich hätte mit meiner Frage nicht so herausplatzen sollen. Sie täuschte keine Ohnmacht vor, wie es manche Damen taten. Miss Miller hing schlaff in meinen Armen. „Hilf mir, sie ins Bett zu bringen", sagte ich zu dem Dienstmädchen.

Das Mädchen und ich brachten sie zum Bett, und ich schickte sie nach Riechsalz, dann breitete ich eine Decke über Miss Miller aus, und meine Sorge schwand ein wenig, weil sie atmete und ihre Farbe wieder zurückkehrte. Ich bückte mich und sammelte die Schuhe ein, die das Dienstmädchen fallen gelassen hatte, als sie mir geholfen hatte, Miss Miller zu stützen. Ich legte sie auf einen Sessel auf der anderen Seite des Zimmers und kehrte dann zum Bett zurück, wo das Dienstmädchen Riechsalz unter Miss Millers Nase wedelte.

Sie keuchte und öffnete die Augen, dann wedelte sie mit der Hand. „Mein Taschentuch. Ich brauche mein Taschentuch." Das Dienstmädchen reichte ihr ein frisch gewaschenes aus einer Schublade, und Miss Miller wischte sich die Augen und die Nase ab und ließ sich dann in die Kissen zurücksinken. „Es tut mir leid", sagte sie zu mir. „Mir war plötzlich ganz schwindelig. Ich denke, ich hätte das kalte Abendbuffet nicht auslassen sollen, aber ich konnte heute Abend kein Essen vertragen."

Ich wandte mich dem Dienstmädchen zu. „Holen Sie Miss Miller eine Tasse Tee und vielleicht etwas trockenen Toast."

„Ja, Miss." Das Zimmermädchen knickste und verließ das Zimmer.

Ich zog den Stuhl vom Schminktisch zum Bett heran und setzte mich. „Sie werden sich besser fühlen, wenn Sie Tee und Toast im Magen haben."

„Ich hätte den Schlaftrunk nicht auf nüchternen Magen nehmen sollen. Das geht nie gut", sagte Miss Miller zerstreut.

„Ich muss mich entschuldigen. Ich hätte Sie nicht so mit meiner Bemerkung überfallen sollen. Ich wollte Sie nicht erschrecken."

Während ich sprach, begann Miss Millers Blick durch den Raum zu wandern. Sie entdeckte die Schuhe auf dem Stuhl und beugte sich abrupt vor, um meine Hand zu packen. Die schnelle Bewegung überraschte mich. Ihre dünnen Finger waren kalt und stark, als sie meine festhielten. „Ich wusste heute Abend nicht, was ich tun sollte, als Inspector Longly gefragt hat, wer sonst noch im Wintergarten war – es ist so schmutzig, in eine polizeiliche Untersuchung verwickelt zu sein. Winston hätte das nicht gutgeheißen."

Ich tätschelte ihre Hand auf eine, wie ich hoffte, beruhigende Art und Weise. „Es ist nicht angenehm, aber Sie müssen es Inspector Longly sagen."

„Oh, ich glaube, ich könnte nicht. Und ich bin sicher, was ich zu sagen habe, ist nicht wichtig. Ich war nur kurz im Wintergarten. Es wäre so peinlich, das jetzt zuzugeben. Ich hatte gar nicht vor, in den Wintergarten zu gehen, aber ich habe gesehen, wie dieser schreckliche Mr. Payne hineingegangen ist, und ich ..." Sie ließ meine Hand los und nahm das Taschentuch. Sie wickelte es um ihren Zeigefinger und dann wieder ab.

Ich massierte meine Finger. „Aber Sie sind doch irgendwann in den Wintergarten gegangen, nicht wahr? Sonst hätten Sie keinen Schmutz an Ihren Schuhen."

Seufzend wickelte sie das Taschentuch wieder um ihren Finger. „Ja, aber ich wünschte, ich hätte es nicht getan. Das wäre alles so viel einfacher, wenn ich stattdessen in den Salon gegangen wäre. Wenn nur Mr. Payne seine Karten nie an Winston verkauft hätte."

Mit Miss Miller zu sprechen war ein bisschen so, als würde man versuchen, einen Schmetterling zu fangen. Ihre Gedanken flatterten von hier nach da, und es war schwer, ihr zu folgen, doch ich hatte das Gefühl, dass wir den Kern der Sache erreichten. „Mr. Payne hat Ihrem Bruder eine Karte verkauft?"

„Mehrere Karten. Und es waren alles Fälschungen."

„Oh du meine Güte."

„Nun, nicht die Karten selbst. Es waren antike Karten. Es waren die Unterschriften auf den Rückseiten, die gefälscht waren. Winston war so begeistert von der Vorstellung, Karten zu besitzen, die von Rudyard Kipling und Charles Darwin signiert waren, dass er sie zusammen mit mehreren anderen gekauft hat. Erst als Winston gestorben ist und ich seinen Nachlass zum Schätzen gebracht habe – denn was nützen mir alte Landkarten? – habe ich erfahren, dass die Unterschriften allesamt Fälschungen waren."

Sie strich das Taschentuch auf der Decke glatt. „Als ich Mr. Payne hier begegnet bin, habe ich ihn sofort erkannt. Natürlich hat er sich überhaupt nicht an mich erinnert. Ich war nur die alte Jungfer, die seinen Tee eingeschenkt und das Abendessen arrangiert hat, als er bei uns war." Sie zupfte an der Spitze des Taschentuchs. „Aber ich wollte nicht, dass Sir Leo von diesem – diesem – *Intriganten* hereingelegt wird. Er ist ein Betrüger, wissen Sie. Ich meine, er *war* ein Betrüger."

Sie hatte sich aufgeregt, doch jetzt sank sie zurück in die Kissen. „Das war eine so peinliche Situation. Sie haben gesehen, wie Mr. Payne war, wie hartnäckig und überzeugend er sein konnte. Wenn ich zu Sir Leo gegangen wäre und ihm gesagt hätte, dass Mr. Payne Winston Fälschungen verkauft hat, war ich sicher, dass Mr. Payne meine Worte als dummes Gerede abgetan und Sir Leo überzeugt hätte, dass das nicht stimmt. Darum habe ich gestern beschlossen, dem netten Captain Inglebrook davon zu erzählen. Ich habe ihm alles erklärt. Er sagte, er würde mit Mr. Payne sprechen. Und das muss er auch getan haben, denn heute Nachmittag kam Mr. Payne zu mir."

Sie drückte sich tiefer in die Kissen. „Es war keine gute Idee, Captain Inglebrook zu bitten, sich darum zu kümmern. Wie sehr wünschte ich, ich könnte das ungeschehen machen. Ich hätte mich nicht einmischen sollen." Sie hielt inne und gähnte. Dann schüttelte sie den Kopf und schob sich höher, um aufrechter zu sitzen. „Heute Nachmittag kam Mr. Payne und hat behauptet – nun, er hat behauptet, er weiß etwas über mich, das ich nicht preisgeben möchte."

„Was will er über Sie gewusst haben?" Welches Geheimnis könnte diese Frau haben?

Miss Miller beugte sich vor und senkte die Stimme. „Mein Nachname ist nicht Miller. Er ist Müller – ein deutscher Name."

„Oh, ich verstehe."

Sie zupfte wieder an der Spitze ihres Taschentuchs. „Als der Krieg ausgebrochen ist, entschied mein Bruder, dass es am besten wäre, wenn wir unseren Namen auf Miller ändern würden. Er hatte sich von seiner Anstellung in der Stadt zurückgezogen, und wir sind nach Nether Woodsmoor gezogen, wo niemand uns kannte. Winston sagte, es sei vernünftig, unseren Namen zu ändern. Sie erinnern sich, wie sehr die Deutschen geschmäht wurden, nicht wahr?", fragte sie. „Immer noch geschmäht werden."

„Ja, ich verstehe." Ich wollte nicht glauben, dass jemand Miss Miller wegen ihres Nachnamens anders behandeln würde, doch ich wusste, dass es stimmte.

Sie wurde lebhafter und kniff ihre Augen zusammen. „Aber dann, nachdem Captain Inglebrook ihn gewarnt hatte, hat dieser schreckliche Mr. Payne meinen Brief gestohlen. Einen alten Brief aus diesem Raum – einen Brief, den ich aufbewahrt und sehr geschätzt habe. Er war von meinem Schatz. Er ist 1890 bei einem Unfall ums Leben gekommen. Er war an Miss Marion Müller adressiert und gehörte zu meinen kostbarsten Besitztümern. Er hatte kein Recht, meine Sachen zu durchsuchen", fügte sie hastig hinzu. Ihre Wangen röteten sich. „Mr. Payne hatte die Nerven zu sagen, dass er, wenn ich wegen der Karten, die er an Winston verkauft hatte, nicht schweige, den Brief beim Tee „finden" und laut vorlesen würde, damit jeder meinen wahren Nachnamen erfährt."

„Was für ein Schurke."

Ihr energischer Ausbruch schwand schnell. Sie unterdrückte ein weiteres Gähnen und nickte hinter ihrer Hand. „Ich – nun, es tut mir leid, sagen zu müssen, dass ich ein Feigling war, und ich habe Mr. Payne gesagt, ich würde Captain Inglebrook mitteilen, dass alles ein Irrtum war, was ich auch getan habe. Doch als ich heute Abend Mr. Payne in den Wintergarten gehen sah, dachte ich, ich könnte ihn vielleicht überreden, den Brief zurückzugeben. Er hatte zuvor nichts davon gesagt. Ich hätte ihm das Versprechen abnehmen sollen, ihn zurückzugeben, bevor ich nachgegeben habe. Ich wollte diesen Brief so sehr."

„Sie sind also in den Wintergarten gegangen ..."

„Das habe ich getan, aber erst, nachdem ich ein paar Minuten auf dem Korridor hin- und hergegangen bin. Da habe ich beschlossen, dass ich es wirklich tun muss. Ich habe meinen Mut zusammengefasst und bin hineingestürmt. Ich habe Mr. Payne nicht gesehen oder ihn sich bewegen hören. Ich entschied, dass er gegangen sein musste, also habe ich mich durch die Pfade geschlängelt – es ist gar nicht so einfach, sich bei all der Vegetation nicht zu verlaufen, nicht wahr? Aber ich bin einem der Pfade zum Brunnen gefolgt. Ich dachte, ich nehme mir einen Moment Zeit und bewundere die Seerosen – so eine schöne und ungewöhnliche Blume! Tatsächlich gibt es im Wintergarten so viele einzigartige Blumen –"

„Was ist passiert, als Sie am Brunnen angekommen sind?", fragte ich, bestrebt, Miss Miller davon abzuhalten, abzuschweifen.

Sie holte tief Luft und drückte ihre Hand auf ihre Brust. „Ich war schockiert – so schockiert! Mr. Payne lag regungslos am Boden, und seine Augen ..." Sie schauderte. „Es war wirklich schrecklich." Sie hob das Taschentuch auf und wickelte es um ihren Zeigefinger. „Doch dann dachte ich, das wäre vielleicht meine einzige Chance. Wenn er den Brief in diesem Moment bei sich hätte, könnte ich ihn zurückbekommen. Ich wusste auf den ersten Blick, dass Mr. Payne nicht mehr war. Ich habe während des Krieges meinen Beitrag geleistet, den Verwundeten Gesellschaft geleistet und Briefe für sie geschrieben. Ein armer Mann ist gestorben, als ich ihm aus *Die Neununddreißig Stufen* vorgelesen habe, er ist einfach weggeglitten." Sie hob ihre freie Hand und wedelte mit den Fingern, bewegte sie durch die Luft, eine Skizze seines scheidenden Geistes. „Und dann war da noch Winston. Ich war bei ihm und habe seine Hand gehalten, als er gestorben ist, also weiß ich, wie der Tod aussieht."

Diesmal unterbrach ich sie nicht. Ihr Gesicht war traurig, als sie innehielt, verloren in Erinnerungen. Dann holte sie Luft und kehrte in die Gegenwart zurück. „Mr. Paynes Tod bedeutete, dass es Polizei und Fragen geben würde, die ich nicht beantworten wollte, also habe ich" – sie schluckte – „Ich zwang mich, seine Taschen zu durchsuchen."

Sie wickelte den Stoff von ihrem Finger ab. „Der Brief war in seiner Jackentasche – zum Glück war dieser Teil seines Fracks nicht unter seinem Körper. Ich konnte ihn erreichen, ohne ihn berühren zu müssen. Ich habe meinen Brief gefunden. Erst als ich aufgestanden bin und mich abgewandt habe, habe ich den armen Mr. Stone gesehen. Er war auf dem anderen Weg, nicht dem, den ich heruntergekommen war."

Meine Hoffnung, dass ihre Geschichte, wie ich bei ihrer Erzählung angenommen hatte, Peter entlasten würde, schwand.

„Ihn zu sehen, hat mich noch mehr erschreckt." Miss Miller presste ihre Hand auf ihre Brust. „Ich hatte nicht bemerkt, dass er da war. Ein großer, umgestürzter Topf hatte ihn vor meinem Blick verborgen. Ich hatte solche Angst. Zwei Tote! Doch dann regte sich Mr. Stone, nur sein Fuß. Er stöhnte auch, also wusste ich, dass er am Leben war. Ich bin an Mr. Stone vorbeigeeilt – ich habe mich schrecklich gefühlt, ihn zurückzulassen –, aber ich hatte Angst, dass mich jemand dort finden könnte."

„Also haben Sie sonst niemanden im Wintergarten gesehen?"

„Nein. Ich bin geflüchtet."

„Und zuvor, als Sie den Weg durch den Wintergarten gegangen sind, haben Sie da jemanden gesehen? Nur ein flüchtiger Blick?"

„Nein." Ein weiteres Gähnen ließ ihr Kiefer knacken. „Entschuldigen Sie bitte, ich bin so schläfrig – der Schlaftrunk, wissen Sie."

Ich unterdrückte einen frustrierten Seufzer. Wäre Miss Miller nur etwas früher gekommen, hätte sie vielleicht gesehen, was passiert war. Ihre Geschichte würde Peter so nicht helfen – wenn es die Wahrheit war. Ich studierte ihr Gesicht und versuchte herauszufinden, ob in ihren verschlafenen blauen Augen eine Lüge lag. Sie blinzelte und zog ihre Augenbrauen hoch, um wach zu bleiben.

„Also haben Sie den Brief jetzt?", fragte ich.

Sie zog einen zerknitterten Umschlag mit verblasster Handschrift aus der Tasche ihres Morgenmantels. „Ich lasse ihn jetzt nicht mehr aus den Augen."

„Das kann ich gut verstehen." Er war kein Beweis, doch er bestätigte einen Teil ihrer Geschichte, weil ich die Handschrift sehen konnte. Der Umschlag war an Miss Marion Müller adressiert. „Mir ist klar, dass der ganze Vorfall beunruhigend ist, aber Sie müssen das alles dem Inspector erzählen. Es ist viel besser, wenn er es von Ihnen hört, als zu erfahren, dass Sie im Wintergarten waren und ihm etwas verschwiegen haben." So enttäuscht ich auch war, dass ihre Geschichte Peter nicht helfen würde, ihre Anwesenheit im Wintergarten war Teil des Rätsels dessen, was passiert war, und Longly musste davon erfahren.

Sie kuschelte sich in die Kissen. „Ich nehme an, das muss ich wohl", stimmte sie zu, und ihr Ton ähnelte einem Kind, das wusste, dass es in einer Angelegenheit keine andere Wahl hatte. „Aber ich werde es morgen tun."

Ich fragte mich, ob es der Schlaftrunk war, der sie so einsichtig machte oder ob sie ihre Meinung wirklich geändert hatte.

Das Dienstmädchen kehrte zurück, und Miss Miller schob den Brief unter ein Kissen. Das Dienstmädchen stellte ein Tablett auf ihren Schoß und ging dann. Miss Miller kämpfte sich ein paar Zentimeter hoch. „Ich werde nur einen Bissen zu mir nehmen und mich dann etwas ausruhen. Ich spreche morgen mit dem Inspector."

„Ich denke, das ist eine gute Idee."

„Wäre es möglich … Könnten Sie bei mir sein, wenn ich mit ihm spreche?"

„Gerne."

Miss Miller pickte wie ein Vögelchen ein paar winzige Bissen Toast, nippte an ihrem Tee und lehnte sich dann mit schweren Lidern in die Kissen zurück. Ich nahm ihr das Tablett ab, legte ihr die Decke um die Schultern und klingelte nach dem Dienstmädchen. Nachdem sie das Tablett mitgenommen hatte, nahm ich die cremefarbenen Schuhe und verließ auf Zehenspitzen das Zimmer. Ich hoffte, Miss Miller würde ihre Meinung über das Gespräch mit Longly nicht ändern, aber ich beschloss, für alle Fälle die Schuhe in meine Obhut zu nehmen.

Ich sah im Billardzimmer nach, um zu sehen, ob Jasper dort auf mich wartete, doch es war leer. So viel zum Vergleichen von Notizen über unsere Detektivarbeit. Ich ging ins Erdgeschoss. Es schien, dass alle Miss Millers Beispiel gefolgt waren und sich früh zurückgezogen hatten. Die meisten Räume waren dunkel und still. Der Flur zum Wintergarten war mit einer Reihe von Stühlen abgesperrt. Den dunklen Korridor hinunter konnte ich sehen, dass die Tür zum Wintergarten geschlossen und wahrscheinlich auch abgeschlossen war. Die Bibliothek und der Salon waren menschenleer.

Ich stieg die Treppe zu meinem Zimmer hinauf und fragte mich, ob Jasper sich auch schon zurückgezogen hatte oder ob er noch bei Peter war. Ich hatte nicht vor, an seine oder Peters Tür zu klopfen, nachdem alle in ihren Zimmern waren. Das wäre höchst unangemessen. Ich würde Jasper beim Frühstück etwas zu erzählen haben – oder beim Mittagessen, dachte ich. Jasper war kein Frühaufsteher.

Als ich die Tür zu meinem Zimmer öffnete, kam eine Stimme von drinnen. „Endlich! Wo bist du gewesen?"

KAPITEL NEUN

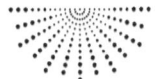

*D*ie Hand auf mein Herz gepresst, schloss ich die Tür. „Sonia, du hast mich halb zu Tode erschreckt."

In einer Ecke des Raumes war eine einzelne Tischlampe eingeschaltet, deren Schein die Vögel und Blumen auf der Tapete beleuchtete. Sonia stand noch im Abendkleid davor. Sie nahm ein Buch vom Tisch. „Ich warte seit fast einer halben Stunde. Ich habe deinem Vater gesagt, dass ich ein Buch aus der Bibliothek holen würde. Er wird sich fragen, was aus mir geworden ist. Wo bist du gewesen?"

„Ich war mit Miss Miller sprechen."

„Oh." Mit dieser Antwort hatte sie nicht gerechnet. Sie dachte wahrscheinlich, ich wäre in Gigis Zimmer gewesen und hätte mir Zeitschriften angesehen, während Gigi Zigaretten rauchte. „Nun, ich wollte dich nur kurz sprechen." Sonia drückte das Buch an sich. „Du musst herausfinden, wer Mr. Payne getötet hat. Tu" – sie gestikulierte mit einer Hand in der Luft – „was immer du tust, und sorg dafür, dass alles aufgeklärt wird. Um Peters willen."

Da ich immer noch Miss Millers Schuhe in der Hand hielt, stellte ich sie auf die Kommode und ging durch den

Raum. „Was hat diese Veränderung bewirkt? Ich dachte, du missbilligst meine Arbeit."

„Missbilligen ist ein starkes Wort. Ich finde einfach, du solltest dich so verhalten, wie es deinem gesellschaftlichen Rang entspricht. Doch" – ihr Ton verlor seine herablassende Note und wurde forsch, als sie das Buch mit beiden Händen umklammerte – „wenn du der Familie helfen kannst, einen Skandal zu vermeiden, dann bist du dazu verpflichtet."

„Natürlich. Ich werde tun, was ich kann, um Peter zu helfen."

„Gut." Ihr Würgegriff um das Buch wurde fester, und sie schien noch etwas sagen zu wollen, doch sie fügte nur hinzu „Gute Nacht" und ging an mir vorbei, als sie das Zimmer verließ.

„Nun, das war seltsam", murmelte ich. Ich rief Hannah nicht, um mir aus meinem Kleid zu helfen. Ich trat hinter den Lackparavent und zog die Nachtwäsche und den Morgenmantel an, die Hannah für mich bereitgelegt hatte.

Da klopfte es an meiner Tür. Eine tiefe Stimme flüsterte: „Olive?"

Ich schnürte meinen Morgenmantel zu und öffnete die Tür einen Zentimeter, dann trat ich einen Schritt zurück und schwang sie weit auf. „Jasper! Du siehst mitgenommen aus."

Er lehnte am Türrahmen, den Arm daran gestützt, den Kopf auf den Unterarm gelehnt. „Das bin ich auch."

Jasper war normalerweise tadellos gepflegt, doch etwas war über das Revers seines Fracks verschmiert. Sein Haar, das nie ordentlich geglättet war, sah noch zerzauster aus als sonst. Ein schwerer Geruch von Zigarettenrauch ging vom Frack aus. Jasper rauchte – normalerweise nicht in meiner Nähe, weil Rauch mich störte –, aber er stank nie nach Rauch.

„Wo bist du gewesen?" Ich klang zu sehr nach Sonias

üblichem bissigem Ton, also fügte ich hinzu: „Ich habe dich im Billardzimmer gesucht."

„Ich war im White Duck Pub im Ort." Er sprach jedes Wort sorgfältig aus.

„Jasper, du bist beschwipst!" Ich hatte Jasper noch nie viel trinken sehen.

„Das fürchte ich auch."

„Dann reden wir besser morgen früh."

„Ah, aber du wirst die wichtigen Neuigkeiten wissen wollen, die ich heute Abend erfahren habe – sie betreffen unseren Fall."

„Unseren Fall?"

„Den Mord an Mr. Payne – ziemlich eingängig, oder? Das wäre ein guter Buchtitel, findest du nicht?" Ich blickte um Jasper herum. Zum Glück war der Flur leer. „Du solltest besser reinkommen." Ich wollte nicht, dass Sonia Jasper in diesem Zustand vor meiner Tür vorfand, falls sie auf dem Weg zum Bad aus ihrem Zimmer kam.

„Nur für einen Moment." Er hievte sich vom Türrahmen, schlenderte hinein und lehnte sich dann an den Frisiertisch. Er winkte mir zu. „Du bleibst da drüben. Du riechst viel zu gut, als dass ich für meine Handlungen verantwortlich sein könnte, während ich in diesem Zustand bin, wenn du viel näher kommst. Rosen mit einem Hauch Gardenien, nicht wahr?"

Ich hatte an diesem Abend einen blumigen Duft aufgesprüht. Ich spürte, wie meine Wangen warm wurden. Jasper hatte schon früher mit mir geflirtet, doch heute Abend war die neckende Fassade dünner als sonst, und sein Blick hatte eine Intensität, die ich … faszinierend fand, wie ich mit Schrecken feststellte. Ich entschied, dass es am besten wäre, die Bemerkung zu ignorieren – und das seltsame Flattern meines Herzens auch. „Also, warum hast du im Pub Bier getrunken?"

„Um Informationen zu sammeln, altes Mädchen.

Nachdem ich dafür gesorgt hatte, dass Peter nichts Dummes anstellt, habe ich mich mit einem der Polizisten unterhalten ..."

„Was meinst du mit ‚etwas Dummes angestellt'? Ist er ... verstört? Er schien – na ja, nicht in Ordnung, aber zumindest nicht aufgebracht, als ich ihn im Salon sah."

„Mein liebes Mädchen, der allgemeine Konsens ist, dass er den Verstand verloren und einen Mann getötet hat. Natürlich ist er verstört. Glücklicherweise hat ihn Lady Caroline überzeugen können, eine Tasse Tee zu trinken, in die ein Beruhigungsmittel gemischt war. Eines, das ihm verschrieben wurde, das er jedoch normalerweise ablehnt. Für ihn ist es im Moment wahrscheinlich das Beste. Er wird bis zum Morgen durchschlafen."

„Ich hoffe, dass der Schlaf ihm hilft. Vielleicht erinnert er sich morgen an mehr von dem, was im Wintergarten passiert ist."

„Man kann hoffen, aber ich rechne nicht damit. Erinnerungen sind wankelmütig. Ich folge deinem Beispiel und suche nach Antworten."

„Wie ungewöhnlich von dir."

„Ich weiß. Aber das betrifft Peter. Als ich ein triefnasiger, einsamer Achtjähriger war, frisch vom Schiff aus Indien, hat er mich vor einem Leben des Pendelns zwischen schrulligen alten Tanten gerettet, was für einen kleinen Jungen wirklich ein schlimmeres Schicksal ist als der Tod."

Es sah Jasper nicht ähnlich, die Vergangenheit zu erwähnen oder sentimental zu werden. Ich war versucht, ihn zu weiteren Enthüllungen zu bewegen, doch er betrachtete stirnrunzelnd den Teppich. „Ich scheine von meiner Erzählung abgeschweift zu sein. Wo war ich stehengeblieben?"

„Irgendetwas mit der Polizei."

Sein Kopf schoss hoch, und er klammerte sich am Frisiertisch fest, während er tief durchatmete. „Keine gute

Idee", murmelte er. „Ja. Richtig. Von einem der Polizisten habe ich erfahren, dass Dr. Grimshaw der Gerichtsmediziner ist, der Mr. Paynes Leichnam untersucht hat. Ich habe auch erfahren, dass der gute Doktor jedes Mal, wenn er Nether Woodsmoor besucht, den Pub besucht, also bin ich ins Dorf gegangen."

„Clever."

Jasper hatte eine der Flaschen vom Schminktisch genommen. Er schwieg, während er die Parfumflasche drehte und die Facetten betrachtete.

„Und ich nehme an, Dr. Grimshaw war im Pub?", fragte ich, um zu vermeiden, dass es bis zum Morgengrauen dauerte, bis Jasper von seinem Abend erzählte.

„Was? Oh ja." Jasper stellte die Flasche wieder zurück und drehte sich zu mir um, doch er bewegte seinen Kopf im gleichen Tempo wie die Schildkröten, die wir als Kinder am Fluss beobachtet hatten. „Dr. Grimshaw verträgt ordentlich was. Ich habe ihm eine Runde ausgegeben – oder fünf – oder vielleicht mehr? Ich habe den Überblick verloren. Ein paar vorsichtige Fragen haben alles enthüllt. Mr. Payne ist tatsächlich ermordet worden."

Ich setzte mich in den Sessel, und ein Gefühl der Angst überkam mich. Es waren keine überraschenden Neuigkeiten, nicht, nachdem ich Paynes Kopf gesehen hatte, doch es war immer noch beunruhigend zu wissen, dass Longlys Untersuchung jetzt offiziell eine Mordermittlung war.

Jasper verschränkte die Arme. „Jemand hat dem armen Kerl eins über den Scheitel gezogen. Das schließt also Captain Inglebrooks Theorie über einen versehentlichen Sturz aus. Wenn Mr. Payne nach hinten gefallen wäre, wäre die Verletzung tiefer am Kopf, am Hinterkopf, nicht oben. Der Arzt sagte, es ist unmöglich, dass jemand aus dem Stand fällt und mit dem Scheitel auf den Rand des Brunnens schlägt. ,Das ist vollkommen falsch', hat er gesagt." Jasper hielt inne.

Er runzelte die Stirn. „Da war noch etwas ... Oh ja! Die Form der Wunde. Ich erspare dir die ziemlich grausigen Teile, die mir Dr. Grimshaw sehr ausführlich beschrieben hat, doch Mr. Payne wurde von etwas getroffen, das eine flache konkave Form hat. Dr. Grimshaw sagte, die Polizei habe mehrere Gartenspaten gefunden, die im Schrank hinten im Wintergarten aufbewahrt wurden und zur Verletzung passen würden. Sie haben sie zur Untersuchung mitgenommen."

„Also wie wir dachten. Jemand hat Mr. Payne auf den Kopf geschlagen und ihn dann zum Brunnen gezerrt, in der Hoffnung, dass es als Unfall durchgeht. So ein beunruhigender Gedanke." Zu wissen, dass jemand anderes, noch dazu eine medizinische Autorität – sogar eine betrunkene medizinische Autorität – unserer Einschätzung zustimmte, machte die Situation noch beunruhigender, als als wir nur darüber spekuliert hatten, was passiert war.

„Nicht wahr?"

„Aber was bedeutet das für Peter? Hat sich der Gerichtsmediziner dazu Gedanken gemacht? Stimmt er zu, dass Peter so etwas nicht tun würde, wenn er gerade irgendeine Erinnerung aus dem Schlachtfeld noch einmal durchlebt? Das ist zu durchdacht, nicht wahr?"

„Ich konnte Dr. Grimshaw dazu nichts Konkreteres entlocken, doch der allgemeine Tratsch heute Abend im Pub hat sich nur darum gedreht, wie schrecklich es war, dass der junge Peter den Verstand verloren und jemanden getötet hat. Sogar der gute Doktor sagte, es sei bedauerlich."

Ich richtete mich auf und rutschte nach vorn an die Stuhlkante. „Das ist schrecklich. Wie können die Leute hier sowas sagen? Sie kennen Peter sein ganzes Leben lang!"

Jasper stemmte sich an der Tischkante hoch und legte eine Hand auf meine Schulter. „Mach dir keine Sorgen. Wir werden alles in Ordnung bringen – morgen. Zum Glück hast du ein bisschen Erfahrung in dieser Art von Dingen. Jetzt muss ich zurück in mein Zimmer wanken, sonst rolle ich mich hier auf deinem Teppich zusammen und schlafe ein wie ein treuer Hund." Jasper tastete sich zur Tür, die zu öffnen ihm schwerfiel. „Oh, wann haben sie diese zusätzlichen Türknäufe hinzugefügt? Muss für endlose Verwirrung sorgen."

„Ich denke, morgen früh wird dir alles viel klarer sein." Ich griff um ihn herum und öffnete die Tür. Nachdem ich kurz nachgesehen hatte, ob der Korridor menschenleer war, fragte ich ihn: „Glaubst du, du schaffst es, in dein Zimmer zu kommen?"

„Oh ja. Ist nur den Flur entlang – keine Sorge. Grigsby wird da sein, um mich wegen des klebrigen Zeugs auf meinem Frack zu schelten und mich ins Bett zu stecken, wie es eine Kinderfrau tut. Gute Nacht, schöne Olive."

Er hielt einen Moment inne und schwankte auf mich zu, sein Gesicht verzückt, als er mir in die Augen sah. Mein Puls tanzte einen lebhaften Foxtrott, als sein Blick auf meine Lippen fiel, und mir wurde klar, dass ich mein Kinn heben und mich ihm entgegenlehnen wollte. Er zog sich abrupt zurück und stieß einen zitternden Atemzug aus, als er sich abwandte.

Einen Moment lang beobachtete ich ihn, wie er in Schlangenlinien den Flur entlang schwankte, auf den riesigen mittelalterlichen Wandteppich zu, der an der Wand hing, und dann die Richtung änderte. Ich dachte, er würde mit dem antiken verglasten Schrank kollidieren, doch im letzten Moment korrigierte er seinen Kurs, und nur seine Schulter streifte ihn. Ansonsten schaffte er es ohne Zwischenfälle in sein Zimmer.

Ich schloss meine Tür, atmete tief durch, um meinen Herzschlag zu beruhigen, und bemerkte, dass ich Jasper nicht einmal von meinem Gespräch mit Miss Miller erzählt hatte. Es war wahrscheinlich besser, dass ich es nicht getan hatte. Bis zum Morgen würde er sich vielleicht ohnehin nicht mehr daran erinnern. Ich würde es ihm morgen früh sagen.

Ich setzte mich an den Schminktisch und cremte mein Gesicht ein, meine Gedanken bei Jasper. Ich hatte vor Jahren für ihn geschwärmt, doch wir waren jetzt Freunde – gute Freunde – sogar Kumpels. Doch die Art, wie er mich angesehen hatte... Ich atmete noch einmal tief durch. Das war so viel mehr als ein freundschaftlicher Blick. Ich nahm meinen Kamm. Was hätte ich getan, wenn er mich geküsst hätte? Hätte ich den Kuss erwidert? Wir hatte eine so schöne Beziehung. Er war der einzige Mensch, dem ich uneingeschränkt vertraute. Wollte ich riskieren, das zu verlieren?

Oh, warum dachte ich überhaupt darüber nach? Am Morgen würde sich Jasper wahrscheinlich nicht einmal an diese winzige Anziehung erinnern, die ich zwischen uns gespürt hatte. Es war nur eine typische männliche Reaktion auf den Duft von Rosen und eine Frau im Morgenmantel. Ich schraubte den Deckel auf die Creme und kroch ins Bett, wandte meine Gedanken entschlossen von Jasper ab und konzentrierte mich stattdessen auf Payne. Wer hasste ihn so sehr?

KAPITEL ZEHN

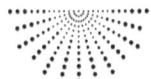

*D*as Erste, was mir auffiel, als ich am nächsten Morgen den Frühstücksraum betrat, war, dass Mr. Quigley, der Papagei, der auf Deenas Stuhllehne saß. Ich sah mich kurz nach Tante Caroline um, doch sie war Gott sei Dank nicht da. Ich war mir sicher, dass sie es nicht schätzen würde, wenn ein Hausgast einen Vogel mit in den Frühstücksraum brachte.

Deena sah mein Zögern und wedelte mit ihrer Gabel über ihrer Schulter. „Mach dir keine Sorge. Mr. Quigley ist brav. Er mag es nicht, den ganzen Tag allein im Zimmer zu sein, und der Wintergarten ist noch immer abgesperrt. Sie suchen nach Beweisen, nehme ich an."

Ich belud meinen Teller und kehrte zum Tisch zurück.

Deena nahm ihren Toast. „Ich hoffe, die Polizisten beeilen sich. Es ist sehr unangenehm, keinen Zugang zum Wintergarten zu haben." Sie fuhr in höherem Ton fort. „Will Mr. Quigley ein Stückchen Brot?" Sie brach eine Ecke des Toasts ab und bot sie dem Papagei an.

Er gab ein trillerndes Geräusch von sich und verkündete: „Ich bin das Brot des Lebens", dann zupfte er Deena das Essen aus den Fingern.

Deena drehte sich in ihrem Stuhl um. „Mr. Quigley! Du kannst reden! Du böser Vogel. Du hast es mir verschwiegen. Was kannst du sonst noch sagen?"

Mr. Quigley bewegte sich seitlich über Deenas Stuhllehne. Deena drehte sich herum und beobachtete den Vogel, als er auf die andere Seite der Stuhllehne wechselte. Sie hielt ihm einen weiteren Bissen Brot entgegen. Mr. Quigley schnappte es und flatterte dann auf den Geschirrschrank. Deena wandte ihre Aufmerksamkeit wieder ihrem Teller zu und schnitt in ihre Bücklinge. „Was für eine lustige Bemerkung."

„Du hast doch gesagt, dass er einem Missionar gehört hat, nicht wahr?", fragte ich.

Deena neigte den Kopf. „Ja, aber ich verstehe nicht, was das damit zu tun hat."

Vater, der seinen Teller an der Anrichte gefüllt hatte, drehte sich zu ihr um. „Das ist Johannes 6:35. *Ich bin das Brot des Lebens. Wer zu mir kommt, den wird nicht hungern; und wer an mich glaubt, den wird nimmermehr dürsten.*"

„Oh", sagte Deena. „Wie … ähm, klug von Mr. Quigley." Sie sah von den Fähigkeiten des Papageis weniger als erfreut aus. „Nun, vielleicht kann er auch andere Dinge sagen, wie Zitate oder Gedichte."

Vater setzte sich neben mich. „Ja, vielleicht etwas aus dem Buch der Psalmen."

Deena sagte: „Äh – ja."

Vater beugte sich zu mir, griff nach seinem Besteck und sagte mit leiser Stimme: „Obwohl ich es nicht für angebracht halte, sich über die Heilige Schrift lustig zu machen."

„Ich denke, das ist immer noch besser, als wenn Mr. Quigley anzügliche Dinge sagen würde."

Vater dachte nach, dann nickte er zustimmend. „Das stimmt. Das Wort kehrt nicht leer zurück." Er hielt inne, schüttelte den Kopf und bestrich seinen Toast mit Butter.

„Ich kann jedoch nicht sagen, dass ich von einem Papagei gehört habe, der die Bibel zitiert. Es gibt wohl für alles ein erstes Mal."

Jasper saß am anderen Ende des Tisches und nippte an einem milchig-gelben Gebräu. Mit seinen vorsichtigen Bewegungen und dunklen Ringen unter den Augen sah er fast noch schlimmer aus als Peter, der neben ihm saß. Peter hob seinen schwarzen Kaffee und trank wie gewohnt alle paar Minuten daran. Die Gegend um sein Auge hatte sich blau und tiefviolett verfärbt und seine Schultern waren angespannt. Er starrte mit leerem Blick auf seine Kaffeetasse, was darauf hindeutete, dass seine Gedanken weit vom Frühstücksraum entfernt waren.

Mr. Quigley kreischte und das Kristall des Kronleuchters zitterte. Jasper zuckte zusammen und legte eine Hand an seine Schläfe.

Gwen war auf meiner anderen Seite. Sie zuckte nicht einmal zusammen angesichts Mr. Quigleys schrillem Kreischen. Ihre ganze Aufmerksamkeit war über den Tisch hinweg auf Peter gerichtet. „Du würdest dich besser fühlen, wenn du etwas isst", sagte sie zu ihm. Gwen ignorierte ihren eigenen Rat, als sie die Eier auf ihrem Teller nur hin und her schob.

„Das bezweifle ich." Peter trank seinen Kaffee aus. „Zeit für mich, meine Runde zu drehen."

Gwen richtete sich gerader auf. „Wohin gehst du?"

„Ich muss nach den Bienen sehen und dann muss ich mit den Männern Reparaturen an einigen der Maschinen besprechen."

Gwen legte ihre Gabel auf den Tisch. „Du kannst deinen Tag nicht so fortsetzen, als wäre nichts gewesen."

„Genau das muss ich tun." Peter schob seinen Stuhl zurück. „Nur so habe ich seit dem Krieg die Tage überstanden, meine Liebe. Kann ich jetzt nicht ändern."

Gwen blickte von ihm zu Jasper und hoffte eindeutig,

dass Jasper Peter abfangen würde, doch Jasper trank den Rest seines seltsamen Getränks in mehreren schnellen Schlucken aus. Peter blieb auf seinem Weg um den Tisch bei Gwens Stuhl stehen. Er sagte nichts, drückte nur ihre Schulter und ging dann weiter.

Inspector Longly betrat den Frühstücksraum, kurz bevor Peter die Tür erreichte. „Guten Morgen, Mr. Stone. Ich muss mit Ihnen reden."

„Natürlich."

„Danke. Einen Moment." Longly wandte sich an den Raum: „Guten Morgen, meine Damen und Herren." Alle hörten auf zu essen und wandten sich Longly zu. „Ich weiß, dass einige von Ihnen entweder morgen oder Montag abreisen wollten, doch alle müssen vorerst hier bleiben – außer natürlich Mr. und Mrs. Belgrave", sagte Longly mit einem Nicken in Vaters Richtung. „Ihre Rückkehr in Ihr Zuhause in Nether Woodsmoor wäre akzeptabel." Sein Blick schweifte durch den Raum. „Alle anderen müssen hier bleiben. Sir Leo und Lady Caroline haben sich freundlicherweise bereit erklärt, ihre Gastfreundschaft noch einige Tage zu gewähren. Ich entschuldige mich für jedwede Unannehmlichkeiten."

Longly wandte sich wieder Peter zu, und ich sah Gwen an. Sie würde diejenige sein, die das Essen koordinierte und sich um die Gäste kümmerte, wenn wir alle länger blieben, doch ihr Blick war auf Peter gerichtet.

Longly hatte ihn an die Seite des Zimmers gezogen, doch seine leisen Worte waren noch zu hören, als er zu Peter sagte: „Würden Sie so freundlich sein, mich zur Polizeiwache im Dorf zu begleiten?"

Das Klappern von Besteck gegen Porzellan hatte wieder angefangen, doch es hörte abrupt auf.

Peter straffte die Schultern und nickte. „Natürlich." Ich dachte, es wäre wahrscheinlich die gleiche Art von Reaktion, die er gegenüber einem kommandierenden Offizier während des Krieges gezeigt hätte. Er gehorchte einem Befehl, nicht einer Bitte.

Gwen stand auf, ihr Stuhl schaukelte bei ihrer abrupten Bewegung. Ich hielt ihn fest, als sie sagte: „Peter braucht nicht zur Polizei zu gehen. Sicherlich können Sie Ihre Fragen hier in Parkview stellen?"

Langsam drehte er sich um, seine Haltung steif, als er Gwen antwortete. „Ich fürchte, es liegt nicht in meinem Ermessen. Der Superintendent besteht darauf."

Was für eine peinliche Situation für Longly – ein Hausgast, der mit der Untersuchung seiner Gastgeber beauftragt wurde. Es würde mich nicht wundern, wenn bald jemand geschickt würde, um ihn zu ersetzen. Oder vielleicht übernahm jetzt der Superintendent die Ermittlung.

Gwen musste den elenden Blick in Longlys Augen übersehen haben, da sie ihre Hände zu Fäusten ballte. „Sicher können Sie den Superintendent überzeugen, dass das nicht nötig ist."

„Ich habe es versucht. Er ist eisern."

Ich schob meinen Stuhl zurück und ging um den Tisch herum. Gwen wurde selten wütend, doch wenn jemand, den sie liebte, bedroht wurde, war sie wie eine Bärenmutter, die ihre Jungen beschützte. Ich wollte intervenieren, bevor die Dinge zwischen ihr und Longly eskalierten. „Inspector, wenn ich einen Moment Ihrer Zeit haben könnte?"

„Ich fürchte –"

„Ich versichere Ihnen, es ist wichtig. Sonst würde ich Sie nicht stören." Ich senkte meine Stimme. „Es betrifft eine Person, die gestern Abend im Wintergarten war, aber Angst hatte, es zu erwähnen."

Longly hatte Gwen aus dem Augenwinkel beobachtet, doch meine Worte lenkten seine Aufmerksamkeit auf mich. Er drehte sich ganz zu mir um. „Ach so?"

Ich deutete auf den Flur. „Vielleicht kann ich Ihnen noch ein bisschen mehr erzählen?"

Ich hatte auf dem Weg zum Frühstück nach Miss Miller gesehen und sie mit leuchtenden Augen an einem Stück Marmeladentoast kauen sehen. Ich hatte sie an ihr Versprechen erinnert, mit dem Inspector zu sprechen, und sie hatte geseufzt. „Ja, jetzt, jetzt, wo ich mich beruhigt habe, sehe ich, dass es etwas ist, das getan werden muss – wie ein widerliches Tonikum zu nehmen, wenn man Husten hat. Ich bringe es am besten so schnell wie möglich hinter mich."

Longly sah Peter an und sagte dann zu mir: „Ja, ich denke, ich sollte mich besser darum kümmern." Er wandte sich an Peter. „Ich schlage vor, Sie bleiben heute Morgen hier in Parkview."

Peter verneigte sich kurz. „Ich werde auf Sie warten."

Longly folgte mir der Flur hinunter zu einer der Fensternischen, die von der Morgensonne erhellt war. Wolken und Nieselregen waren verschwunden, doch trotz Sonnenschein war es kühl. Ich verschränkte die Arme, als die Kühle durch die hohen Glasscheiben drang. Ich berichtete Inspector Longly, was Miss Miller mir am Abend zuvor gesagt hatte, und schloss mit: „Ich habe Miss Miller davon überzeugt, dass es in ihrem besten Interesse wäre, heute Morgen mit Ihnen zu sprechen und Sie über ihre Anwesenheit im Wintergarten zu informieren. Sie möchte, dass ich bei ihr bin, wenn sie mit Ihnen spricht."

„Dann mischen Sie sich also wieder ein, wie ich sehe." Aus dem Frühstücksraum entkommen und weg von der Spannung zwischen Peter und Gwen hatte sich Longly ein wenig entspannt. Er sah fast wieder aus wie er selbst, und obwohl mir die Andeutung, dass ich mich einmischte, nicht gefiel, war ich froh, ihn weniger besorgt zu sehen.

„Ich kann nichts dafür, wenn die Leute mir Dinge erzählen", sagte ich.

„Interessant, wie oft das vorkommt."

„Vielleicht würden sich die Leute mir nicht anvertrauen, wenn sie keine Angst davor hätten, mit Ihnen zu sprechen."

„Bin ich so furchterregend?" Sein Blick wanderte zurück zum Frühstücksraum, als Gwen aus der Tür trat. Sie starrte Longly mit zusammengekniffenen Augen an, dann drehte sie sich um und marschierte davon.

„Gwen ist äußerst loyal", sagte ich. „Sie versucht, Peter zu beschützen."

„Ich verstehe das. Aber ich muss meine Arbeit machen." Die Anspannung in seiner Haltung war wieder da. „Vielleicht könnten Sie Miss Miller rufen und mich in der Bibliothek treffen?"

„Danke, dass Sie mir erzählt haben, was passiert ist, Miss Miller." Inspector Longly klappte sein Notizbuch zu und nickte dem Sergeant zu, der am anderen Ende des Tisches saß und alles aufgeschrieben hatte, was Miss Miller gesagt hatte.

Miss Miller blickte dem Sergeant nach und sagte dann: „Ich hoffe, Sie können eine so heikle Information … diskret behandeln."

Es war gut, dass Miss Miller zur Vernehmung ein frisches Taschentuch mitgebracht hatte. Sie hatte den zarten Stoff gründlich bearbeitet, verdreht, gewendet und zerknittert, während sie Longlys Fragen beantwortete.

„Ich werde mein Bestes tun, um sicherzustellen, dass es diskret behandelt wird, und ich werde dafür sorgen, dass Ihr Brief so schnell wie möglich an Sie zurückgegeben wird", sagte Longly und steckte Miss Millers Brief in die Tasche seines Jacketts. Als sie ihm gesagt hatte, dass sie den Brief von Paynes Leiche genommen hatte, hatte der Inspector darum gebeten, ihn zu sehen. Miss Miller hatte einen Moment gezögert, ihn dann aus der Tasche ihres

Kleides gezogen und gesagt: „Ich dachte, ich sollte ihn bei mir behalten."

Ich hatte während der Vernehmung sehr wenig zu tun. Meine einzige Rolle bestand darin, neben Miss Miller zu sitzen und an kritischen Punkten aufmunternd zu nicken.

Als der Umschlag in Longlys Tasche verschwand, zerknüllte Miss Miller ihr Taschentuch zu einem Klumpen. „Oh, müssen Sie den behalten?"

„Ich verspreche, dass Sie ihn so schnell wie möglich zurückbekommen werden."

Sein aufrichtiger Ton musste sie überzeugt haben, dass er sein Wort halten würde. „Danke, Inspector. Ich weiß das zu schätzen. Und wenn Sie das bitte diskret tun könnten? Es könnte so peinlich sein …"

„Natürlich. Und nun will ich Sie nicht vom Rest Ihres Tages abhalten."

Ich verbarg ein Lächeln. Longly war geschickt darin, Leute zu vernehmen. Er hatte es geschafft, viel von Miss Millers Geschwafel einzudämmen und sie auf den Punkt zu bringen, was ich als echte Leistung betrachtete.

Longlys Worte entließen auch mich. Wir standen alle auf, und als Miss Miller und ich gingen, hatte sich Longly bereits an den Sergeant gewandt, der sich am anderen Ende des Tisches Notizen gemacht hatte. „Sir Leo hat gestern gesagt, dass er drei Karten von Mr. Payne gekauft hat. Lassen Sie uns ihn darum bitten, sie zu sehen …"

Vor der Bibliothek blieben Miss Miller und ich stehen. Sie tätschelte meine Hand. „Danke, meine Liebe. Es war nicht annähernd so grauenhaft, wie ich befürchtet hatte. Nun erwartet Lady Caroline, dass ich heute Morgen ein paar Runden Bridge mit ihr spiele. Ich glaube, Miss Stone und Miss Lacey werden da sein. Wollen Sie sich uns anschließen?"

Ich konnte nicht an einem Kartentisch sitzen. Ich wäre eine schlechte Spielpartnerin. Ich hatte zu viel im Kopf.

„Nein, aber danke. Aber gehen Sie ruhig", sagte ich und fragte mich, wie Tante Caroline sich auf Bridge konzentrieren konnte, doch sie war eine ausgezeichnete Gastgeberin und würde dafür sorgen, dass ihre Gäste trotz polizeilicher Ermittlungen um sie herum angemessen bewirtet wurden.

Als Miss Miller sich auf den Weg machte, überlegte ich, wo ich Jasper finden könnte. Er musste inzwischen mit dem Frühstück fertig sein. Er war wahrscheinlich im Billardzimmer. Mit seiner Holzvertäfelung war es schön dunkel, ein perfekter Ort, um sich an einem strahlend sonnigen Tag von einem Kater zu erholen. Der Sergeant kehrte zurück und eilte an mir vorbei in die Bibliothek. Sein Gesicht war aufgeregt, darum blieb ich neben der offenen Tür stehen.

Seine lebhafte Stimme schallte heraus. „Inspector, ich denke, Sie werden Mr. Paynes Zimmer sehen wollen. Als die Constables im Wintergarten fertig waren, sind sie in das Zimmer des Opfers gegangen, und es ist ein einziges Durcheinander. Jemand hat alles verwüstet."

„Was? Ich habe das Zimmer letzte Nacht selbst abgeschlossen", sagte Longly, wobei seine Worte am Ende des Satzes lauter wurden.

Ich ging und war Sekunden später auf den untersten Stufen der Treppe, als Longly und der Sergeant mit schnellem Nicken an mir vorbei die Stufen hinaufeilten. Ich folgte ihnen, bis sie zum grünen Zimmer kamen, in dem Payne untergebracht gewesen war.

Inspector Longly stand hinter der Schwelle, die Hand in die Hüfte gestemmt. „So hat es gestern Abend ganz sicher nicht ausgesehen."

Ich hielt mich ein paar Schritte zurück, doch ich konnte um ihn herum sehen. Das Gästezimmer mit den smaragdfarbenen Wänden aus Damastseide war ein Chaos.

Der Inhalt des Kleiderschranks und jeder Schublade war auf den Boden geworfen worden. Einige der Gemälde an den Wänden waren in seltsamen Winkeln geneigt, während andere am Boden lagen. Der Hepplewhite-Schreibtischstuhl war umgeworfen worden, und die Bettlaken und Decken waren vom Bett gerissen worden. Zwei Constables gingen durch den Raum und untersuchten die Gegenstände, die am Boden lagen.

Der Sergeant deutete auf die Tür. „Das Schloss muss aufgebrochen worden sein, Sir. Die Tür war zu, aber nicht abgeschlossen, als sie ankamen."

Longly fragte: „Haben Sie die Karten gefunden?"

„Nein, Sir."

„Sir Leo sagte, er habe drei der sechs Karten gekauft, die Mr. Payne ihm gezeigt hat", sagte Longly. „Ich würde erwarten, die restlichen drei hier zu finden, aber keine Spur davon, sagen Sie?"

„Keine. Tatsächlich haben sie überhaupt nichts Interessantes gefunden. Nur Mr. Paynes persönliche Sachen – Kleidung und Rasierzeug – und diesen Umschlag." Er deutete auf einen weißen Umschlag, der wahrscheinlich vom Briefpapier auf dem Schreibtisch stammte, so wie das schwere Papier aussah. „Hier, unter dem Schreibtisch. Niemand hat ihn bisher angerührt."

Longly zog einen einzelnen Handschuh aus seiner Tasche und drückte ihn gegen seine Hüfte, während er seine Hand mit einer geübten Bewegung hineinführte, bevor er den Umschlag aufhob.

Der Umschlag war nicht versiegelt. Er öffnete ihn und zog das darin enthaltene Blatt Papier heraus. „Sieht aus, als wäre es Mr. Paynes Kopie der Rechnung für die Karten, die er an Sir Leo verkauft hat." Longly schob das Papier in den Umschlag zurück und legte es auf den Schreibtisch. „Wir müssen den Umschlag als Beweis aufnehmen, Sergeant."

„Ja, Sir", sagte der Sergeant und fügte hinzu: „Sir, der Constable hat sich erlaubt, Lady Caroline zu fragen, ob etwas fehlt. Sie hat ihre Tochter Miss Stone geschickt, die bestätigt hat, dass von der Einrichtung des Zimmers nichts fehlt. Über Mr. Paynes Sachen konnte sie natürlich nichts sagen."

Longly steckte seinen Handschuh weg und fuhr sich dann mit der Hand über Mund und Kinn, während er sich umsah. „Haben Sie oben im Kleiderschrank nachgesehen?"

„Jawohl. Alles leer."

„Und zwischen Matratze und Bettgestell?"

„Ja. Nichts Unerwartetes. Dasselbe mit den Schubladen und unter den Teppichen."

Ich trat an die Tür. „Haben Sie den Schrank hinter der Wandtäfelung überprüft?"

Der Inspector und der Sergeant drehten sich zu mir um. Bevor Longly mich wegschicken konnte, sagte ich: „Da ist ein Einbauschrank. Die vorherige Lady Stone hat diese Schränke bei der Renovierung aller Schlafzimmer als Wäscheschränke einbauen lassen, doch niemand nutzt sie wirklich. Nun, das heißt außer Peter, Gwen und mir. Sie waren ausgezeichnete Verstecke für unsere Schätze, als wir Kinder waren."

Langsam winkte er mich herbei. „Bitte, zeigen Sie ihn uns."

Ich durchquerte den Raum und kniete neben einem Sessel an der Wand nieder. „Das ist geschickt gemacht. Die Zierleisten der Täfelung verbergen den Türspalt – nun ja, bis auf dieses kleine Stück unten. Wenn Sie nicht genau hinsehen, sehen Sie nicht, dass es hier überhaupt einen Schrank gibt. Aber wenn Sie hier unten auf die Ecke der Vertäfelung drücken ..." Die Täfelung sprang einen Zentimeter auf, und ich öffnete die Tür. „Ich glaube, da ist, wonach Sie suchen." Der Schrank enthielt eine dicke Papierrolle von etwa 60 cm Länge. Der Boden des Schranks war staubig, die Papierrolle jedoch nicht.

„Verdammt", sagte der Sergeant. „Woher sollte Mr. Payne von diesem Versteck wissen?"

Ich nickte dem nahegelegenen Sessel zu. „Wenn er dort gesessen hat, hat er vielleicht bemerkt, dass der Türspalt nicht ganz von der Zierleiste verdeckt wird."

Inspector Longly zog seinen Handschuh wieder an und legte die Papierrolle auf den Schreibtisch. Nachdem er einen Moment lang gesucht hatte, fand er den Brieföffner des Schreitischsets unter dem Inhalt der Schublade, der auf den Boden gekippt worden war. Er schnitt das Stück Klebeband auf, das das Papier zusammenhielt, auf. Die Rolle sprang auf und enthüllte eine Karte von Indien in Sepiatönen. Im Gegensatz zu dem klaren weißen Papier auf der Außenseite war die Karte verblasst und die Ränder zerknittert. Longly blätterte durch den Kartenstapel, der seine gerollte Form beibehielt. Die meisten Karten waren verblasst und vergilbt, und die Tinte auf vielen war braun wie Teeflecken.

Longly betrachtete die Vorder- und Rückseite der Karten, während er eine nach der anderen untersuchte. Er schien vergessen zu haben, dass ich hinter ihm stand, und ich blieb still stehen und schwieg.

„Auf den ersten Blick scheint es, als hätten wir sieben Karten von Indien mit der Unterschrift von Rudyard Kipling, fünf von Europa mit der Unterschrift von Charles Darwin, sechs italienische Karten mit der Unterschrift von Lord Byron, drei von Schottland mit der Unterschrift von Sir Walter Scott und eine von Palästina, aber keine Unterschrift darauf. Das ist viel mehr, als er Sir Leo gezeigt hat. Diese müssen natürlich untersucht werden, aber Mr. Payne scheint Karten für jeden Geschmack zu haben."

Der Sergeant kratzte sich am Haaransatz, als er sich im Zimmer umsah. „Sie denken also, jemand hat nach diesen Karten gesucht?"

Longly drehte sich zu mir um. Er hatte nicht vergessen, dass ich im Zimmer war, weil er nicht zögerte oder überrascht aussah, als er mich sah. „Sind Sie sicher, dass

Miss Miller letzte Nacht einen Schlaftrunk genommen hat?"

„Glauben Sie, Miss Miller könnte das getan haben? Aber sie hatte schon – ähm – den Gegenstand, den sie wollte", ergänzte ich mit einem Blick auf die Constables.

Longly bedeutete dem Sergeant, sich um die Karten zu kümmern, und begleitete mich auf den Korridor hinaus. „Ich muss alle Möglichkeiten in Betracht ziehen, Miss Belgrave."

„Miss Miller wirkte sicherlich schläfrig, als ich mit ihr gesprochen habe. Ich nehme an, es ist möglich, dass sie geschauspielert hat, doch das glaube ich nicht. Und ich bezweifle, dass sie so etwas tun würde." Ich deutete auf das grüne Zimmer. „Ich glaube, sie hätte vielleicht Mr. Paynes Zimmer durchsuchen wollen, doch ich weiß nicht, ob sie den Mut dazu gehabt hätte."

„Sie wirkt ein bisschen schüchtern", sagte Longly, „aber sie hat Mr. Paynes Leiche durchsucht. Das hat bereits Mut gekostet. Ich bezweifle jedoch, dass sie dazu in der Lage ist, ein Türschloss aufzubrechen." Longly schenkte mir ein schnelles Lächeln. „Es ist eine Fertigkeit, die die meisten Menschen nicht beherrschen – Gott sei Dank."

„Die Schlösser an den Türen sind nicht sehr sicher. Wenn Sie den Schlüssel von einer Tür in einem der anderen Schlösser wackeln, können Sie die Tür normalerweise öffnen. Das ist auch etwas, das ich in meiner Kindheit hier gelernt habe", fügte ich schnell hinzu. Ich wollte nicht, dass er dachte, ich wäre letzte Nacht durch die Flure geschlichen und hätte meinen Schlüssel im Schloss des grünen Zimmers benutzt. „Doch ich glaube nicht, dass Miss Miller sich für die Karten interessiert hätte. Ihr einziges Interesse bestand darin, ihren Brief zurückzubekommen, und den hatte sie ja bereits gestern Abend in ihrem Schlafzimmer."

Longly blickte zurück in das grüne Zimmer und sprach mehr mit sich selbst als mit mir. „Eine andere Möglichkeit wäre, dass jemand beschlossen hat, den Tod von Mr. Payne auszunutzen und sich an den verbleibenden Karten zu bedienen, den dreien, die Mr. Payne noch zum Verkauf angeboten hat, doch wer auch immer es war konnte sie nicht finden."

„Doch niemand scheint sich in einer prekären finanziellen Situation zu befinden", sagte ich und fügte dann in Gedanken hinzu, *außer mir*. Doch ich würde Longly nicht auf diese Tatsache hinweisen. Glücklicherweise rief ihn der Sergeant, und ich ging schnell, um zum Billardzimmer zu kommen, wo ich Jasper zu finden hoffte. Wir mussten unsere Notizen vergleichen.

KAPITEL ELF

*J*asper war tatsächlich im Billardzimmer. Er saß zusammengesunken in einem Clubsessel, den Ellbogen auf die Stuhllehne gestützt, und massierte sich die Stirn.

Ich setzte mich auf den Sessel neben seinem. „Guten Morgen, Jasper."

Er hob seine Finger und sah mich unter ihnen hervor an.

„Oh, Olive. Ich dachte mir, dass du bald kommen würdest."

„Wie ich sehe erholst du dich immer noch von letzter Nacht."

„Ja", sagte er, und ich dachte, in seinem Ton lag ein Hauch von Vorsicht. „Olive, letzte Nacht ..." Er rutschte auf seinem Sessel herum. „Ist ein bisschen neblig, aber ich scheine mich zu erinnern, in deinem Zimmer gewesen zu sein ...?"

„Ja, das warst du." Er presste einen Moment lang seine Finger auf seine Augen, als ich hinzufügte: „Du hast ziemlich hartnäckig darauf bestanden, mir mitzuteilen, was du im Pub herausgefunden hast."

Er hob seine Finger wieder. „Und war das ... alles?"

„Nun, du hattest ein paar nette Dinge über mein Parfüm zu sagen."

Erleichterung breitete sich auf seinem Gesicht aus, und ich beschloss, nicht zu erwähnen, dass er mich beinahe geküsst hätte – oder dass ich ihn hätte küssen wollen. Es war besser, das zu vergraben ... es als kleinen Schlenker abzuhaken und weiterzumachen wie bisher.

„Oh. Richtig. Gut." Er blinzelte mich an, als wollte er herausfinden, ob ich etwas zurückhielt, und sagte dann: „Gut. Dann an die Detektivarbeit. Es war ein produktiver Morgen."

„Wirklich? Was hast du getan?"

„Wie gesagt, Detektivarbeit."

„Bist du sicher? Du siehst so behaglich aus in deinem Sessel."

„Glaub mir, meinem Kopf ist überhaupt nicht behaglich zumute." Langsam richtete er sich in seinem Sessel auf und verschränkte die Hände vor der Brust. „Ich habe Informationen gesammelt – durch Abgesandte." Er blinzelte mich an. „Du siehst ausgesprochen lebhaft aus. Ich nehme an, du warst heute Morgen unglaublich beschäftigt und produktiv."

„Es sind mehrere Dinge passiert. Gerade eben haben sich unsere Verstecke aus Kindertagen als nützlich erwiesen." Ohne auf Miss Millers Brief einzugehen, weil ich versprochen hatte, ihn diskret zu behandeln, erzählte ich Jasper von Miss Millers Anwesenheit im Wintergarten, ihrer Anschuldigung, Payne habe Karten mit gefälschten Unterschriften verkauft, und der Entdeckung der Karten in Paynes Zimmer.

„Karten mit gefälschten Unterschriften", sagte Jasper. „Kaum etwas, weswegen man jemanden umbringen würde."

„Ganz meine Meinung, doch ich kann mir keinen

anderen Grund vorstellen, warum jemand Mr. Payne töten wollte."

„Da liegt das Problem. Meine Nachforschungen sind auf das gleiche Problem gestoßen."

„Sag mir, was du herausgefunden hast." Ich rutschte zurück und machte es mir bequem, um ihm zuzuhören. „Ich bin gespannt, wie du das geschafft hast, da du so gut wie handlungsunfähig bist."

„Du vergisst Grigsby. Unterschätze niemals die Macht eines persönlichen Dieners."

„Grigsby vergesse ich nie", sagte ich.

„Du sagst das, als ob er furchteinflößend wäre."

„Er ist wie eine englische Bulldogge, wenn es darum geht, dich zu bewachen."

Jasper grinste. „Er neigt dazu, ein bisschen überfürsorglich zu sein, aber wir alle haben unsere kleinen Schwächen." Jasper setzte sich auf. „Ich dachte, es wäre eine gute Idee, nach den Dienstboten zu sehen. Da Mr. Payne dazu neigte, sich … sagen wir schlecht zu benehmen, dachte ich, er könnte vielleicht, ähm, versucht haben, sich einem der Dienstmädchen aufzuzwingen. Vielleicht hat Peter interveniert und wurde dabei verletzt."

„Und das Dienstmädchen hat Mr. Payne auf den Kopf geschlagen und ist dann geflohen? Das scheint mir … unwahrscheinlich."

„Und verworren", seufzte Jasper. Er griff nach allem, was ihm einfiel, um Peter zu helfen.

Ich verstand das, doch ich hatte das Gefühl, auf den anderen Fehler in seiner Theorie hinweisen zu müssen. Ich hielt meinen Ton sanft, als ich sagte: „Außerdem wusste Gwen von Mr. Paynes … Neigungen. Sie hatte Schritte unternommen, um alle zu beschützen …"

„Aber Leute tun nicht immer, was ihnen gesagt wird."

„Das ist wahr", gab ich zu.

Jasper seufzte wieder, diesmal tiefer. „Aber du hast

Recht mit deiner Einschätzung. Grigsby hat sich diskret beim Personal erkundigt, doch es war eine Sackgasse. Angesichts der Dinnerpartypläne hieß es sozusagen alle Mann an Deck. Soweit Grigsby feststellen konnte, wurde während des Abends niemand vermisst. Er hat auch erfahren, dass die Constables die gleichen Fragen gestellt haben. Aufgrund ihres Desinteresses an den Dienstboten heute scheinen sie zum selben Schluss gekommen zu sein – dass das Personal nicht an Mr. Paynes Tod beteiligt war."

„Wenn das der Fall ist, kann der Mörder nur einer der Gäste sein."

„So scheint es." Jasper beugte sich vor. „Der Mord muss mit Mr. Paynes Geschäften oder seiner Vergangenheit zu tun haben. Wir müssen mehr über ihn herausfinden. Inspector Longly geht es offenbar genauso. Grigsby hat erfahren, dass der Inspector jeden gefragt hat, was er über Mr. Paynes Vergangenheit weiß, seine Familie, woher er kommt und dergleichen."

„Inspector Longly hat mir diese Fragen auch gestellt. Ich konnte ihm aber nichts sagen. Und ich glaube nicht, dass einer der Hausgäste eine große Hilfe sein wird. Ich glaube nicht, dass Mr. Payne vor seinem Eintreffen hier mit jemandem bekannt war. Er kam auf Einladung von Onkel Leo."

„Er musste jemanden hier kennen. Neue Bekanntschaften ermordet man in der Regel nicht."

„Ich kann Onkel Leo fragen, wie es dazu gekommen ist, dass er ihn eingeladen hat", sagte ich.

„Höchstwahrscheinlich hat Mr. Payne Sir Leo kontaktiert und seine Karten zum Verkauf angeboten. Das ist eine gängige Praxis. Sobald bekannt ist, dass jemand eine Sammelleidenschaft hat, spricht sich das herum. Ich bekomme gelegentlich solche Briefe für Bücher." Jasper hatte eine umfangreiche Bibliothek, die von antiken Erstausgaben bis hin zu den neuesten Kriminalromanen reichte.

Ich dachte zurück und versuchte, mich an alles zu erinnern, was Payne über sein Privatleben erwähnt hatte. „Ich glaube, Mr. Payne hat während unseres Gesprächs beim Abendessen beiläufig eine Wohnung in London erwähnt", sagte ich schließlich. Das war alles, was mir außer den Landkarten einfiel.

„Eher unspezifisch."

„Ziemlich." Ich stand auf. „Ich werde Onkel Leo suchen gehen."

„Und ich glaube, ich werde ein paar Briefe an Sammlerfreunde von mir schreiben. Vielleicht haben sie Informationen über Mr. Payne." Jasper stemmte sich langsamer aus seinem Sessel hoch als ich. Er blieb einen Moment regungslos stehen, die Augen geschlossen. Dann blinzelte er. „Keine Pub-Abende mehr. Detektivarbeit ist anstrengender, als ich es mir vorgestellt hätte."

Jasper ging, um seine Briefe zu schreiben, und ich machte mich auf den Weg zu Onkel Leos Arbeitszimmer. Ich klopfte an die Tür, doch niemand antwortete. Ich hatte gehofft, dass ich ihn dort finden würde, doch ich wusste, dass es unwahrscheinlich war. Onkel Leo war abends meist nur für ein paar Stunden in seinem Arbeitszimmer. Er war tagsüber gerne auf dem Anwesen unterwegs, und sein Gutsverwalter, Mr. Davis, war noch nicht aus London zurückgekehrt.

Ich blieb einen Moment stehen, als ich den Raum betrat, und betrachtete die gerahmten Karten, die die holzgetäfelten Wände zierten. Ich hatte antike Karten nie als mehr als ein interessantes Hobby von Onkel Leo betrachtet. Könnte ein Stück Papier die Ursache für Paynes Tod sein? Es schien unwahrscheinlich. Vielleicht war eine der im Schrank versteckten Karten unglaublich wertvoll. Aber warum dann Payne töten? Es war nicht so, als hätte er die

Karten bewacht, als er gestorben war. Wenn die Karten das Ziel waren, wäre es nicht sinnvoller, in sein Schlafzimmer einzubrechen, während alle beschäftigt sind – etwa während der Teezeit –, es zu durchsuchen und die Karte zu nehmen? Payne hätte vielleicht erst später bemerkt, dass etwas fehlte, weil er so viele Karten dabei hatte.

Ich beschloss, dass ich durch Grübeln nicht herausfinden würde, was passiert war, und machte mich auf die Suche nach Brimble. Er hatte ein unheimliches Händchen dafür, zu wissen, wo sich eine beliebige Person aufhielt, und konnte mir wahrscheinlich den Aufenthaltsort von Onkel Leo auf wenige Meter genau sagen. Doch als ich um den Treppenpfosten am Fuß der Treppe herumging, begegnete ich Sonia, die einen benommenen Gesichtsausdruck hatte. Auch ihre Haut hatte einen kränklich grauen Unterton, und ihre Arme waren an ihre Seiten gepresst, als wäre ihr kalt oder als hätte sie Schmerzen.

Normalerweise vermied ich Interaktionen mit meiner Stiefmutter, doch ich konnte sie nicht mit einem höflichen Gruß im Vorbeigehen abspeisen. Ich dachte daran, dass Gwen erwähnt hatte, dass sie sich zuvor nicht wohlgefühlt hatte, und fragte: „Bist du krank, Sonia? Musst du dich setzen?"

„Nein, nicht nötig. Oh, es ist entsetzlich, einfach entsetzlich. Sie haben Peter mitgenommen. Im Automobil. Ich habe es vom Wohnzimmerfenster aus gesehen."

Mein Herz zog sich zusammen. Gwen und ihre Eltern mussten verzweifelt sein. Es war kein völliger Schock für mich, denn ich hatte gehört, wie Longly Peter heute Morgen gebeten hatte, ihn zur Wache zu begleiten, doch Sonia war nicht im Zimmer gewesen.

„Das ist beunruhigend, aber ich denke, es geht nur darum, Fragen zu beantworten. Er wird bald zurück sein, da bin ich mir sicher." Ich sagte die Worte und hoffte, dass sie wahr waren. Bevor Sonia den Mangel an Sicherheit in meinem Ton bemerken konnte, fügte ich hinzu: „Lass uns dir ein Glas Wasser oder eine Tasse Tee holen."

Sie blinzelte und schien aus ihrem mentalen Nebel aufzutauchen, was für sie ein ungewöhnlicher Zustand war. Ich war überrascht von ihrer Reaktion. Sonia hatte eine stoische Natur und war weder emotionalen Ausbrüchen noch Anfällen von Sorge ausgesetzt. Mein Vater verbrachte die meiste Zeit des Tages in Gedanken versunken über seinen Schriften. Sonia war bodenständig und praktisch.

„Nein. Es geht mir gut", sagte sie, doch ihre Stimme brach. Sie räusperte sich. „Ich mache mir nur Sorgen um – die Familie. Wie entsetzlich muss das für Caroline und Leo sein. Denk nur, was die Leute sagen werden." Sie warf einen Blick über meine Schulter zur Treppe und bemühte sich sichtlich, sich zu beruhigen. Sie holte tief Luft und setzte ein angespanntes Lächeln auf. „Cecil, mein Lieber", sagte sie. „Ich dachte, du wärst den ganzen Morgen in der Bibliothek."

Vater wedelte mit einem Notizbuch, während er die letzte Stufe hinuntertrottete. „Ich habe das hier vergessen, und ich komme nicht ohne aus. Guten Morgen, Olive."

Ich war erfreut zu sehen, wie behände Vater sich bewegte. Er war seit seiner Krankheit gebrechlich gewesen, doch heute sah er aus wie er selbst. Er kam zu uns ins Erdgeschoss und wedelte mit dem Notizbuch. „Ich wusste, dass ich hier ein paar gute Notizen habe über die Zeit, in der David sich vor Saul versteckt hat. Ich gehe wieder, meine Damen. Ich muss meine Gedanken ordnen …" Er trat einen halben Schritt zurück, dann blieb er stehen und musterte Sonias Gesicht. „Geht es dir gut, meine Liebe?"

Ihr angespanntes Lächeln wurde breiter. „Ja, natürlich. Alles in Ordnung – völlig in Ordnung. Geh du nur in die Bibliothek. Ich hole dich zum Mittagessen. Ich weiß ja, wie tief du immer in deine Bücher versunken bist."

Vater schmunzelte. „Ja, das bin ich. Gut, dass du da bist, meine Liebe. Sonst würde ich vielleicht erst zum Tee essen."

Mit einem Klaps auf meine Schulter ging Vater mit gesenktem Kopf in die Bibliothek, während er in seinem Notizbuch blätterte. Ich wusste, dass er schon nach wenigen Schritten in seine Notizen vertieft war, seine Gedanken bei seinen Schriften, nicht bei uns.

Sobald er sich abwandte, war Sonias Gesicht wieder angespannt. Sie wollte ebenfalls gehen, doch ich legte ihr eine Hand auf den Arm. Wenn Vater Sonias Verzweiflung bemerkt hatte, stimmte definitiv etwas nicht. Die Antwort ging mir durch den Kopf. „Du weißt etwas, etwas über Peter – nein, über *Mr. Payne*. Du bist krank geworden, und ihr musstet kurz nach Ankunft der Gäste gehen. Du bist nie krank. Und du machst dir nicht nur Sorgen um den Ruf der Familie. Es ist mehr als das."

Sonia war zusammengezuckt, als ich Paynes Namen erwähnte. „Schh!" Vater war, während ich sprach, in der Bibliothek verschwunden, und jetzt sah sie sich in der Eingangshalle um, das Zischen hallte bis zum Deckengemälde wider. „Jemand könnte dich hören."

„Das bezweifle eher." Ich blickte die verlassene Treppe hinauf. „Wir sind allein." Der schwarz-weiße Marmorboden der Eingangshalle glich einem Schachbrett, dessen Figuren am Ende einer Partie weggefegt worden waren. „Offensichtlich weißt du etwas über Mr. Payne – das dich auffrisst und krank macht. Was auch immer es ist, du musst es Longly sagen –"

„Nein!" Ihre scharfe Antwort hallte vom Marmor wider. Sie atmete durch die Nase ein und sagte dann in normalem Ton: „Jeder könnte die Treppe herunterkommen oder in einem der Zimmer lauern. Ich muss gehen –"

Sie ging auf die Treppe zu. Ich stellte mich ihr in den Weg und verschränkte meine Arme. „Was weißt du?" Wenn sie etwas wusste, das Peter helfen könnte, würde ich sie nicht gehen lassen, ohne herauszufinden, was es war.

Ihre von Natur aus hängenden Mundwinkel sanken tiefer, als sie mich musterte, dann stieß sie einen kurzen Seufzer aus. „Gut. Ich werde es dir sagen, aber nur, weil mir klar ist, dass du mich nicht in Ruhe lassen würdest. Und du kannst ... helfen." Sie sagte das letzte Wort, als hätte sie gerade etwas gegessen, das verdorben war. „Komm mit nach draußen in den Garten. Dort sollten wir ungestört reden können."

Normalerweise wäre ich weniger daran interessiert, an einem kalten Morgen ins Freie zu gehen – besonders mit Sonia – und hätte eine Ausrede gefunden, um es zu vermeiden, doch heute zögerte ich nicht.

Ein paar Minuten später wickelte ich mir den Schal um den Hals und knöpfte meinen Mantel zu, während ich Sonia über die Terrasse folgte. Wir stiegen die Treppe hinunter in den Garten. Ihre Haut sah im winterlichen Sonnenlicht noch blasser aus, und sie presste eine Hand auf ihren Bauch als hätte sie Bauchschmerzen.

Im Garten blühten keine Blumen, und die Beete waren mit Mulch bedeckt. Die Blumenbeete, ein Muster aus braunen Quadraten, Kreisen und Dreiecken, erstreckten sich in der Ferne bis zu den Gewächshäusern. Wir gingen den Weg hinunter, der zum Neptun- und Meerjungfrauen-brunnen in der Mitte des Gartens führte. Hinter uns funkelten die Fenster von Parkview im Sonnenlicht. Die einzigen Geräusche war das Plätschern des Wassers, als das Eis, das den Springbrunnen und die Bänke bedeckt hatte, in der Sonne schmolz, und das Knirschen unserer Schuhe auf dem sandigen Weg. Die lebhafte, in Marmor eingefrorene Szene des Brunnens erhob sich mehrere Meter über unseren Köpfen.

Im Sommer war der zentrale Brunnen mit seinem sanften Plätschern einer meiner Lieblingsplätze, doch das grelle Winterlicht hob die Pockennarben an den Statuen und die Schimmelspuren in den Spalten hervor. Als wir Kinder waren, warfen wir regelmäßig Münzen und Kies in den Brunnen und zielten damit auf Neptuns Dreizack. Anstelle von Münzen, die unter dem Wasser funkelten, gab es jetzt nur noch ein paar tote Blätter, die unter einer dünnen Eisschicht gefangen waren.

„Das sollte privat genug sein." Mein Atem kam als kleine weiße Dampfwolken aus meinem Mund.

Sonia packte den Rand des Beckens. „Ich kann nicht glauben, dass das passiert ist." Für einen Moment zeigte sich ein Funke ihrer üblichen kraftvollen Persönlichkeit, was ich seltsam beruhigend fand. Ihren Blick auf den Rand des Brunnens gerichtet sagte sie: „Du hast Recht. Ich weiß etwas über Mr. Payne. Ich habe ihn im ersten Moment im Salon erkannt. Er war mein Ehemann."

KAPITEL ZWÖLF

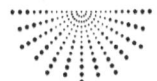

„*M*r. Payne war dein Ehemann? Was meinst du – bist du *geschieden*?"

Meine Gedanken schwirrten vor Fragen. Wusste Vater davon? Das konnte nicht sein. Er würde nie eine geschiedene Frau heiraten. Obwohl er als Pastor im Ruhestand war, wusste ich, dass er bestimmte Standards einhalten musste.

Sonia zuckte zusammen, als hätte ihr jemand einen Eiszapfen in den Kragen fallen lassen. „Nein." Ihr Blick huschte durch den Garten. „Ich bin nicht *geschieden*." Beim Wort *geschieden* hatte sie ihre Stimme zu einem Flüstern gesenkt, als wäre das Wort selbst abscheulich.

„Dann verstehe ich nicht."

Sie warf mir einen irritierten Blick zu, als sie sich vom Brunnen abstieß und ein paar Schritte ging. Ich dachte, sie wollte gehen und mich dort zurücklassen, doch sie blieb bei einer Steinbank stehen. „Ich wusste, dass es Simon war, als er den Salon betreten hat."

„Simon?" Vielleicht war sie krank – nicht körperlich krank, aber vielleicht stimmte etwas nicht … geistig. „Warum setzen wir uns nicht einen Moment auf die Bank?"

Ich hatte sie immer für irritierend gehalten, doch ich hatte nie an ihrem Verstand gezweifelt.

Sie schnippte ungeduldig mit den Fingern. „Ich bin nicht verwirrt. Der Mann, der im Wintergarten gestorben ist, war nicht Vincent Payne. Er war Simon Adams. Simon hat sich als Vincent ausgegeben." Sie atmete tief durch, als hätte sie gerade eine lange Wanderung auf einem schwierigen Weg hinter sich. „Es ist eine komplizierte Geschichte."

Sie schien bei Verstand zu sein. Sie sprach ruhig, nicht aufgewühlt oder überreizt. Ich wollte hören, was Sonia dachte, also sagte ich: „Ich habe es nicht eilig, zum Haus zurückzukehren."

„Ich denke, ich fange besser am Anfang an – vor Jahren, als wir drei noch Kinder im selben Dorf waren", fuhr Sonia in ihrem ausdruckslosen Ton fort. „Vincent Payne, Simon Adams und ich sind in Clifton Green aufgewachsen."

Ich schüttelte den Kopf. „Das kenne ich nicht."

„Es ist ein winziges Dorf in Surrey. Vincent Payne – der echte Vincent Payne – hat bei seinem Onkel gelebt, der im Umkreis von Meilen der größte Grundbesitzer war. Simons Vater war der Gemüsehändler. Mein Vater war Arzt. Vincent war ziemlich schüchtern und zurückhaltend. Simon hat immer Witze gemacht und gelacht, und er konnte die dümmsten Gesichter machen." Ihr Gesichtsausdruck wurde weicher. „Als wir älter wurden, haben Simon und ich, wir … Nun, wir dachten, wir wären verliebt und wollten heiraten."

Sonia wischte die Marmorbank mit der Hand ab und ließ sich dann darauf nieder. „Mein Vater hat Simon und mir natürlich verboten zu heiraten. Er hätte Vincent Payne als Schwiegersohn akzeptiert, doch nicht den Sohn des Gemüsehändlers."

Meine Gedanken schwirrten, als ich mich neben ihr auf die Bank setzte und kaum die Kälte des Steins bemerkte. Es war schwer, sich Sonia in einer Romeo-und-Julia-Situation vorzustellen – geschweige denn als rebellische junge Frau.

„Wir haben geheiratet", sagte Sonia mit tonloser Stimme. „Wir waren alt genug. Wir sind nach London gezogen, und Simon hat eine Stelle bei einem Gemüsehändler gefunden." Einen Moment lang starrte sie auf die leeren Blumenbeete. „Mein Vater hatte leider Recht. Wir haben nicht zueinander gepasst. Das hat sich nach einigen Jahren herausgestellt. Wir haben ständig gestritten. Als wir jung waren, mochte ich seine Neckereien. Er hat immer gesagt, er sei der einzige Mensch, der mich zum Lächeln bringen könnte – und das konnte er. Ich war ein ziemlich ernstes Kind." Sie warf mir einen Seitenblick zu. Die natürliche Abwärtsneigung ihrer Mundwinkel verschwand für einen Moment, als ein kleines Lächeln über ihr Gesicht huschte.

Machte sie Witze? Für einen Moment war ich versucht, zynisch „Nein!" zu schnauben, aber ich ließ es. Ich wollte die zerbrechliche Atmosphäre nicht stören und ihre Geschichte vorzeitig beenden. Ich entschied mich für ein Nicken.

„Das war ich tatsächlich", sagte Sonia. „Simon hatte einen Sinn für Spiel und Spaß, den ich nicht hatte. Das hat mir gefallen." Sie seufzte, und das winzige Lächeln verschwand. „Erst, nachdem wir geheiratet hatten, begann ich Seiten seiner Persönlichkeit zu sehen, die ich ignoriert hatte. Seine Neckereien konnten eine bösartige Schärfe haben, doch wenn das alles gewesen wäre, hätte ich es ertragen. Aber dann erfuhr ich, dass er nicht treu war. Er war zu egoistisch, zu kurzsichtig." Sie schüttelte den Kopf und wandte den Blick ab. „Zu getrieben von seinen eigenen Wünschen."

Ich dachte an Gwens Beschreibung von Paynes aufdringlichem Beharren darauf, mit ihm spazieren zu gehen, und an sein Verhalten gegenüber Gigi im Wald. Der

Mr. Payne, den ich kennengelernt hatte, verhielt sich auf jeden Fall wie der Mann, den Sonia beschrieb.

„Irgendwann habe ich ihm gesagt, ich wünschte, wir hätten nie geheiratet." Sie packte die Kante der Steinbank mit beiden Händen und senkte den Kopf. „Es war furchtbar. Doch der Krieg kam, und Simon zog los, um zu kämpfen. Ich hatte eine Ausbildung zur Krankenschwester und ein Jahr gearbeitet, bevor Simon und ich geheiratet haben, also bewarb ich mich um eine Stelle in einem Krankenhaus. Krankenschwestern waren gefragt, und ich fand schnell Arbeit." Sonia wischte imaginären Schmutz von der Bank. „Ein paar Monate später habe ich ein Telegramm bekommen. Er war gefallen."

„Das tut mir leid." Mein Herz drückte vor Mitgefühl. Ich kannte das Aufflackern der Angst, wenn der Telegrammjunge kam.

Wir saßen einige Augenblicke schweigend da. Schließlich sagte ich: „Als du Mr. Payne vor ein paar Tagen gesehen hast, dachtest du, er wäre Simon? Bist du sicher, dass er es war?", fragte ich so sanft ich konnte. So viele Familien von Männern, die im Kampf als vermisst erklärt wurden oder die auf dem Schlachtfeld gestorben und begraben worden waren, klammerten sich an die Hoffnung, dass ihre Lieben tatsächlich noch am Leben waren. Ohne ein Begräbnis oder die Möglichkeit, ein Grab zu besuchen, fiel es vielen Menschen schwer zu glauben, dass ihre Söhne oder Väter wirklich tot waren. Sie wollten glauben, dass es eine Verwechslung gegeben hatte. Die falsche Hoffnung der Familien von Kriegsveteranen war ein fruchtbarer Boden für Betrüger und Hochstapler – und das schien genau zu Paynes offensichtlich betrügerischer Persönlichkeit zu passen.

Sonia hob den Kopf und lachte bitter. „Oh, es war Simon. Ich habe ihn sofort erkannt. Die Art und Weise, wie er sich bewegt hat, wie er sprach –" In meinem Gesichtsausdruck musste ein Hauch von Skepsis gelegen haben, denn sie fügte hinzu: „Simon hatte ein Grübchen in der Mitte seines Kinns und eine Windpockennarbe direkt am Ende seiner linken Augenbraue. Er war es. Obwohl er sich Vincent Payne nannte, war er Simon Adams." Ihre Stimme wurde kalt. „Und als er mich erkannt und festgestellt hat, dass ich einen Pastor geheiratet hatte, hielt er es für einen großartigen Witz, dass eine Frau, die noch immer verheiratet war, Bigamie begangen hatte – und zwar mit einem Pastor im Ruhestand. Er fand das sehr unterhaltsam."

„Hat sonst niemand bemerkt, dass du ihn erkannt hast?"

„Ich bin nicht lange genug geblieben, damit es jemand bemerken konnte. Ich war so geschockt und verstört, dass ich weg musste aus dem Raum, weg von Parkview. Ich habe deinem Vater gesagt, dass ich schreckliche Kopfschmerzen hatte, und wir sind sofort gegangen. Und die ganze Zeit über hatte Simon – oder Mr. Payne, wie er sich genannt hat – dieses Grinsen im Gesicht. Er kannte mein Geheimnis und konnte es kaum erwarten, mich deswegen zu verhöhnen."

„Aber hatte er keine Angst vor dir? Du hättest ihn bloßstellen und enthüllen können, dass er nicht Mr. Payne war."

„Aber ich hatte so viel mehr zu verlieren als er. Und das wusste er."

Ich rutschte auf der Bank herum und schlang meinen Schal enger um meinen Hals. Das war viel zu verarbeiten, und ich war mir nicht sicher, ob ich Sonia glaubte. Sie beharrte so hartnäckig darauf, dass der Mann nicht Payne war, doch sie war in allem hartnäckig, was das Beste für Vater war … und für mich. Sie würde nie an sich selbst zweifeln, also fragte ich stattdessen nach Payne. „Weißt du, was passiert ist? Wie dieser, ähm, Simon Adams die Identität von Mr. Payne angenommen hat, der seine Kindheitsbekanntschaft war?"

„Bei Simon war es immer besser, ihn zu konfrontieren, also sind wir am nächsten Nachmittag nach Parkview zurückgekehrt. Ich habe Simon eine Nachricht geschickt, und er hat zugestimmt, mich im Hof zu treffen."

Als ich sie vom Fenster aus gesehen hatte, war der Mann im Schatten Payne gewesen – ich konnte ihn mir nicht als Simon vorstellen, egal was Sonia sagte.

„Ich wollte wissen, warum er sich als Vincent ausgab. Er sagte: ‚Mich ausgeben? Ich *bin* Vincent Payne. Das sagt die britische Armee.'" Sie schüttelte den Kopf, was ich für ein Zeichen ihres Ärgers hielt, und fügte dann hinzu: „Er und Vincent hatten zusammen gedient. Laut Simon hat es einen Angriff gegeben, und eine Granate ist ganz in der Nähe von ihm und Vincent eingeschlagen. Als Simon im Feldlazarett aufgewacht war, hatten die Schwestern und Ärzte ihn Vincent genannt. Simon erzählte mir, dass er schreckliche Schmerzen gehabt hatte und sich an nicht viel mehr erinnern konnte. Er sagte, er sei sich nicht sicher gewesen, was passiert war, doch er glaubt, dass Vincents Erkennungsmarke neben ihm gefunden wurde, und der Sanitäter muss angenommen haben, dass es seine war – zumindest war das Simons Geschichte."

„Du glaubst sie nicht?", fragte ich.

„Ich glaube Teile davon", sagte sie und wählte ihre Worte sorgfältig. „Die Erkennungsmarken waren aus Asbest-Fiebermaterial hergestellt und wurden oft zerstört. Die Identitäten vieler – ähm – Leichen – gingen vollständig verloren, weil die Erkennungsmarken abgerissen oder zerstört wurden. Fehlidentifikationen waren durchaus üblich. Ich habe es sogar ein paarmal selbst im Krankenhaus erlebt." Sie stand auf, vergrub die Hände in den Manteltaschen und ging zwischen der Bank und dem Brunnen auf und ab. „Also, ja, es ist möglich, dass Simons Geschichte wahr ist, aber ich habe mich gefragt, ob er ... nachgeholfen hat."

„Hätte nicht jemand aus seinem Zug erkannt, dass er nicht Mr. Payne war?"

„Nur zwei andere Leute aus seinem Zug haben überlebt. Nach dem Feldlazarett wäre Simon nach England transportiert worden. Er war wahrscheinlich die ganze Zeit mit Fremden zusammen." Sie zuckte mit den Schultern, die Hände noch immer in den Taschen. „Was auch immer passiert ist – ob Simon selbst für die falsche Identifizierung verantwortlich ist oder es wirklich ein Fehler war – er wurde Vincent Payne."

„Was klingt, als wäre es ein ... ähm ... sozialer Aufstieg?" Da ich selbst in einer angespannten finanziellen Situation war, konnte ich die Versuchung verstehen, die Identität einer Person anzunehmen, die besser gestellt war als man selbst.

„Vom Sohn eines Gemüsehändlers zum Landadligen?", sagte Sonja. „Es war ein Riesenschritt die soziale Leiter empor."

„Aber was war mit dem Onkel und dem Rest seiner Familie? Sicher hätten sie erkannt, dass Simon ein Betrüger war. Und Simons Eltern? Was ist mit denen?" Hatte er sie glauben lassen, er sei tot?

„Vincents Onkel war einige Jahre vor dem Krieg gestorben, und Vincent war ein äußerst wohlhabender Mann. Simons Eltern waren auch beide vor Kriegsbeginn an einer Lungenentzündung gestorben. Simon hatte sonst keine Familie." Sie hielt einen Moment inne und fuhr dann fort: „Vincents einzige nahe Verwandte, eine Tante, lebt mit ihrem Mann in Südafrika, daher gab es keine unmittelbare Familie, die hätte verhindern können, dass er Vincent wurde. Ich selbst bin nie nach Clifton Green zurückgekehrt. Mein Vater hat mich verstoßen, als ich Simon geheiratet habe. Selbst wenn er das nicht getan hätte, er hat sich nach dem Krieg in ein kleines Häuschen am Meer in Hastings zurückgezogen, sodass ich keinen Grund hatte, nach Clifton Green zurückzukehren."

„Aber Mr. Payne, oder Simon, wie du ihn kanntest, musste jemandem begegnet sein, der beide gekannt hat, und dann …"

Sonja schüttelte den Kopf. „Vincent und Simon waren einander ähnlich. Beide hatten braune Haare und braune Augen und waren von ähnlicher Größe und Statur. Die alte Mrs. Oglethorpe sagte immer, Vincent und Simon hätten Cousins sein können."

Sie ging schneller auf und ab, der Stoff ihres Mantels spannte sich eng über ihren Schultern, als sie die Hände tiefer in die Taschen schob. „Vincent hatte eine hübsche Summe Geld geerbt, und ich bin mir sicher, dass das einer der Gründe war, warum Simon es getan hat. Vincents Identität zu übernehmen löste auch das Problem der Entfremdung zwischen uns. Ich wollte nicht mehr verheiratet sein und er auch nicht. Also wurde er Vincent Payne."

„Und er hat dich glauben lassen, er sei tot … und dich einen anderen Mann heiraten lassen."

„Ja." Wut und Sorge lagen in dem einen Wort. „Ich bin mir sicher, dass er nie an die Möglichkeit gedacht hat, dass ich wieder heiraten würde. Simon war kurzsichtig. Er dachte nie über den nächsten Tag oder die nächste Woche hinaus." Sie blieb stehen und rieb sich einen Moment mit der Hand über die Augen, dann kam sie zurück und setzte sich wieder neben mich auf die Bank. „Du verstehst also, warum du herausfinden musst, wer Simon getötet hat – oder Vincent Payne, wie wir ihn wohl jetzt weiter nennen sollten. Er *wurde* Vincent. Dein Vater darf es nicht wissen. Er würde …" Ihre Stimme brach, und sie presste einen Moment lang eine Hand auf ihren Mund. Sie atmete scharf durch die Nase ein und fuhr mit kontrollierter Stimme fort. „Dein Vater ist ein wunderbarer Mann. So freundlich und sanft, und ich hatte nie vor, ihn zu täuschen. Ich dachte, Simon wäre tot. Wirklich, ich war sicher."

„Du hast ihm nicht erzählt, dass du vor dem Krieg geheiratet hast und Witwe bist?"

„Nein. Ich wollte Simon und den Krieg und all das vergessen. Es fällt mir schwer, über den Krieg zu sprechen. Ich habe deinem Vater nur vage erzählt, was ich in dieser Zeit gemacht habe. Es ist zu schmerzhaft, über die Einzelheiten zu sprechen. Ich denke nicht gerne an das, was ich gesehen habe. Ich kann nicht. Und ich" – sie holte tief Luft, bevor sie fortfuhr – „schämte mich, Simon geheiratet zu haben. Er war kein ehrenhafter Mann wie dein Vater. Ich dachte, wenn dein Vater von ihm wüsste, würde er mich vielleicht nicht heiraten wollen. Du verstehst, dass dein Vater nichts von Simon erfahren darf, nicht wahr? Nicht jetzt. Nicht, nachdem ich es ihm nicht gesagt hatte. Er darf es nie erfahren."

„Du meine Güte." Das war alles, was ich sagen konnte. Vater war der liebste Mann, doch es gab ein paar Dinge, die er nicht tolerieren würde – und Lügen stand ganz oben auf der Liste. Das einzige Mal, dass Vater mir den Hintern versohlt und mich ohne Abendessen in mein Zimmer geschickt hatte, war, als ich fünf war und ich ihn belogen hatte, indem ich behauptet hatte, ich hätte den Nachmittag im Garten verbracht. In Wirklichkeit war ich davongelaufen, um meine Cousinen in Parkview zu besuchen.

„Bitte hilf mir, Olive. Du hast schon früher solch sensible Dinge gehandhabt." Sonia schien so besorgt zu sein, dass Vater erfuhr, dass sie mit Payne verheiratet gewesen war, dass sie völlig übersehen hatte, dass sie ein ausgezeichnetes Motiv für den Mord an ihm hatte. Ich zögerte, und sie sagte: „Oh! Du denkst, ich hätte ihn töten können." Ihre Überraschung schien echt.

„Hast du es getan?", fragte ich. „Es hätte eines deiner Probleme gelöst."

„Aber so viele mehr geschaffen." Ihre Stimme war voller Überzeugung. „Nein, ich habe ihn nicht getötet. Glaub mir, es gab Tage, da wollte ich" – sie richtete sich auf – „Aber ich bin Krankenschwester. Ich füge niemandem Leid zu. Ich helfe den Menschen, gesund zu werden und sich zu erholen."

„Du warst mit Mr. Payne in einer prekären Situation, als er noch gelebt hat. Er hätte dich erpressen können."

„Er war nicht an Geld interessiert. Er hatte viel mehr als dein Vater und ich. Nein, er wollte kein Geld. Er wollte einfach ... mein Unbehagen genießen."

„Glaubst du, Mr. Payne wäre am Ende der Party gegangen und hätte dich in Ruhe gelassen?"

„Ich weiß, dass er genau das getan hätte. Er hat es mir sogar gesagt: ‚Mach dir keine Sorgen, Sonia, ich mache dir keinen Ärger. Ich werde aus deinem Leben verschwinden, aber ich werde es genießen, zuzusehen, wie du dich windest, bis ich gehe.'"

„Was für ein schrecklicher Mann."

„Ja, das war er. Aber ich versichere dir, dass ich ihn nicht getötet habe. Wirst du mir helfen?"

Ich war mir nicht sicher, ob ich ihr glaubte. Es gab so viele Täuschungsmanöver – die von Sonia und Payne – und sie bat mich, Vater etwas vorzuenthalten – durch Unterlassung zu lügen. Doch sie hatte Vater gesundgepflegt. Seine verbesserte Gesundheit war ihr zu verdanken. Allein dafür schuldete ich ihr etwas. „Ich werde tun, was ich kann –"

Sie packte meine Hand. „Oh, danke, Olive. Ich weiß, du wirst es in Ordnung bringen."

KAPITEL DREIZEHN

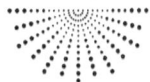

*A*ls Sonia und ich uns trennten, ging ich in mein Zimmer und wühlte in meiner Handtasche, auf der Suche nach einer Visitenkarte. Ich wusste, dass ich sie verstaut hatte, für den Fall, dass ich sie später brauchte. Ich war hin- und hergerissen, nicht sicher, ob ich Sonias Geschichte glaubte. Doch warum sollte sie sie sich ausdenken? Offensichtlich war sie verzweifelt und besorgt, ein Zustand, in dem ich sie noch nie gesehen hatte. Doch zuerst musste ich ihre Geschichte überprüfen, wenn das möglich war. Wenn das, was sie sagte, wahr war, fügte es Paynes Tod eine neue Komplexität hinzu. Wenn ich Sonia beim Wort nahm und glaubte, dass sie Payne nicht getötet hatte, um sich selbst zu schützen, warf das weitere Fragen auf.

Ich fand die Karte in meiner Handtasche unter der metallenen Schminkdose in Form einer kleinen Pistole. Jasper hatte sie mir zur Abschreckung geschenkt, falls ich jemals in eine Situation geraten sollte, in der ich etwas brauchte, das aussah, als hätte ich eine Waffe. Sie hatte sich bereits bei einer Gelegenheit als nützlich erwiesen, und ich trug sie jetzt immer in meiner Handtasche.

Ich nahm die Visitenkarte und ging hinunter zu Onkel

Leos Arbeitszimmer, um das Telefon auf Mr. Davis' Schreibtisch zu benutzen, weil es mehr Privatsphäre bot als das in der Eingangshalle. Onkel Leo telefonierte nicht gern und zog es vor, dass Mr. Davis „das Instrument" benutzte, wie Onkel Leo es nannte. Ich setzte mich auf Mr. Davis' Stuhl an seinem überladenen Schreibtisch, der in einer kleinen Nische im Arbeitszimmer stand. Als ich das Telefon zu mir zog, bemerkte ich einen Umschlag mit Onkel Leos unordentlicher Kritzelei, *Rechnung für Landkarten – Payne*, der mich daran erinnerte, dass ich noch Onkel Leo finden und nach den Karten fragen musste.

Ich schob den Stapel mit dem Umschlag darauf zur Seite. Nach Erhalt der Karten von Payne musste Onkel Leo die Rechnung Mr. Davis gegeben haben. Ich fragte mich, was mit den Karten passieren würde. Ich war mir sicher, Longly würde die Unterschriften auf allen Karten, einschließlich der von Onkel Leo, überprüfen lassen. Würde Onkel Leo die Karten nach der Untersuchung zurückbekommen? Würde er sie zurückhaben wollen, wenn die Unterschriften gefälscht wären?

Ich nahm den Hörer ab und bat darum, mit der auf der Visitenkarte abgedruckten Nummer verbunden zu werden.

Als der Anruf durchgestellt wurde, meldete sich eine raue Stimme.

Ich fragte: „Könnte ich bitte mit Mr. Frederick Boggs sprechen?"

„Ich werde sehen, ob er in der Nähe ist", sagte der Mann und hob seine Stimme, ohne sich die Mühe zu machen, das Mikrofon abzudecken, und rief: „Boggs! Telefon für dich. Jemand Vornehmes, so wie es sich anhört."

Als Boggs am Telefon kam, sagte ich: „Hallo, Mr. Boggs. Olive Belgrave."

„Miss Belgrave. Hallo." Sein Akzent hatte ein wenig von seiner Geschliffenheit verloren, da er nicht mehr in einem schicken Londoner Stadthaus arbeitete.

„Wie geht es Ihnen, Mr. Boggs?"

„Gut, alles gut. Es ist ein wenig ruhig, doch besser als in meiner letzten *Situation*."

„Es freut mich zu hören, dass es Ihnen gut geht. Ich habe eine kleine Mission, die ich selbst nicht erledigen kann. Hätten Sie Interesse, sie zu übernehmen? Ich würde Sie natürlich bezahlen. Es würde bedeuten, in ein Dorf in Surrey zu reisen und dort ein paar Fragen zu stellen."

„Ja, ich bin interessiert. Sehr interessiert."

„Wunderbar." Ich erzählte ihm die Einzelheiten, und wir einigten uns auf eine Bezahlung für den Auftrag. „Schicken Sie bitte ein Telegramm nach Parkview Hall, Derbyshire, mit den Details zu dem, was Sie erfahren."

„Ich werde heute Nachmittag dorthin reisen und sehen, was ich herausfinden kann", sagte Boggs, bevor wir auflegten.

Als ich das Arbeitszimmer verließ, war es kurz vor der Mittagszeit, also ging ich in das Speisezimmer, wo ein kaltes Büffet angerichtet war. Miss Miller und Tante Caroline saßen am Tisch und diskutierten tief über ihr Bridgespiel. Ich begrüßte sie und nahm ein Sandwich von einem der Tabletts. Beim Essen unterhielt ich mich mit Miss Miller und Tante Caroline, doch ich hatte keinen großen Appetit. Ich hatte zu viel im Kopf.

Ich verließ das Speisezimmer und fand Jasper in der Eingangshalle, der gerade seine Brille in seine Tasche steckte, während er einem Diener mehrere Briefe übergab. „Sehen Sie zu, dass die heute noch zur Post gebracht werden", sagte er zu dem Diener, dann sah er mich. Anscheinend hatte er sich Zwischenzeit gänzlich von seinem Abend im Pub erholt. Er bewegte sich jetzt schneller und blinzelte nicht mehr gegen das Licht an, als er auf mich zukam. „Olive, wo warst du?"

„Im Garten. Ich muss dir etwas sagen ... einen Moment

nur", sagte ich, als Gigi die Treppe herunterkam und ihren ersten Auftritt an diesem Tag hatte.

Sie trug eine Strickjacke, eine weiße Bluse und einen Strickrock, was ein zahmes Ensemble gewesen wäre, doch mit ihren geschmeidigen Bewegungen und dem Wiegen ihrer Hüften sah sie alles andere als zahm darin aus. „Guten Morgen", sagte sie, als sie zu uns trat. „Ich nehme an, ihr beide seid schon seit Stunden wach und habt bei Sonnenaufgang gefrühstückt."

„Da November ist, ist das keine große Herausforderung", sagte Jasper in neckendem Ton.

„Nun, das ist in Ordnung für dich", sagte Gigi. „Ich habe es mir zur festen Aufgabe gemacht, nie vor Mittag zu frühstücken." Sie drehte sich zu mir um. „Ich bin so froh, dass deine Tante Caroline nicht zu den Gastgeberinnen gehört, die bis zehn Uhr alles abgeräumt haben."

„Nun, das Frühstück ist abgeräumt, doch im Speisezimmer gibt es ein kaltes Buffet. Ich bin sicher, du wirst etwas zum Knabbern finden. Und Brimble hat eine Auswahl an Zeitungen bereitgelegt, aus denen du eine für dein Kreuzworträtsel auswählen kannst." Ich hatte sie heute Morgen auf dem Sideboard gestapelt gesehen.

Gigi hellte sich auf. „Wunderbar." Sie ging und bewegte sich energischer als zuvor.

Jasper drehte sich zu mir um. „Kreuzworträtsel?"

„Sie ist eine Expertin darin. Sie löst sie mit Tinte. In der Schule haben wir sie oft herausgefordert, die schwierigen Rätsel in einer halben Stunde zu bewältigen. Sie hat es immer geschafft."

„Das hätte ich nie von ihr gedacht."

„Ich weiß. Sie wirkt wie ein Dummchen, doch sie ist ziemlich schlau. Natürlich will sie nicht, dass das jemand erfährt. Aber ich war mit ihr auf der Schule und kenne ihr Geheimnis. Sie hat sich nur wenig Mühe gegeben und immer gute Noten geschrieben. Aber genug von Gigi. Ich habe Neuigkeiten. Wir müssen irgendwohin, wo wir nicht belauscht werden." Jetzt verstand ich Sonias Unwillen, in der Eingangshalle zu reden. Das Klicken der Billardkugeln deutete darauf hin, dass das Billardzimmer besetzt war, wahrscheinlich von Captain Inglebrook, und Vater benutzte die Bibliothek. Wenn wir in einen der Haupträume gingen, wurden wir möglicherweise unterbrochen. „Ich weiß, lass uns in die kleine Stube gehen."

„Gute Idee." Jasper bedeutete mir, vor ihm die Treppe hinaufzugehen.

„Hast du gehört, dass Inspector Longly Peter zur Wache gebracht hat?", fragte ich leise, als wir nach oben gingen.

Jasper blieb auf dem Treppenabsatz stehen, seine Hand um den Pfosten geklammert. „Nein, habe ich nicht."

„Sonia war extrem aufgebracht. Ich habe ihr gesagt, dass ich sicher bin, dass es Routine ist, aber ehrlich gesagt bin ich mir überhaupt nicht sicher."

„Ich hoffe, du hast Recht damit, dass es Routine ist", sagte er und ging schneller, während wir die restlichen Stufen zur kleinen Stube hinaufstiegen.

Im hinteren Teil des Hauses gelegen war das Zimmer zu klein für einen vollwertigen Salon. Es war ein Rückzugsort für Peter und Gwen, nachdem sie der Kinderstube entwachsen waren, ein Ort, an dem sie Violet entkommen konnten, wenn sie sich in einer nervigen Phase befand. Da Parkview praktisch mein zweites Zuhause war, war ich normalerweise mit ihnen in der kleinen Stube, und wenn Jasper Peter in den Schulferien besuchte, war er mit uns dort gewesen.

Ich war froh, den vertrauten Mischmasch von aus dem Rest des Hauses überzähligen Möbeln zu sehen. Stapel von Brettspielen, Puzzles und Büchern, mit denen wir uns an regnerischen Tagen die Zeit vertrieben hatten, füllten immer noch die Regale. Das einzig „Neue" war ein abgegriffener Sekretär, den Gwen an einer Seite des Zimmers

147

aufgestellt hatte und an dem sie einen Großteil der Haushaltsführung bewältigte.

Ich setzte mich in den weichen Sessel, der mit verblichenem Chintz bezogen war, und Jasper nahm seinen üblichen Platz auf dem Fenstersitz ein, den Rücken gegen die Wand gelehnt und seine langen Beine über die Sitzfläche ausgestreckt.

„Ich habe mich heute Morgen mit Sonia unterhalten." Ich erzählte ihm alles, was Sonia über Payne gesagt hatte. Sonia war nicht erfreut gewesen, als ich ihr gesagt hatte, dass ich ihre Geschichte mit Jasper teilen musste, doch ich hatte sie davon überzeugt, dass Jasper vertrauenswürdig war. Ich musste in der Lage sein, mit ihm darüber zu reden. Wegen seines schwachen Sehvermögens hatte Jasper den Krieg an einem Schreibtisch im Kriegsministerium verbracht, was bedeutete, dass er die Kontakte hatte, um die Geschichte zu überprüfen, die Payne Sonia erzählt hatte – zumindest hoffte ich, dass er die richtigen Leute kannte, um sie zu bestätigen oder zu widerlegen.

Jasper zog die Augenbrauen hoch, als ich ihm von Sonias Überzeugung berichtete, dass Payne eigentlich Simon Adams war, doch er hörte zu, ohne mich zu unterbrechen, bis ich die ganze Geschichte erzählt hatte. „Was hältst du von Mr. Paynes Geschichte?", fragte ich.

Jasper kniff die Augen zusammen, als er aus dem Fenster in den Garten blickte. „Es ist nicht ausgeschlossen, dass die Erkennungsmarken vertauscht wurden." Er sprach langsam und wählte seine Worte sorgfältig. „Und die Tatsache, dass der größte Teil des Zuges nicht überlebt hat – das war leider auch nur allzu üblich. Das hätte es ihm viel leichter gemacht, als Vincent Payne weiterzuleben. Es klingt, als gäbe es nur wenige Menschen, die seine Identität in Frage stellen würden. Doch das bringt deine Stiefmutter in eine schwierige Situation."

„Ziemlich. Sie schwört, dass sie ihm nichts getan hat,

und" – ich schüttelte den Kopf – „ich staune selbst, dass ich das jetzt sage, aber ich neige dazu, ihr zu glauben. Kannst du irgendwie überprüfen, was Mr. Payne gesagt hat?"

„Ich werde auf jeden Fall mein Bestes geben. Da heute Samstag ist, wird es schwierig, aber ich werde es versuchen. Ich habe einen Freund …" Er schwang die Füße von der Bank, dann warf er einen Blick auf die Uhr auf dem Kaminsims. „Nein, es ist ein Uhr. Er wird beim Mittagessen sein. Ich muss ihn später anrufen." Jasper ließ sich wieder auf der Bank nieder. „Der Teil über Sonias Kindheit in diesem Dorf, das ist eine andere Geschichte."

„Daran arbeitet Boggs."

Jasper sagte: „Du heuerst jetzt Mitarbeiter an?"

„Nur für gelegentliche Erledigungen. Ich dachte mir, es ist gut, mit jemandem wie Boggs in Kontakt zu bleiben."

„Ja, er ist … einfallsreich."

Ich zog meine Beine an und ließ mich tiefer in den Sessel sinken. „Also, was können wir hier tun, bis wir von Boggs hören oder du deine Anfragen stellen kannst? Das Problem, das wir haben, ist, dass die Liste der Verdächtigen so klein ist. Ich fürchte, Longly – oder sein Superintendent – wird sich nur auf Peter und Miss Miller konzentrieren. Und vielleicht Deena", fügte ich hinzu. „Wir dürfen Deena nicht vergessen."

„Glaubst du, Deena hat Mr. Payne ermordet?"

„Sie hat die Leiche gefunden, was sie üblicherweise zur Hauptverdächtigen macht – zumindest in den Krimis, die du mir ausgeliehen hast."

„Aber was war ihr Motiv?"

Wir saßen beide schweigend da, während die Uhr vor sich hin tickte.

Schließlich sagte ich: „Vielleicht hat Mr. Payne versucht, sich an sie heranzumachen, wie er es mit Gigi getan hat. Sie hat ihm eins übergebraten und ihn dann zum Brunnen gezerrt, damit es wie ein Unfall aussieht?" Allein den

Gedanken auszusprechen brachte mich dazu, ihn zu verwerfen. Er war zu lächerlich.

„Es ist möglich", sagte Jasper. „Doch wenn das der Fall ist, warum hat sie Longly oder jemand anderem nicht erzählt, was passiert ist? Es war nicht nötig, es wie einen Unfall aussehen zu lassen. Tatsächlich wäre es besser für sie, wenn sie das nicht getan hätte."

„Vielleicht aus Angst, die Constables würden ihr nicht glauben, dass es Notwehr war?", fragte ich, testete die Idee, dann schüttelte ich den Kopf. „Aber das passt nicht. Wenn Dr. Grimshaw Recht hat und jemand einen Spaten benutzt hat, um Mr. Payne zu erschlagen, woher sollte Deena ihn genommen haben? Ross verstaut seine Gartengeräte immer in den Schränken hinten im Wintergarten. Wenn Mr. Payne Deena in der Nähe des Brunnens angegriffen hat, bezweifle ich, dass sie zu den Schränken gerannt wäre, um nach etwas zu suchen, um sich zu verteidigen. Woher sollte sie überhaupt wissen, dass die Spaten dort aufbewahrt werden? Nein, es wäre viel sinnvoller für sie, einfach aus dem Wintergarten zu rennen. Der Weg zu beiden Türen ist kürzer als zum Schrank."

„Miss Miller war auch im Wintergarten, das darfst du nicht vergessen."

„Aber sie ist gebrechlich. Könnte sie Mr. Payne über den Boden schleifen, ganz zu schweigen davon, dass sie ihm auf den Kopf geschlagen haben müsste? Miss Miller ist klein wie ich. Sie hätte auf einem Stuhl stehen müssen, um Mr. Payne auf den Scheitel zu schlagen."

„Und ich bezweifle, dass Mr. Payne ruhig auf der Stelle gestanden hätte, während sie mit einem Spaten in der Hand auf einen Stuhl geklettert wäre", sagte Jasper. „Aber sie wollte diesen mysteriösen Umschlag. Ich glaube, du verheimlichst mir etwas. An dieser Geschichte muss mehr dran sein."

„Wie ich dir schon gesagt habe, wurde ich zur

Verschwiegenheit verpflichtet, doch ich versichere dir, dass der Inhalt des Umschlags für unsere Ermittlungen irrelevant ist. Du hast Recht. Miss Miller wollte den Brief, aber ich glaube nicht, dass sie ihn deswegen angreifen würde. Ich bin sicher, sie würde jemand anderen bitten – einen anderen Mann, meinen Vater oder sogar Onkel Leo –, Mr. Payne davon zu überzeugen, ihr den Brief zurückzugeben, bevor sie zu Gewalt greifen würde."

„Was ist mit Gigi?", fragte Jasper. „Wenn sie Kreuzworträtsel so schnell lösen kann, wie du sagst, ist sie schlauer, als ich dachte."

„Du meinst, sie wollte sich an Mr. Payne rächen, weil er sich im Wald an sie herangemacht hat?" Ich dachte über die Idee nach und sagte dann: „Nein. Ich glaube nicht, dass es Gigi war. Die Art und Weise, wie der Mörder versucht hat, es so aussehen zu lassen, als ob Mr. Payne gestürzt und sich den Kopf aufgeschlagen hat – nein, dazu ist Gigi zu akribisch. Ich kann mir vorstellen, dass sie in einem Moment der Leidenschaft etwas tut – sagen wir, jemanden erschießen –, aber einen Leichnam herumzuschleifen, um es nach einem Unfall aussehen zu lassen? Nicht Gigi."

„Ich muss mir merken, sie niemals zu verärgern", sagte Jasper mit einem Anflug von Humor, fügte dann aber mit ernstem Ton hinzu: „Bist du dir absolut sicher, altes Mädchen? Kreuzworträtsel sind langweilig. Man muss Geduld haben, um sie zu lösen."

„Das ist wahr. Trotzdem glaube ich immer noch nicht, dass Gigi es getan hat."

„Wer ist dann noch übrig?", fragte Jasper.

„Captain Inglebrook?", antwortete ich, Zweifel in meinem Ton. „Er ist groß genug und stark genug, um den Leichnam zu bewegen."

„Aber wieder kein Motiv."

„Keins, von dem wir wissen", sagte ich. „Natürlich wissen wir nicht genug über alle Gäste hier in Parkview."

Die Tür ging auf, und Gwen kam herein. „Da seid ihr ja. Jetzt, wo ich das Menü für das Abendessen festgelegt habe, habe ich überall nach euch beiden gesucht. Auch mitten in der Krise müssen die Hausarbeiten erledigt werden." Gwen setzte sich auf das Ende des abgenutzten Chesterfield-Sofas. „Inspector Longly hat Peter zur Wache gebracht, wusstet ihr das?"

„Ja, ich habe es gehört", sagte ich.

„Ich dachte, du wolltest ihn ablenken."

„Ich habe es versucht –"

„Und die Dienstboten sagten, die Nachricht von Mr. Paynes Tod hat sich schon im ganzen Dorf herumgesprochen", fiel Gwen mir ins Wort. „Dr. Grimshaw tratscht wie ein altes Waschweib. Er hat gestern Abend im Pub klargemacht, dass er den Tod von Mr. Payne nicht für einen Unfall, sondern für einen Mord hält." Sie verschränkte die Arme. „Olive, sicher hast du inzwischen etwas herausgefunden, das Peter hilft."

Ich wand mich in meinem Sessel. Ich hatte Miss Miller versprochen, ihr Geheimnis nicht preiszugeben, dass ihr Bruder mit den gefälschten Unterschriften betrogen worden war oder dass Payne sie mit einem gestohlenen Liebesbrief erpresst hatte. Und ich hatte Sonia versprochen, ihre Geheimnisse über Payne zu bewahren. Das waren viel zu viele Geheimnisse. Trotzdem würde ich mein Wort halten. „Ich mache Fortschritte", sagte ich.

Gwen zog die Augenbrauen hoch. „Das ist alles? Du machst Fortschritte?"

Jasper beugte sich vor und lenkte Gwens Aufmerksamkeit von mir ab. „Was wir brauchen, sind mehr Informationen über Mr. Payne." Ich warf ihm einen warnenden Blick zu, doch er fuhr ruhig fort: „Was Mr. Payne getan hat, nachdem er hier in Parkview angekommen ist. Wie er seine Zeit verbracht hat."

„Ja", sagte ich. „Das Einzige, was wir mit Sicherheit

sagen können, ist, dass er Onkel Leo Karten mit dubiosen Unterschriften verkauft hat."

Gwen sagte: „Die hat Inspector Longly mitgenommen."

Das war ein weiterer Punkt gegen Inspector Longly in Gwens Kopf. „Das gehört zu seinem Job", sagte ich. „Diese Karten sind Beweise." Gwen warf mir einen Blick zu, der besagte, dass sie anderer Meinung war, doch bevor sie etwas sagen konnte, fuhr ich fort: „Es muss einen Vorfall oder eine Begegnung gegeben haben, die der Auslöser für den Mörder war." Ich hoffte nur, dass es nicht Sonias Treffen mit ihrem nicht gefallenen Ehemann war, der sich als Freund aus Kindertagen ausgab. Der Skandal, der daraus entstehen würde, ganz zu schweigen von dem Leid, das es Vater zufügen würde – ich zwang meine Gedanken in eine andere Richtung. Ich würde abwarten, was Boggs herausfand, bevor ich mir erlaubte, solchen Gedanken nachzuhängen.

Gwen sagte: „Mr. Payne kannte hier in Parkview niemanden. Also, ja, irgendwas muss passiert sein ..."

Ich tauschte einen Blick mit Jasper aus, um ihn zu warnen, dass er nicht wissen sollte, wen Mr. Payne vor seiner Ankunft gekannt haben könnte oder nicht. Gwen stand vom Chesterfield auf und ging zu ihrem Schreibtisch, wo sie Papier und einen Bleistift nahm. „Ich werde herausfinden, was Mr. Payne getan hat. Brimble wird wissen, wo die Gäste waren."

Von der Tür hörte ich eine tiefe Stimme. „Kriegsrat?"

Wir alle wirbelten herum.

Peter stand in der Tür. Gwen ließ Papier und Bleistift sinken und eilte durch den Raum, um ihn zu umarmen. „Du bist wieder da."

„Zumindest für den Moment."

Gwen löste sich von ihm, die Hände immer noch auf seinen Armen, als sie ihm ins Gesicht sah. „War es schrecklich?"

„Im Gegenteil, sie waren ausgesprochen höflich. Höflich, aber unerbittlich." Sein blaues Auge sah immer noch schmerzhaft aus, doch es war die Art und Weise, wie er ins Zimmer kam und sich auf das Sofa fallen ließ, die mich beunruhigte. Er ließ seinen Kopf auf die Kissen sinken und schloss die Augen.

Gwen presste ihre Lippen aufeinander. Die Wahrscheinlichkeit, dass Longly die Situation mit Gwen in Ordnung bringen könnte, wurde von Minute zu Minute geringer.

Peter öffnete die Augen und rollte seinen Kopf zur Seite, um Blickkontakt mit Jasper herzustellen. „Ich glaube jedoch nicht, dass sie zufrieden waren."

Bevor Jasper antworten konnte, fragte Gwen: „Warum nicht?"

„Weil ich ihre Fragen nicht vollständig beantworten konnte. Ich erinnere mich immer noch nicht, was im Wintergarten passiert ist."

Ich drehte mich auf meinem Sessel um. „An was erinnerst du dich?"

„Nicht einmal ansatzweise genug", seufzte Peter und setzte sich auf. Seine Bewegungen waren langsam und mühsam und erinnerten mich an einen alten Mann. „Ich hatte gehofft, mein Gedächtnis wäre heute klarer, aber das ist es nicht. Ich weiß, dass ich vor dem Spiegel vor der Tür zum Wintergarten stehengeblieben bin, um meine Weste zurechtzurücken, aber danach" – er hob eine Schulter – „ist alles weg, bis du da warst, Olive."

„Inspector Longly glaubt dir nicht?", fragte Gwen mit finsterer Miene.

„Inspector Longly ist ein Mann, der Fakten will, die ich ihm im Moment nicht geben kann." Sein Blick wanderte zu den sanften Hügeln jenseits der geometrischen Gärten. Er stützte die Hände auf die Knie und stand auf. „Ich werde einen Spaziergang machen. Das hilft immer, den Kopf freizubekommen."

„Oh, geh jetzt nicht", sagte Gwen. „Du siehst erschöpft aus."

„So bin ich mit allem anderen fertiggeworden, altes Mädchen. Ich kann jetzt nicht aufhören. Etwas Besseres fällt mir nicht ein." Er berührte Gwens Arm, nickte Jasper und mir zu und ging mit langsamen Schritten.

Nachdem Peter die Tür leise hinter sich geschlossen hatte, drehte sich Gwen um und hob Papier und Bleistift auf. „Er ist so unvernünftig. Warum müssen alle Männer so stur sein?"

Ich wusste, dass Gwens Ärger eine Mischung aus Sorge um Peter und Wut auf Longly war. Jasper musste es auch erkannt haben, denn er machte sich nicht die Mühe, sein Geschlecht zu verteidigen. Er zeigte auf das Papier. „Was schreibst du?"

„Ich mache eine Liste von allem, was wir tun müssen. Peter mag spazieren gehen, aber wir müssen versuchen, ihm zu helfen. Ich werde die Bewegungen von Mr. Payne von seiner Ankunft bis zu seinem Ausflug in den Wintergarten am Freitagabend verfolgen."

„Wenn du Onkel Leo siehst, frag ihn, wie er dazu gekommen ist, Mr. Payne nach Parkview einzuladen", sagte ich. Ich hatte ihn immer noch nicht gesehen.

„Richtig." Gwen machte sich eine Notiz, dann sah sie auf, und ihr Blick wanderte von Jasper zu mir. „Was könnt ihr zwei tun?"

„Jasper muss wegen Mr. Payne telefonieren", sagte ich.

„Du kannst den Apparat in Vaters Arbeitszimmer verwenden. Es wird ihm nichts ausmachen", sagte Gwen. „Und du, Olive?"

„Ich glaube, ich werde mich jetzt im Wintergarten umsehen, da die Polizei dort fertig ist."

„Warum das denn?", fragte Gwen. „Du glaubst doch nicht, dass sie etwas übersehen haben?"

„Nein, aber abends ist es da drinnen dunkel, und ich

möchte ihn bei Tageslicht sehen. Erinnerungen können täuschen", sagte ich. „Ich möchte auch mit Ross sprechen."

Gwen warf einen Blick auf die Uhr. „Er wird wahrscheinlich jetzt dort sein, da die Constables heute Morgen niemanden reingelassen haben. Ich bin sicher, er wird sich beklagen, dass sie seine Pflanzen zertrampelt haben." Gwens Stimme deutete an, dass sie meinen Besuch dort für Zeitverschwendung hielt, doch sie versuchte nicht, mich zu überreden, etwas anderes zu tun.

Wir beendeten unser spontanes Treffen und waren auf dem Weg nach unten, als wir Tante Caroline begegneten, die mit erleichtertem Gesichtsausdruck auf uns zueilte. „Oh, da bist du ja, Gwen. Hast du Peter gesehen? Er ist zurück."

„Ja, wir haben vorhin mit ihm gesprochen."

„Gut." Sorge huschte über ihr Gesicht. „Er sah genauso aus wie als er mit sieben Jahren eine Lungenentzündung hatte – ganz kränklich und erschöpft. Wir müssen etwas tun, um ihn von alldem abzulenken. Er liebt es, draußen zu sein, also ist ein Picknick in der Ruine perfekt – und natürlich etwas, um alle anderen zu unterhalten. Gwen, Liebes, du sprichst mit der Köchin, nicht wahr? Und lass sie mehrere Picknickkörbe für den Tee vorbereiten."

„Ein Picknick? Bei dieser Kälte?", fragte Gwen.

„Es ist angenehm draußen in der Sonne", sagte Tante Caroline. „Wir fahren mit den Automobilen nach Cormont Hill und trinken dort Tee. Schau nicht so missbilligend drein, Gwen. Es ist entschieden. Miss Miller und ich haben es bereits geplant und alle eingeladen. Wenn man Gäste hat, muss man sie unterhalten, Mord hin oder her."

Gwen sagte: „Aber Peter hat vorhin gesagt, er würde spazieren gehen. Er ist wahrscheinlich schon weg."

Diese Nachricht ließ Tante Caroline innehalten, dann sagte sie lebhaft: „Nun, wenn er zurückkommt, kann

Brimble ihm sagen, wo wir sind. Peter kann uns an der Ruine treffen."

Gwen warf mir einen Blick zu, den ich interpretierte als, *Mutter hat es beschlossen, also können wir genauso gut mitmachen.*

Sobald Tante Caroline ein Projekt auf den Weg gebracht hatte, war sie unermüdlich, es umzusetzen.

Jasper streckte Tante Caroline seinen Arm entgegen. „Ich jedenfalls freue mich darauf, die Ruine von Cormont Castle wiederzusehen. Es ist Jahre her, dass ich dort oben war."

„Du bist entzückend." Tante Caroline nahm seinen Arm, und sie stiegen die Treppe hinunter und ließen Gwen und mich zurück. „Ein Ausflug ist genau das, was wir brauchen. Es wird uns von allem ablenken und ein sehr angenehmer Nachmittag werden, da bin ich mir sicher."

KAPITEL VIERZEHN

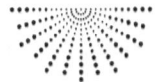

*D*as klare helle Sonnenlicht strömte durch die Glasscheiben des Wintergartens und machte die Luft schwül und erzeugte einen blendenden Effekt, der mich dazu brachte, die Augen zuzukneifen, bis ich den Schatten der Palmen erreichte. Die Wärme verstärkte den erdigen Geruch, der die Luft durchdrang genauso wie den Duft der Blumen.

Ich folgte dem Weg zum Rauschen des rieselnden Wassers des Springbrunnens. Die Fliesen ringsum waren gesäubert, und die Eisenmöbel waren wieder an ihrem Platz.

Ich folgte einem leisen Murmeln zu den Schränken im hinteren Teil des Raums, wo Ross die Gartengeräte umsortierte. Die Knie seiner weiten Hose waren schwarz von Blumenerde. Seine Schiebermütze steckte in einer Tasche, und Gartenhandschuhe zusammen mit einer Gartenschere ließen die andere Seite seiner Jacke herunterhängen. „… kann nicht erwarten, dass ein Mann seine Arbeit ohne die richtige Ausrüstung erledigt."

„Ich bin sicher, Sie werden einen Weg finden", sagte ich.

Ross blickte auf, und sein verärgerter Gesichtsausdruck

verschwand, als er lächelte und die Falten in seinem gebräunten Gesicht tanzten. „Miss Olive. Hallo."

„Schön, Sie zu sehen, Ross."

„Danke, Miss. Ich weiß, die Familie freut sich immer, wenn Sie nach Hause kommen. Wie stehen die Chancen, dass Sie bleiben? London ist ein gefährlicher Ort."

„Nein, fürchte, ich werde nicht bleiben. Und Winter-gärten können anscheinend auch tückisch sein", sagte ich mit einem bedeutungsvollen Blick über meine Schulter zum Brunnen.

Ross' Lächeln verschwand. „Er war kein guter Mann."

„Mr. Payne?" Hatte sich das Wissen um Paynes Ruf auch zu den Hausangestellten herumgesprochen?

Ross zögerte. „Ich rede nicht gerne über Dinge, die mich nichts angehen, aber er war den Frauen gegen-über lästig. Ich habe gesehen, wie er sich im Wald gegenüber Lady Gina unangemessen benommen hat. Ich wollte eingreifen, aber sie hat sich darum gekümmert."

„Ja, Gigi ist ziemlich gut darin, auf sich selbst aufzupas-sen. Haben Sie gesehen, wie er sich anderen gegenüber so verhalten hat?"

„Nein, aber einmal reicht, um zu wissen, was für ein Mann er war."

„Da stimme ich Ihnen zu. Ich nehme an, Sie haben ihn an dem Abend, als er gestorben ist, nicht im Wintergarten gesehen?"

„Nein, Miss. Ich habe morgens hier gearbeitet. Ich habe an diesem Abend in einem der Gewächshäuser ein zerbro-chenes Fenster repariert."

Ich warf einen Blick über seine Schulter auf den leeren Schrank. „Sieht so aus, als hätte die Polizei Ihnen nicht viel zum Arbeiten gelassen."

„In der Tat. Ich muss ein paar Werkzeuge aus dem Gewächshaus mitbringen."

„Und ich bin sicher, Sie haben Ihre Gartengeräte weggeräumt, als Sie am Freitag fertig waren?"

Ross lächelte schief. „Sie klingen wie dieser Inspector."
Er beugte sich zu mir vor. „Ich werde Ihnen genau dasselbe
sagen, was ich ihm gesagt habe. Ich mache meine Gartengeräte immer sauber und lagere sie dann hier. Sie müssen
abgewischt und getrocknet werden, sonst rosten sie. An
diesem Tag habe ich einen Teil der Philodendren umge-
pflanzt. Sie haben zu viel direktes Sonnenlicht bekommen.
Dann habe ich drüben an der hohen Palme gearbeitet und
ein paar der Wedel zurückgeschnitten. Als ich fertig war,
habe ich die Kacheln um den Brunnen herum gefegt, meine
Werkzeuge gereinigt und sie dann weggeräumt."

„Und Ihre Werkzeuge waren hier in diesem Schrank?"
Ich zeigte hinter ihn. „Die Spaten auch?" Es war kein
einziger Spaten hier.

„Hier habe ich sie aufbewahrt, doch die Polizei hat
jeden einzelnen von ihnen mitgenommen. Ich nehme an,
ich werde keinen davon wiedersehen, besonders wenn
einer verwendet wurde, um Mr. Payne eins überzubraten."
Ross schloss die Tür.

„Es sieht nicht so aus, als ob der Schrank abschließbar
ist." Der Riegel war ein einfacher Metallriegel, und ich sah
kein Vorhängeschloss herumliegen.

„Nein. Es war nie nötig, das Werkzeug wegzusperren."

„Also hätte jeder einen Spaten nehmen können, doch er
müsste hierhergekommen sein und ihn gefunden haben",
sagte ich.

„Ja, Miss. Und bis zum Brunnen bringen." Er schüttelte
den Kopf. „Der Tod dieses Mannes war nicht zufällig. Und
es ist mir egal, was die Leute im Dorf sagen, das würde Mr.
Peter niemals tun – ob er bei klarem Verstand war oder
nicht." Ross durchbohrte mich mit seinem haselnuss-
braunen Blick. „Ich habe gehört, Sie sind gut darin herauszufinden, was passiert ist, wenn Leute unerwartet sterben.

Ich hoffe sehr, dass Sie Mr. Peter helfen werden, seinen Namen reinzuwaschen."

„Ich tue, was ich kann." Ich warf einen Blick zurück zum Brunnen. „Sie haben hier im Wintergarten nichts Ungewöhnliches gefunden, etwas, das die Polizei vielleicht übersehen hat?"

Er schüttelte den Kopf. „Nein, und wenn ich etwas gefunden hätte, das Mr. Peter helfen könnte, hätte ich es sofort zu diesem Inspector gebracht."

„Natürlich. Ich glaube, ich werde ein bisschen herumlaufen."

Ross ging, und ich kehrte zurück in die Mitte des Wintergartens, blieb neben dem Brunnen stehen und versuchte herauszufinden, was passiert sein könnte. Ich wünschte, ich hätte dieselbe Gewissheit, die Jasper und Ross bezüglich Peters Unschuld hatten. Doch sie hatten Peters leeren Blick nicht gesehen. Ich schüttelte diese Erinnerung ab. Es würde Peter nicht helfen, davon auszugehen, dass er Payne ermordet hatte. Ich musste mich der Szene aus einer anderen Perspektive nähern. Wenn Peter einfach zur falschen Zeit am falschen Ort gewesen war, was war dann hier wirklich passiert?

Der umgestürzte Topf hatte sich in der Nähe der Stelle befunden, an der der Weg vom Westflügel in den Bereich um den Brunnen mündete. Hatte die Person, die Payne angegriffen hatte, hinter dem Gummibaum gestanden und zugeschlagen, sobald Payne den Weg verlassen hatte? Vielleicht war die umgestürzte eiserne Chaiselongue so aufgestellt gewesen, dass Payne stolpern musste? Dann, in dem Moment, in dem er aus dem Gleichgewicht geraten war, hat ihm der Mörder den Spaten auf den Kopf geschlagen?

Die eisernen Füße der Chaiselongue kreischten, als ich sie über die Fliesen schleifte. Ich drehte sie auf die Seite, sodass sie in der gleichen Position wie am Abend war.

Dann stieg ich darüber und ging ein paar Schritte den Weg hinauf, drehte mich um und ging auf den Brunnen zu.

Nein, auf keinen Fall konnte jemand übersehen, dass die Chaiselongue den Weg versperrte, es sei denn, derjenige hätte etwas getan, das seine Aufmerksamkeit vom Weg abgelenkt hat ... wie Lesen. Ich konnte mir Payne nicht so in ein Buch vertieft vorstellen, dass er nicht bemerkte, wohin er ging. Bei Vater, ja, bei ihm wäre diese Situation absolut glaubwürdig und bei Peter möglicherweise auch. Ein kleiner Funke der Aufregung schoss durch mich, als ich den Gedanken festhielt.

Es stimmte, Peter war nicht so belesen wie Vater, doch Peter hatte am Abend zuvor gelesen, als ich ihn im Wintergarten gefunden hatte. Und in der Nacht, in der Payne getötet worden war, hatte Peters Buch über die Imkerei unweit der Chaiselongue auf dem Boden gelegen. Was, wenn Peter beim Lesen über die Chaiselongue gestolpert wäre, sich den Kopf gestoßen und das Bewusstsein verloren hatte? Ich stand über der Chaiselongue und stellte mir vor, was passieren würde, wenn jemand hineinstolperte. So wie sie auf dem Weg lag, hätte Peter sich den Kopf an der Armlehne anschlagen können, die mehrere Zentimeter herausragte – das könnte sein blaues Auge erklären. Der Gedanke, mit dem Gesicht zuerst in das stabile Stück Metall zu stürzen, ließ mich zusammenzucken. Das wäre schmerzhaft und könnte zu bösen Blutergüssen führen. Die Sorge, die mich gepackt hatte, seit ich in Peters ausdrucksloses Gesicht geblickt hatte, ließ ein wenig nach.

Ich sah mich in dem Bereich um, wo ich die beiden Spuren in der Blumenerde gesehen hatte. Sie waren mehrere Meter lang gewesen. Den Leichnam so weit zu schleifen erforderte Kraft. Ich glaubte immer noch nicht, dass Miss Miller das schaffen würde, doch alle anderen im Haus waren robust und gesund genug, um es zu tun, besonders wenn Adrenalin durch ihre Adern rauschte.

Ich richtete die Chaiselongue auf und stellte sie zurück, dann zupfte ich vorne an meinem Kleid, um die feuchte Luft um mich herum zirkulieren zu lassen. Ich schlenderte über die restlichen Wege, ohne etwas zu entdecken. Danach ging ich in den Billardraum, der sich nach der hellen, überhitzten Atmosphäre des Wintergartens wie eine kühle dunkle Höhle anfühlte, und hoffte, ich könnte Jasper dort wiederfinden.

Er war nicht in Sicht, doch Captain Inglebrook, den Mund so gerade wie sein dünner Schnurrbart, stand über den Billardtisch gebeugt, während er sich darauf konzentrierte, seinen Queue auszurichten. Ich blieb in der Tür stehen, bis er den Stoß ausgeführt hatte. Die Billardkugeln klickten, und eine fiel ordentlich ins Netz am anderen Ende des Tisches.

„Ausgezeichneter Stoß", sagte ich, und er drehte sich beim Klang meiner Stimme um.

„Oh, Miss Belgrave. Möchten Sie sich mir anschließen?"

KAPITEL FÜNFZEHN

*I*ch ging ins Billardzimmer. „Nein, ich kann nur einen Moment bleiben, Captain. Gehen Sie heute Nachmittag zum Picknick in der Ruine?"

Inglebrook lehnte seine Hüfte gegen die Kante des Billardtisches. „Ich begleite Sie gerne."

„Alle gehen, denke ich."

„Dennoch wird es durch Ihre Anwesenheit noch bezaubernder."

Ich lehnte mich gegen den Tisch, spiegelte seine Haltung wider und verschränkte die Arme. „Sind Sie jemals ernst?"

„Das Leben ist viel zu ernst. Ich bringe ein bisschen Unbeschwertheit, ein bisschen Lachen, ein bisschen Erleichterung von der Langeweile. Sie schütteln den Kopf", sagte er. „Denken Sie nicht auch, dass wir alle eine Pause vom düsteren Alltag brauchen?"

„Nein, darüber habe ich nicht den Kopf geschüttelt. Ich habe darüber nachgedacht, wie sehr Sie sich von Inspector Longly unterscheiden. Es scheinen seltsame Voraussetzungen für eine Freundschaft zu sein."

„Lucas Longly ist seit langem mein Freund" – er hielt

inne, und ich wusste wegen seines schelmischen Blicks, dass er mich irgendwie aufzog – „und ein entfernter Verwandter. Wussten Sie das nicht?"

Gwen kannte also nicht die ganze Geschichte über die beiden Männer. Ihr Brief, mit dem sie mich nach Parkview eingeladen hatte, hatte erwähnt, dass sie Freunde waren, aber nichts über Verwandtschaft. „Nein. Inspector Longly spricht nicht viel über sich selbst."

„Das tut er nicht. Typisch britische Selbstverleugnung. Wir sind entfernte Cousins", erklärte er. „Wir kennen uns, seit wir im Kinderwagen saßen."

„Wie Gwen und Peter und ich." Das erklärte, was eine distanzierte Beziehung zwischen den beiden Männern zu sein schien. Ich konnte sehen, dass der fleißige Inspector und der heitere Captain nicht viel gemeinsam hatten.

Inglebrook ging um den Tisch herum und stellte sich für einen weiteren Schuss auf. „Sind Sie sicher, dass Sie nicht mitkommen wollen?"

„Nein, im Moment kann ich leider nicht. Vielleicht ist Gigi heute wieder dabei, wie gestern Abend. Wer hat letzte Nacht gewonnen?"

„Wir haben nicht gespielt."

„Haben Sie nicht? Aber Gigi sagte, Sie haben den ganzen Nachmittag hier Billard gespielt."

„Ja, das stimmt. Sie wusste nicht, wie man spielt. Ich habe es ihr beigebracht."

„Ich verstehe."

Gigi konnte Billard genauso gut spielen wie ich, aber ich war mir sicher, dass der Captain seine Arme um sie legen musste, als er ihr gezeigt hatte, wie man Billard spielt.

„Aber sie hat schnell gelernt." Inglebrook blinzelte in Richtung der Billardkugeln und bewegte sich langsam nach links.

„Wir haben schnell ein paar fortgeschrittene Manöver geübt."

„Oh, da gehe ich jede Wette", murmelte ich, als er den Ball mit dem Queue traf. Das Klappern der aneinanderstoßenden Kugeln übertönte meine leisen Worte.

Inglebrook beobachtete die Kugeln, bis sie aufhörten zu rollen. „Ich bin froh, dass Gigi und ich zusammen waren. Das macht alles so viel einfacher. Es wäre unangenehm, wenn Lucas einen Verwandten verdächtigen müsste."

Vater saß an dem langen Tisch in der Bibliothek, wo um ihn herum Bücher, Karten und Hefte verstreut waren. Er war kein ordentlicher Arbeiter. Ich war überrascht gewesen, wie sich sein Arbeitszimmer im Tate House verändert hatte, nachdem Sonia eingezogen war. Irgendwie hatte sie ihn davon überzeugt, seinen Schreibtisch freizuräumen, was mir nie gelungen war, doch hier in Parkview war er zurückgekehrt zu seiner alten Arbeitsweise. Bei all dem Aufruhr um Paynes Tod war es beruhigend, Vater von Büchern umgeben zu sehen. Ich stellte eine Tasse Tee neben ihn. Erst, als die Tasse auf der Untertasse klapperte, blickte er auf. „Oh, Olive. Ich habe dich gar nicht kommen sehen."

„Ich dachte, du magst vielleicht eine Tasse Tee."

„Danke, meine Liebe. Ich habe gerade zu Mittag gegessen – Sonia sorgt immer dafür, dass ich esse", sagte er und nahm die Tasse. „Aber eine Tasse Tee würde ich nie ablehnen."

Ich zog den Stuhl neben ihm heraus und deutete auf seine Bücherstapel und handgeschriebenen Notizen. „Wie kommst du weiter?"

„Ausgezeichnet. Parkview hat einige wunderbare Ressourcen. Leo ist es egal, was ich mir aus der Bibliothek ausleihe, doch es ist schön, alles zur Hand zu haben, anstatt von Tate House hin und her zu laufen." Er schob seine

Brille die Nase hinauf und drehte sich ganz zu mir um.
„Wie ist die Situation mit Peter?"

„Im Moment leider nicht gut, fürchte ich." Den Gedanken, dass Peter über die Chaiselongue gestolpert war,
behielt ich für mich. Ich hatte keine Beweise für das, was
passiert war, und ich wollte keine falschen Hoffnungen
wecken.

Vater trank einen Schluck von seinem Tee und sagte
dann langsam: „Diese Arbeit, die du in London gemacht
hast – sie ist ziemlich unkonventionell, aber deine Erfahrung ist vielleicht genau das, was du brauchst, um Peter zu
helfen. Es passiert oft so. Denk an Esther ... *für eine Zeit wie
diese.*"

Ich spürte bereits, wie das Gewicht der Erwartungen
aller auf mir lastete, was auch ohne den Vergleich mit einer
biblischen Figur genug Druck war. „Ich glaube nicht, dass
ich in diese Kategorie gehöre", sagte ich. Ich hatte mit
meinen ersten Fällen erfolgreich genug sein wollen, dass
ich auf eigenen Beinen weiterleben konnte. Ich hatte nicht
gewusst, dass meine Arbeit zu solchen Erwartungen führen
würde. „Aber keine Sorge, ich tue alles, um Peter zu helfen.
Genau genommen wollte ich mit dir kurz über gestern
Abend sprechen."

„Soweit ich weiß, ist nichts Ungewöhnliches passiert."
Er deutete mit der Hand auf einen Stapel Bücher auf der
anderen Seite des Tisches. „Ich habe mich durch diese
Nachschlagewerke gearbeitet, während ihr jungen Leute im
Labyrinth wart. Sonia hat mir Tee gebracht, den wir hier
zusammen getrunken haben, und dann haben wir uns nach
oben in unser Zimmer zurückgezogen, wo sie mir vorgelesen hat, bis es Zeit war, sich für das Abendessen umzuziehen. Sie besteht darauf, dass ich nicht den ganzen Tag mit
Lesen verbringe." Er tippte mit der Hand auf die aufgeschlagenen Seiten vor sich. „Sie sagt, meine Augen brauchen Ruhe, und ich neige dazu, zu übertreiben."

„Was wahrscheinlich wahr ist", räumte ich ein, obwohl ich mich immer noch sträubte bei dem Gedanken, dass Sonia Vaters Tag strukturierte. Vaters Gesundheit war jedoch viel besser, sodass ich nicht allzu viel protestieren konnte. „Was hat sie dir vorgelesen?"

„Einen ausgesprochen guten Kriminalroman, *Mord auf Colfax Castle*. Wir haben etwas mehr als die Hälfte hinter uns. Es ist ziemlich spannend, und ich fürchte, ich habe keine Ahnung, wer der Täter ist."

„Ich habe das Buch gelesen. Du hast Recht." Mehr sagte ich nicht. Einer der Nachteile, eine diskrete Problemlöserin zu sein, war, dass ich einige der Dinge, die ich über interessante Menschen und Situationen gelernt hatte, nicht mit meinen Nächsten teilen konnte. „Und ihr wart da, bis ihr zum Abendessen runtergekommen seid?"

„Ja", sagte Vater, nahm sein Taschentuch und putzte seine Brille.

Das strich Sonia von meiner Liste potenzieller Verdächtiger. Vater würde nicht für sie lügen. Da war ich mir ganz sicher.

Vater sagte: „Ich bin ein bisschen eingedöst. Ich habe Kapitel zwölf ganz verpasst, und Sonia musste es mir noch einmal vorlesen. Vielleicht hat sie Recht, wenn sie sagt, dass ich zu hart arbeite." Er lachte.

Ich war halb aufgestanden, ließ mich aber wieder nieder. „Du bist eingeschlafen?"

„Ja. Ich gebe es ungern zu, aber Sonia hat Recht, dass ich es übertreibe. Man sollte nicht meinen, dass geistige Arbeit einen so ermüden kann, doch sie tut es."

„Oh, ich stimme voll und ganz zu." Ich klopfte ihm auf die Schulter und nahm seine Tasse. „Ich will dich nicht länger aufhalten", sagte ich und verließ den Raum. Meine Gedanken drehten sich im Kreis. Also konnte ich Sonia doch nicht von meiner Liste streichen.

KAPITEL SECHZEHN

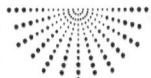

Cormont Hill war kilometerweit der höchste Punkt, weshalb die mächtige Cormont-Familie ihn im Mittelalter als Standort für ihre Burg ausgewählt hatte. Leider hatten ihre Burg und ihre Macht dasselbe Schicksal erlitten – beide waren zusammengebrochen. Die Cormonts waren Anfang des 17. Jahrhunderts ausgestorben, und bis dahin war auch ihre Burg verfallen. Von Cormont Castle blieben nur ein paar Mauern unterschiedlicher Höhe übrig, die höchste mit gotischen Bogenfenstern.

Tante Caroline hatte die Hausgäste aufgeteilt und die von uns mit Automobilen zum Transport aller Gäste eingespannt. Onkel Leo und Vater waren zurückgeblieben, doch alle anderen waren da. Jasper und ich kamen als letzte an. Sein Automobil war noch in Upper Benning zur Reparatur, also waren wir in meinem Morris gekommen. Auch wenn ich nicht gewusst hätte, wie ich den Hügel finden sollte, war Deenas knallroter Wagen, der am Fuße des Pfades geparkt war, kilometerweit zu sehen. Als ich den Morris daneben anhielt, rief uns Deena von der Hälfte des Hügels zu, doch wir waren zu weit weg, um sie zu verstehen.

Neben ihr stand Captain Inglebrook mit ausgestreckter Hand und wartete darauf, Deena über einen felsigen Teil des Weges zu helfen. Sein Seidenschal flatterte im Wind. Gwen war mit Deena gefahren, um ihr den Weg nach Cormont Hill zu zeigen, und war schon weiter den Weg hinauf. Sie blieb stehen und winkte uns zu, dann ging sie weiter.

Ich nickte Ross zu, der jetzt in seiner Chauffeursuniform war. Er hatte sich hingesetzt und untersuchte das Moos, das an der schattigen Seite eines der großen Felsbrocken haftete, die die Landschaft übersäten. Er hatte Tante Caroline, Miss Miller und Sonia im Wagen des Anwesens gefahren. Sein eigenes Picknick-Mittagessen wartete auf ihn, ausgebreitet auf der Motorhaube.

Jasper rief: „Guten Tag, Ross!", und nahm den letzten Picknickkorb aus dem Morris.

Ross nahm seine Mütze ab und erwiderte den Gruß. „Irgendwelche interessante Pflanzen gefunden?", fragte ich, als ich in Richtung des Pfads ging.

„Möglicherweise. Das Moos hat eine ungewöhnliche Farbe." „Interessant. Vielleicht sollten Sie etwas davon mit nach Parkview zurückbringen."

„Das könnte ich glatt tun", sagte er, als wir an ihm vorbei und den Weg hinaufgingen. Ich war mir sicher, dass er essen und dann alle Pflanzen in Gehweite untersuchen würde. Er würde wahrscheinlich mit mehreren Stecklingen für das Gewächshaus nach Parkview zurückkehren.

Jasper nahm den Picknickkorb in seine andere Hand und zog ein Telegramm aus seiner Tasche. „Das ist für dich gekommen, kurz bevor wir losgefahren sind. Ich habe Brimble gesagt, dass ich es dir geben werde. Ich dachte nicht, dass du willst, dass es jeder sieht."

Ich riss den Umschlag auf. „Und du hast es vorher nicht erwähnt?"

„Sobald wir im Morris waren, hast du angefangen zu berichten, was du erledigt hast."

„Das ist wahr", sagte ich. „Ich wollte nichts vergessen. Ich muss alle Details aufschreiben. Ich finde es hilfreich, jede Information auf einem Blatt Papier zu sehen. Es hilft mir, es nicht zu vergessen. Tut mir leid, dass ich die ganze Fahrt über geplappert habe."

„Du musst dich nicht entschuldigen. Du hast alles ziemlich knapp zusammengefasst." Jasper neigte den Kopf zu dem Telegramm, das ich überflogen hatte. „Im Gegensatz zu diesem Telegramm."

Es war zwar lang für ein Telegramm, doch es gab eine Menge Informationen.

„Ja, aber jeden Cent wert. Es ist von Boggs. Er sagt, Vincent Payne, Simon Adams und Sonia Bernard – das war ihr Mädchenname – haben in Clifton Green gelebt. Simons Name steht auf dem Ehrenmal im Dorf, und die Dorfpostmeisterin sagt, dass Sonia und Simon durchgebrannt sind und ohne die Zustimmung von Sonias Vater geheiratet haben. Sonia ist nie ins Dorf zurückgekehrt, und ihr Vater ist nach Hastings gezogen." Ich faltete das Telegramm zusammen und steckte es in die Tasche meines Kleides. „Zumindest wissen wir, dass vieles von ihrer Geschichte wahr ist."

„Ich hatte mit meinen Nachforschungen heute Nachmittag auch Erfolg", sagte Jasper.

„Oh, das ist schnell. Ich dachte, es könnte Tage dauern." Wir hatten den steileren Abschnitt des Aufstiegs erreicht, was bedeutete, dass ich große Schritte machen musste, um mit Jaspers längerem Schritt mitzuhalten.

„Ich konnte mich mit meinem Freund in Verbindung setzen, der mir zufällig Geld aus einem Kartenspiel schuldet. Er war mehr als bereit, eine Sonderfahrt zu unternehmen, um ein paar Akten zu finden und einige allgemeine Informationen weiterzugeben."

„Und im Gegenzug hast du ihm seine Schuld erlassen. Danke, Jasper. Ich werde es dir zurückbezahlen."

„Das ist nicht nötig. Es ist für Peter", sagte er, als wir um die Spitzkehre bogen und stehenblieben. Noch ein paar Meter und wir wären oben. Jasper war noch nicht einmal vom Aufstieg außer Atem, doch ich war dankbar für den Moment, um wieder zu Atem zu kommen. Ich wandte mich von der Hügelkuppe ab und blickte in die entgegengesetzte Richtung nach Parkview, das auf dem braunen und beigefarbenen Patchwork der leeren Blumenbeete in warmem Gold leuchtete.

Jasper sprach leise, während er die Krempe seines Hutes zurechtrückte, um seine Augen zu beschatten. „Ich konnte bestätigen, dass Payne und Adams im selben Zug waren, der fast vollständig vernichtet wurde. Payne" – Jasper machte Anführungszeichen in die Luft – „hat zusammen mit einem Mann namens Thaddeus Lessing überlebt."

Ich drehte mich zu ihm um. „Vielleicht kann Mr. Lessing – nein?"

Jasper schüttelte den Kopf. „Lessing hat die Schlacht überlebt, ist aber 1918 an einer Lungenentzündung gestorben."

„Oh. Nun, zumindest wissen wir jetzt, dass Teile von Sonias Geschichte – und der von Mr. Payne – wahr waren. Ich wünschte nur, Vater wäre gestern Nachmittag nicht eingeschlafen. Was für eine ungünstige Zeit für ein Nickerchen. Hätte er Sonia ein Alibi gegeben, hätte ich es geglaubt."

„Glaubst du wirklich, dass Sonia etwas mit Mr. Paynes Tod zu tun hat?"

„Sie ist einfallsreich und skrupellos. Mir ist egal, dass sie behauptet, Mr. Payne hätte versprochen, am Ende der Party zu gehen und sie nicht wieder zu behelligen. Er war eine Bedrohung für sie."

Gwen erschien über uns auf dem Weg. „Da seid ihr ja. Wir warten auf euch. Ihr habt den Rest der Sandwiches."

Wir folgten Gwen die letzte Wegbiegung hinauf und kamen auf die ebene Fläche oben auf dem Hügel. Der Wind peitschte mit voller Wucht auf uns ein, und ich drückte meinen Hut auf meinen Kopf. Tante Caroline, Miss Miller und Sonia saßen auf einer Decke in einer geschützten Ecke im Schatten zweier bröckelnder Wände, die nur wenige Meter hoch waren. Gigi saß in einiger Entfernung von ihnen auf einem Felsen und versuchte, sich in der stürmischen Luft eine Zigarette anzuzünden.

Auf der gegenüberliegenden Seite stand noch eine einzige Mauer der Burg fast intakt. Zwei Stockwerke mit spitzen gotischen Fenstern ohne Glas blickten über die Landschaft und rahmten die wunderschönen sanften Hügel, die ein Flickwerk aus Braun und gedeckten Grüntönen waren, das von Trockenmauern durchzogen war. In der Ferne verschwammen weiße Punkte, eine Schafherde, die sich träge über eine Weide bewegte. Deena und Captain Inglebrook standen nebeneinander an einem Fenster, der Wind zerrte an ihren Kleidern. Deena hatte sich einen der sportlichen neuen Chanel-Tweed-Anzüge angezogen. Eine Feder wölbte sich von ihrem Hut zu ihrer Wange und betonte die längliche Form ihres Gesichts.

Ein paar Meter hinter der Mauer fiel der Boden steil ab. Die Mauer und das Fenster hatten etwas an sich, das alle anzog. Es war immer der erste Ort, an den die Besucher des Hügels gingen, und wir waren nicht anders. Jasper, Gwen und ich gesellten uns zu Deena und Inglebrook ans Fenster. Deena streckte den Arm aus. „Da drüben auf der anderen Seite der Schlucht. Ist das nicht Peter?"

Ich schirmte meine Augen ab und entdeckte Peters dunkles Haar und seine schlanke Gestalt. Er navigierte flink den steilen Pfad, der zum Fuß der Schlucht hinunterführte.

Deena beugte sich aus dem Fenster und winkte. „Juuhu!" Ihr begeistertes Winken brachte sie dazu, das Gleichgewicht zu verlieren, und sie kippte aus dem Fenster in Richtung der Schlucht.

KAPITEL SIEBZEHN

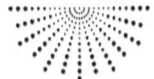

*C*aptain Inglebrook packte Deena am Ellbogen und zog sie zurück. „Vorsicht dort. Da geht es ziemlich tief runter. Ich möchte nicht, dass Sie fallen."

Deena lächelte und legte eine Hand an das Revers seines Mantels. „Ich weiß, dass Sie das nie zulassen würden."

„Nun, ich kann sicher nicht zulassen, dass eine Dame direkt neben mir den Hügel hinunterstürzt."

Deena wandte ihre Aufmerksamkeit wieder der Aussicht zu. „Was ist mit Peter passiert? Ich sehe ihn nicht mehr."

„Er hat uns gesehen", sagte Jasper. „Er dürfte auf dem Weg hier rüber sein."

Tante Caroline rief uns. Ich ging über das mit Schutt übersäte Feld hinter Gwen her und hielt meinen Hut immer noch auf dem Kopf fest, bis ich die geschützte Ecke erreichte.

„Du meine Güte." Der Wind hatte Gwens blondes Haar aus dem Knoten in ihrem Nacken gezerrt. Sie steckte sich die langen Strähnen hinter die Ohren. „Ich bin froh, dass diese alten Mauern immer noch den Wind abhalten können." Sie ließ sich neben Miss Miller auf die Decke fallen. „Jasper hat den Rest der Sandwiches mitgebracht."

„Danke, Jasper", sagte Tante Caroline, als er den Picknickkorb abstellte.

Ich spürte Sonias intensiven Blick auf mir. Sie warf mir einen fragenden Blick zu, und ich schüttelte kaum merklich den Kopf, um ihr zu sagen, dass ich nichts Schlüssiges gefunden hatte. Sonia schien in sich zusammenzuschrumpfen. Ihre normalerweise so aufrechte Haltung brach zusammen.

Miss Miller hatte weder unseren stillen Austausch noch die Änderung in Sonias Haltung bemerkt. „Es ist so schön, einen Mann um sich zu haben", sagte Miss Miller mit einem Lächeln zu Jasper, dann seufzte sie. „Ich vermisse meinen lieben Winston so sehr. Er hätte die Aussicht hier geliebt. Und er war so gut darin, sich um alles zu kümmern – jetzt muss ich die Haushaltskonten und Finanzangelegenheiten regeln." Sie drückte eine Hand in die Decke und beugte sich zu Tante Caroline vor, während sie über Sonia hinweg sprach. „Wissen Sie, dass der Metzger darauf besteht, dass ich ihm fünf Pfund schulde? *Fünf Pfund!* Ich weiß, dass das nicht stimmt. Winston hätte sich das nicht gefallen lassen. Mr. Johnson – der Metzger, wissen Sie – hätte sich nicht mit Winston gestritten. Es ist schwierig, eine Frau zu sein und mit Geschäftsleuten umzugehen."

„Oh, Unsinn." Deena klemmte ihren Rock unter ihre Knie, als sie sich auf die Decke legte. „Dafür braucht man keinen Mann. Ich habe ständig mit Geschäftsleuten zu tun. Sie müssen ihnen nur sagen, wer das Sagen hat, und dürfen sich nicht aufregen."

„Ich glaube nicht, dass ich das tun könnte", sagte Miss Miller mit großen Augen.

Sonia nibbelte an einem Sandwich, ihr Blick war auf die Decke gerichtet. Sie schien nicht auf die Gespräche um sie herum zu hören. Ihr Gesicht war immer noch genauso angespannt wie zuvor, und ich empfand Mitleid mit ihr – etwas, von dem ich nie gedacht hätte, dass ich es je für sie empfinden würde. Ich musste sie für ein paar Momente allein sprechen und ihr sagen, dass Jasper und ich Fortschritte machten, aber es vage halten.

Deena griff nach einem Sandwich. „Bleiben Sie einfach hart. Mein Onkel Jason hatte dieselbe Einstellung – dass Frauen nicht mit Geld umgehen können. Wenn mein armer Cousin Bobby nicht im Krieg gestorben wäre, hätte Onkel Jason Bobby alles hinterlassen, nur weil Bobby ein Mann war." Deena winkte Gwen mit ihrem Sandwich zu. „Du erinnerst dich an Bobby. Man kann nicht behaupten, dass er besser damit umgegangen wäre als ich."

Gwen zögerte. „Ich kannte ihn nicht so gut."

Ich erinnere mich an Bobby Stanton. Er war ein fröhlicher, stets höflicher junger Mann mit lockigem, rötlichem Haar, der immer Zitronenbonbons in der Tasche gehabt hatte. Er war alles andere als besonnen gewesen. Wenn er Jason Stantons Vermögen geerbt hätte, stellte ich mir vor, dass er es mit Hingabe ausgegeben hätte, genau wie Deena – nur dass Bobby wahrscheinlich große Partys schmeißen und alle einladen würde. Deena neigte dazu, ihr Geld nur für sich selbst auszugeben. Gwen sah mich aus den Augenwinkeln an, ein stilles Flehen, sie aus dem Gespräch herauszuholen. Gwen hasste es, sich irgendjemandem gegenüber kritisch zu äußern – nun ja, außer Inspector Longly. Da schien sie keine Skrupel zu haben.

Bevor ich etwas sagen konnte, stellte Tante Caroline einen weiteren Teller Sandwiches auf die Decke. „Lasst uns nicht schlecht über die Toten reden. Was auch immer seine Qualitäten in der Finanzwelt gewesen sein mögen, der arme Junge ist einen ehrenvollen Tod im Dienste seines Landes gestorben. Lasst uns ihn nicht kleinreden."

Deena senkte ihren Blick und strich Krümel von ihrem Rock. „Ich wollte nicht missbilligend klingen. Ich vermisse ihn mehr als alles andere." Miss Miller neigte fragend den Kopf, und Deena erklärte: „Er und ich waren die einzigen Cousins mütterlicherseits."

„In der Tat", murmelte Miss Miller. „Nun, ihr jungen Frauen seid so unabhängig, wie meine Tante Ethel. Sie hatte ein interessantes Leben. Solche Abenteuer! Sie hat die Welt bereist ..."

Tante Caroline bot den Teller mit Sahnetörtchen an, was Miss Miller davon abhielt, die Biografie ihrer Tante näher zu erläutern. Gwen sagte schnell: „Du hattest Recht, Mutter, es ist ausgesprochen angenehm hier oben im Schutz der Mauer bei strahlendem Sonnenschein."

„Man könnte fast vergessen, dass es November ist", sagte ich.

Das Gespräch wandte sich den Launen des Wetters zu und den Plänen für bevorstehende Bridgepartys. Da Tante Caroline das Gespräch führte, vermieden wir jede Erwähnung von Payne oder Mord. Das Thema der Geschichte von Cormont Castle kam zur Sprache, und als wir unseren Tee beendeten, gab Gwen eine unterhaltsame Zusammenfassung der Familiengeschichte, zu der auch ein Gespenst gehörte.

„Sind Sie sicher, dass Sie kein Sandwich möchten?", fragte Tante Caroline Gigi und hielt ihr den fast leeren Teller entgegen. Gigi hatte in einiger Entfernung gesessen und geraucht, während sie Captain Inglebrook und Deena beobachtete. Sie hatten etwas abseits von unserer Gruppe nebeneinander gesessen. Sie drückte ihre Zigarette aus. „Danke, aber nein. Ich werde ein bisschen herumwandern und einen ruhigen Ort finden, um mich in der Sonne auszuruhen", sagte sie mit einem festen Blick auf Captain Inglebrook.

Ihr konzentrierter Blick musste Inglebrook etwas mitgeteilt haben. Er war sofort auf den Beinen. „Wunderbar. Ich werde mich Ihnen anschließen." Gigi hakte sich bei ihm unter, und sie schlenderten davon.

Ich dachte, Deena wäre aufgestanden und mit ihnen gegangen, doch sie hatte sich ein Stück Kuchen genommen und kaute gerade den ersten Bissen.

Sonia stellte ihren Teller ab. „Ich glaube, ein flotter Spaziergang ist genau das, was ich auch brauche." Sie marschierte in schnellem Tempo davon und ging an Gigi und Inglebrook vorbei, die gemächlich weiterschlenderten.

Tante Caroline stapelte die leeren Teller, legte aber ein paar Sandwiches und Kuchen für Peter beiseite. „Ich habe meine Kohle mitgebracht. Ich denke, ich mache eine Skizze von Parkview." Sie nickte in Richtung des Anwesens in der Ferne. Sie ging zu einem Bruch in den Mauern und setzte sich auf einen umgestürzten Stein, den Rücken zu uns. Deena schluckte den Kuchen hinunter und machte sich dann auf den Weg in die gleiche Richtung, in die Gigi und Inglebrook gegangen waren. Sie waren durch eine Lücke in der Mauer an der Seite der Ruine verschwunden, die sich auf ein Stück flaches, offenes Land oben auf dem Hügel öffnete.

Miss Miller lehnte sich mit dem Rücken an die Mauer. „Ich glaube, ich werde mich hier in der Sonne ausruhen." Sie verschränkte die Hände auf dem Schoss und schloss die Augen.

Gwen klopfte den Staub von ihren Fingern und nickte mit dem Kopf zur hohen Wand mit den Fenstern. Jasper und ich folgten ihr über die Wiese. Sie lehnte sich gegen eine der Fensterbänke, den Rücken zu der starken Brise, die über die Schlucht fegte. „Ich habe die Bewegungen von Mr. Payne." Sie nahm ein Blatt Papier aus ihrer Tasche und faltete es auseinander.

„Ausgezeichnet", sagte ich.

„Es scheint alles ziemlich einfach", sagte Gwen. „Mr. Payne ist am Donnerstagvormittag angekommen und hat die meiste Zeit des Tages mit Vater verbracht, um über Karten zu diskutieren." Sie zeigte mit dem Papier auf mich. „Was mich erinnert. Ich habe mit Vater gesprochen, bevor wir zum Picknick aufgebrochen sind. Er hat Mr. Payne in seinem Club kennengelernt. Ein anderes Clubmitglied, das Mr. Payne eine Karte abgekauft hat, der alte Mr. Carsley, hat ihn Vater vorgestellt. Er hat Mr. Payne eine glühende Empfehlung ausgesprochen, und Vater hat ihn – ich meine Mr. Payne – nach Parkview eingeladen."

„Also keine Verbindung da." Enttäuschung machte sich breit. Ich hatte gehofft, dass Paynes Einladung von einer Beziehung abhängig war, die in Verbindung zu einem anderen Gast stand, doch das war nicht der Fall. Ich schüttelte das mutlose Gefühl ab. „Wir müssen einfach weitersuchen. Irgendwo muss es eine Verbindung geben."

„Richtig." Gwen ging zurück zu ihrer Liste. „Nachdem er und Vater im Arbeitszimmer fertig waren, hat Mr. Payne sich zum Mittagessen zu uns gesellt. Deena und ich sind ins Dorf gegangen, und während wir weg waren, hat er vorgeschlagen, mit Gigi im Wald spazieren zu gehen."

„Und wir wissen, wie das ausgegangen ist", sagte ich.

„Ja, dann waren wir später am Abend alle zusammen für Essen und Musik."

Ich ergänzte in Gedanken sein kurzes Gespräch mit Sonia im Hof vor dem Abendessen am Donnerstag, doch ich erwähnte es nicht laut.

„Am Freitag", fuhr Gwen fort, „hat Mr. Payne spät gefrühstückt und sich dann mit Mutter auf Führung durch das Haus begeben. Danach ist er zurückgeblieben, während wir alle ins Labyrinth gegangen sind."

Ich sagte: „Er ist in die Bibliothek gegangen, um sich die Fotos aus der Zeit anzusehen, als Parkview noch ein Lazarett war."

Gwen holte einen Bleistift aus ihrer Tasche und fügte eine Notiz hinzu.

„Ich gehe zumindest davon aus, dass er das getan hat", fügte ich hinzu. „Tante Caroline hat die Fotos erwähnt, und er ist gleich nach Ende der Führung in die Bibliothek gegangen."

Gwen tippte mit dem Bleistift auf die Seite. „Er hat sich zum Tee zu uns gesellt, als wir aus dem Labyrinth zurückgekommen sind, und dann ist er in sein Zimmer gegangen. Fillmore war an diesem Abend sein Kammerdiener, und er sagt, er habe Mr. Payne beim Anziehen geholfen und sei kurz vor sieben entlassen worden. Brimble hat gesehen, wie Mr. Payne kurz nach sieben die Treppe herunterkam und den Gang zum Wintergarten hinunterging."

Gwen blätterte die Seite um und betrachtete eine neue Liste. „Nun zum letzten Abend. Brimble ist in der Eingangshalle ein und aus gegangen, während er die Vorbereitungen sowohl im Salon als auch im Speisezimmer beaufsichtigt hat. Das ist die Reihenfolge, an die er sich erinnert, in der alle angekommen sind. Mutter und Vater waren früh – vor sieben – unten, und gingen in den Salon. Sie mögen es nicht, wenn ein Gast in einen leeren Raum kommt. Mr. Payne kam herunter und ging in den Wintergarten. Ein paar Minuten später kam Miss Miller und ging direkt in den Salon. Als Nächstes kamen Gigi, Captain Inglebrook und Deena. Deena ging in die Stube, während Gigi und Captain Inglebrook in den Salon gingen."

„Ich hatte mein Feuerzeug vergessen", sagte eine Stimme, und wir drehten uns um, um aus dem Fenster zu spähen. Deena balancierte den Felsvorsprung über der Schlucht entlang.

Gwen streckte eine Hand durch das Fenster aus. „Guter Gott, Deena, was machst du da drüben?"

„Ein bisschen erkunden." Deena nahm Gwens Hand nicht, sondern setzte weiter einen Fuß vor den anderen. „Ich habe ein ausgezeichnetes Gleichgewicht." Sie schwankte ein wenig, streckte einen Arm über den steilen

Abhang, um sich zu stabilisieren, machte dann die letzten Schritte und hüpfte auf die Fensterbank. Sie ließ sich nieder und schwang ihre Beine herum, sodass sie neben Gwen saß. „Siehst du? Kinderleicht. Versuchen wir herauszufinden, wer Mr. Payne ermordet hat? Ich will mitspielen."

Gwen runzelte die Stirn. „Es ist kein Spiel. Der Inspector glaubt, dass Peter eine Rolle spielt, und wir versuchen zu beweisen, dass dem nicht so ist."

„Entschuldigung", sagte Deena, doch sie sah überhaupt nicht zerknirscht aus. „Ich will helfen. Ich bin in den Salon gegangen, um mein Feuerzeug zu holen. Jemand hatte eine Zeitschrift auf dem Sofa liegen gelassen, und auf dem Cover war das göttlichste Kleid. Ich habe mich hingesetzt und sie durchgeblättert."

Gwen notierte das und fuhr dann fort: „Peter ist als nächster heruntergekommen und ging wie üblich in den Wintergarten. Sonia und dein Vater sind vor halb acht gekommen, Olive.

„Vater hat gesagt, dass Sonia ihm vorgelesen hat, bis es Zeit war, sich für das Abendessen umzuziehen."

Gwen machte sich eine weitere Notiz auf ihrer Seite. „Und schließlich du, Olive."

„Und da ist mir Deena im Flur begegnet, und sie hat mich in den Wintergarten gezerrt." Ich wandte mich Deena zu. „Wann bist du in den Wintergarten gegangen?"

„Keine Ahnung. Ich war mit der Zeitschrift fertig und dachte, es würde Spaß machen, Mr. Quigley in den Wintergarten zu bringen, also bin ich dort vorbeigegangen, um zu sehen, ob er menschenleer war, und – na ja, du weißt, was dann passiert ist."

„Richtig", sagte ich.

Gwen faltete das Papier zusammen. „Wie ich wünschte, ich wäre früh fertig gewesen, doch ich bin beim Anziehen auf meinen Saum getreten, und er musste genäht werden, bevor ich gehen konnte."

Jasper, der mit geschlossenen Augen zugehört hatte und dessen Gesicht der Sonne zugewandt war, öffnete die Augen. „Warum ist Mr. Payne in den Wintergarten gegangen?"

Wir sahen uns alle an.

„Normalerweise würden Hausgäste in den Salon gehen", sagte er. „Warum der Wintergarten?"

„Du meinst, war es eine spontane Entscheidung oder hat er sich dort mit jemandem verabredet?", fragte ich.

„Ja. Er hatte den Wintergarten zuvor besucht", sagte Jasper. „Vielleicht wollte er sich die Blumen und Pflanzen noch einmal ansehen?"

„Er hat während der Führung kein Interesse an ihnen gezeigt", sagte Deena. „Er ist am Brunnen geblieben und nicht mit uns herumgeschlendert, während Lady Caroline uns die seltenen Pflanzen gezeigt hat."

Gwen sagte: „Wenn Mr. Payne sich dort mit jemandem treffen wollte …"

Deena sprang mit aufgeregtem Gesicht vom Fensterbrett. „Wenn wir herausfinden, wer es war, finden wir vielleicht seinen Mörder."

Gwen sah über Jaspers Schulter. „Da ist Peter." Sie steckte Papier und Bleistift in ihre Tasche und ging ihm entgegen, blieb aber schon nach wenigen Schritten stehen. „Peter, was ist passiert?"

Peter kam mit unbeholfen ausgestreckten Händen auf uns zu. Seine Tweedjacke war an der Schulternaht zerrissen, und von einer Schramme auf seiner Stirn über seinem verletzten Auge lief ein dünnes Rinnsal Blut seine Wange hinunter.

Gwen eilte zu ihm und reichte ihm ihr Taschentuch. „Bist du gefallen?"

Vorsichtig nahm Peter den Stoff. Seine Handflächen waren zerkratzt und aufgeschürft. „Ich wurde gestoßen."

KAPITEL ACHTZEHN

*P*eter betupfte die Wunde über seiner Augenbraue mit Gwens Taschentuch.

Sie sah von Peter zu den Überresten der Tees, die noch immer auf der Decke verteilt standen. „Wir haben kein Wasser, um deine Wunden zu reinigen. Wir haben den Tee in Thermoskannen mitgebracht."

„Es sind nur ein paar Kratzer", sagte Peter.

„Aber der an deiner Stirn blutet ziemlich stark."

„Das passiert immer bei Kopfverletzungen", sagte Peter. „Ich verspreche dir, es ist nichts."

Mit einem Blick auf Tante Caroline, die immer noch mit dem Rücken zu uns zeichnete und den Tumult hinter sich nicht bemerkt hatte, senkte Gwen ihre Stimme. „Bist du sicher, dass dich jemand gestoßen hat?"

Während sie sprachen, drehte ich mich um und suchte die freie Fläche ab. Miss Miller schlief nicht mehr in der Sonne. Sie musste aufgewacht und spazieren gegangen sein, und niemand außer Deena war von seinen Streifzügen zurückgekehrt.

Peter faltete das Taschentuch wieder zu einer sauberen Stelle und drückte es auf den Kratzer. „Absolut sicher. Ich habe in letzter Zeit vielleicht ein paar Gedächtnisschwie-rigkeiten gehabt, aber wenn dir jemand hart auf den Rücken schlägt, steht außer Frage, was passiert ist, beson-ders wenn man dadurch über den Rand des Weges stolpert."

Gwen legte eine Hand an ihre Brust. „In die Schlucht?"

„Ja. Aber da waren ein paar robuste Büsche in der Nähe des Weges. Ich habe mich an einem festgehalten und mich zurück auf den Weg gezogen."

„Oh Peter", sagte Gwen. „Wie furchtbar. Oh, und deine andere Hand ist noch schlimmer", sagte sie und ergriff seine freie Hand, drehte sie hoch, damit sie die Kratzer auf seiner Handfläche untersuchen konnte. „Hast du gesehen, wer es war?", fragte Jasper, als er Peter ein sauberes Taschentuch anbot.

Peter zog seine Hand von Gwen weg, offensichtlich ungeduldig mit ihrer besorgten Aufmerksamkeit. „Nein. Ich war zu sehr damit beschäftigt, nicht mehrere hundert Meter in die Tiefe zu stürzen."

„Verständlich. Hast du irgendwas gehört?", fragte Jasper. „Vielleicht in dem Moment, bevor du gestoßen wurdest?"

„Ich dachte, ich hätte jemanden auf dem Weg hinter mir gehört. Ich nahm an, dass es jemand von eurem Picknick war, der heruntergekommen war, um Hallo zu sagen und den Rest des Weges mit mir zu gehen. Ich habe mich umge-dreht, um zu sehen, wer es war, doch ich war nicht schnell genug."

Gigi schlenderte den Weg hinauf und rief einen Gruß.

Sie war allein.

„Wo ist Captain Inglebrook? Warst du zu schnell für ihn?", fragte ich, als sie sich uns anschloss.

„Er wollte eine Felsformation ansehen, aber sie war einfach zu weit weg. Ich habe ihm gesagt, er soll nur gehen. Ich bin sicher, dass er gleich kommen wird."

„Wie lange ist es her, dass du und Captain Inglebrook euch getrennt habt?"

Gigi runzelte die Stirn. „Keine Ahnung. Ich habe mir Zeit gelassen, zurückzukommen." Peter drehte sich, um und sie sah die Wunde an seinem Kopf. „Du meine Güte", sagte sie. „Was ist denn mit dir passiert?"

Peter sagte: „Ein Ausrutscher."

„Auf dem Pfad von der Schlucht herauf? Du bist ein Glückspilz."

„Scheint so", sagte Peter. Gigi schien die Ironie in seinem Ton nicht zu bemerken.

Ungefähr eine Viertelstunde später waren Jasper und ich im Morris auf dem Rückweg nach Parkview. Gwen hatte darauf bestanden, dass sie und Peter sofort den Cormont Hill hinuntergingen, um sich von Ross nach Parkview bringen zu lassen, damit Peters Kratzer richtig gereinigt werden konnten. Tante Caroline war zurückgeblieben, nachdem sie einen Wirbel über Peters Schnitte und Kratzer gemacht hatte. Sobald Ross Gwen und Peter in Parkview abgesetzt hatte, würde er zurückkehren, um Tante Caroline, Sonia und Miss Miller abzuholen. Peter wollte den Vorfall diskret behandeln. Er wollte Tante Caroline oder Onkel Leo keine Sorgen bereiten – oder zu ihrem ohnehin schon besorgten Zustand beizutragen. Er überzeugte Deena, die Nachricht, dass er gestoßen worden war, für sich zu behalten, doch ich hoffte, dass sie Peter, nachdem Gwen ihn zusammengeflickt hatte, überzeugen konnte, zu Inspector Longly zu gehen und zu melden, was passiert war.

Hinter uns ertönte eine Hupe, dann fuhr der rote Alfa Romeo vorbei. Deena winkte vom Fahrersitz, als sie über den grasbewachsenen Straßenrand holperte. Captain Inglebrook und Gigi saßen auf dem Vordersitz neben ihr zusammengequetscht. Deena peitschte das Automobil zurück auf die Fahrspur und beschleunigte davon. Sekunden später kam das kleine rote Automobil erneut von der Straße ab, um einem Schlagloch auszuweichen, und fuhr dann zurück auf die Fahrbahn.

Jasper sagte: „Ich bin froh, dass ich dein Angebot angenommen habe, mit dir zu fahren. Ich glaube nicht, dass meine Nerven eine Nachmittagsfahrt mit Deena aushalten könnten."

„Sie ist vielleicht nicht die beste Fahrerin, aber sie hat mit Sicherheit das beste Automobil. Und das ist Deena wichtig." Ich fuhr langsamer um das Schlagloch herum und gab dann Gas. Ich wollte nicht zu schnell nach Parkview zurück. Wir hatten Dinge zu besprechen. „Anscheinend hätte jeder Peter stoßen können, außer dir, mir und Gwen."

„Wohl wahr. Wir waren die Einzigen, die die Ruine nicht verlassen haben", sagte Jasper. „Die Frage ist, warum sollte jemand das tun?"

Ich schloss die Hände fester um das Lenkrad. „Wenn Peter etwas zustoßen würde, bevor er sich daran erinnert, was im Wintergarten passiert ist …"

„Ja, das könnte bedeuten, dass der wahre Mörder vielleicht nie gefasst wird." Jasper drückte seinen Hut fester auf seinen Kopf, als der Wind zunahm. „Ich glaube, ich muss von jetzt an bei Peter bleiben."

„Das klingt nach einer ausgezeichneten Idee."

Wir verbrachten den Rest der Fahrt damit, alle Bewegungen auf Cormont Hill nachzuvollziehen, doch wir kamen zu keinem Schluss, wer Peter gestoßen haben könnte. Als wir wieder in Parkview ankamen und die Picknickkörbe aus dem Morris entladen waren, gab ich Hut, Handschuhe und Mantel einem wartenden Hausdiener und ging direkt in die Bibliothek. Jasper folgte mir. „Ich dachte, du wolltest bei Peter bleiben", sagte ich.

„Ich bin mir sicher, dass Gwen ihn eine Weile nicht aus

den Augen lassen wird. Ich nehme an, du willst die Fotoalben durchsehen?"

„Natürlich. Wenn sie Mr. Payne interessiert haben, sollten wir sie uns ansehen."

„Da hast du wohl Recht." Jasper blieb an der Bibliothekstür stehen, damit ich vor ihm den Raum betreten konnte.

Vater, der umringt von Bücherstapeln an dem langen Tisch saß, hob seinen Stift und blickte auf. „Hallo, Olive. Jasper. Wie war das Picknick? Ist Sonia auch schon zurück?"

„Sie sollte in Kürze hier sein. Kümmere dich nicht um uns. Wir wollen uns nur etwas ansehen."

Vater wandte sich wieder seinem Schreiben zu, während wir zu den Bücherregalen gingen. „Tante Caroline hat gesagt, die Alben stehen im unteren Regal neben der Treppe. Hier sind sie." Mehrere Alben waren gegeneinander gekippt, und ich zog sie alle heraus.

Ich stapelte sie in Jaspers Armen, und er trug sie zu einem kleinen Tisch auf der anderen Seite der Bibliothek, ein Stück von Vater entfernt, damit wir ihn nicht störten. Wir schlugen das erste Album auf. Ein kurzer Blick genügte, um zu erkennen, ob die Bilder während des Krieges entstanden waren oder nicht. Die Fotos in diesem Album waren zu alt, um noch etwas aus der Kriegszeit zu enthalten, doch ich konnte nicht umhin, mir ein paar Schnappschüsse anzuschauen. Gwen hatte die Brownie-Kamera zu Weihnachten geschenkt bekommen und fotografierte schon seit mehreren Jahren leidenschaftlich damit.

„Schau, da ist eins von dir und Peter, als ihr beide ungefähr zehn wart. Du siehst aus, als hättest du ziemlich viel Unfug getrieben." Das Bild zeigte Jasper mit seinem zerzausten blonden Haar, das in der Sonne strahlte, und den dunkelhaarigen Peter, der im Garten stand. „Und hier ist eines von uns allen beim Doppel."

„Ich glaube mich zu erinnern, dass ihr Mädchen uns an diesem Nachmittag gut geschlagen habt."

Widerwillig schloss ich das Album. „Lass uns nicht abschweifen. Wir können uns diese Alben später ansehen. Wenn wir nicht konzentriert bleiben, könnten wir den ganzen Nachmittag hier sein."

„Ja, du hast Recht."

Ich nahm das nächste Album. An den Hemdblusen und langen schmalen Röcken, die Tante Caroline auf den Fotos trug, konnte ich erkennen, dass wir uns kurz vor der richtigen Zeit befanden. „Schau, da ist eins von Deena, die beim Sortieren der Bettwäsche hilft, während wir Parkview vorbereitet haben." Es gab ein paar Fotos von Gwen und mir beim Bandagenrollen, doch dann folgten ein paar Fotos aus einer Zeit, in der Gwen und ich einige Jahre jünger waren. „Die gehören da nicht hin", sagte ich, während ich schnell weiterblätterte. „Ah, da sind wir. Das ist der Mahagoniraum, der für die Patienten vorbereitet wird. Und das Foto von der Porträtgalerie ist genau so, wie Payne es beschrieben hat." Im ganzen Raum standen Tische mit Spielen, Büchern, Zeitschriften und Kreuzworträtseln.

Ich blätterte zur nächsten Seite und erwartete, Bilder von Patienten, Ärzten und Krankenschwestern zu sehen, doch da waren nur leere Stellen, wo einst Bilder gewesen waren. Die nächste Seite war auch leer. Und die nächste. „Oh, sie sind weg", sagte ich, während ich noch schneller ein paar Seiten durchblätterte. Alle kleinen schwarzen Fotomontageecken, die die Bilder an Ort und Stelle gehalten hatten, waren leer. Dunkle Quadrate hoben sich von den verblichenen Seiten ab und zeigten, wo die Fotos einst gewesen waren. „Jemand hat sie alle rausgenommen."

Jasper runzelte die Stirn. „Was? Alle?"

„Ja, nach den Bildern von den Vorbereitungen, Parkview in ein Lazarett umzuwandeln, gibt es nichts mehr. Kein einziges Foto."

Ein kurzer Blick in die restlichen Alben zeigte, dass sie keine Fotos aus der Zeit des Krieges enthielten.

Wir standen über den Tisch gebeugt, die Köpfe gesenkt. Jasper sah mich von der Seite an, seine Hände auf dem Tisch abgestützt. „Es kann nur einen Grund geben, warum jemand sie alle genommen hat – jemand hat sich Sorgen darüber gemacht, was auf den Fotos zu sehen war."

Ich richtete mich auf und schloss das schwere Album mit einem dumpfen Schlag. „Aber war es Mr. Payne, der sie entfernt hat, oder jemand anderes? Und wo sind sie jetzt?"

„Verbrannt, nehme ich an." Jasper richtete sich auf und warf einen Blick auf den Kamin, wo die Flammen flackerten.

„Das ist schrecklich. Was für ein Verlust! Das könnten die letzten Fotos von einigen der Männer gewesen sein, die den Krieg nicht überlebt haben. Diese Aufzeichnungen zu vernichten – das ist – nun, es ist, als würde man ein Archiv zerstören."

„Schrecklich", stimmte Jasper zu, „doch eine Kleinigkeit im Vergleich zu Mord."

KAPITEL NEUNZEHN

Im Gegensatz zu dem Vorfall in der Ruine, als Peter gestoßen worden war, konnten wir die vermissten Fotos nicht verschweigen. Ich rief die Wache in Nether Woodsmoor an, und Inspector Longly traf mit mehreren Constables ein. Sie durchsuchten derzeit jeden Kamin in Parkview, etwas, das nicht stillschweigend getan werden konnte. Die Suche war das Hauptgesprächsthema beim Nachmittagstee. Die Damen, die besser vertreten waren als die Herren, hatten sich um den Teetisch versammelt, doch Onkel Leo saß abseits der Gruppe, in einem Sessel hinter seiner offenen Zeitung. Jasper ging los, um Peter davon zu überzeugen zu melden, dass er vom Weg gestoßen worden war. Captain Inglebrook stand am Fenster, den Blick auf die Gärten gerichtet.

Sonia kam mit ihrer Stickerei herein und nahm Platz. Tante Caroline hielt inne, als sie den Tee einschenkte. „Cecil kommt nicht?"

Sonia steckte einen Fingerhut auf ihren Finger und entwirrte ihren Faden.

„Nein, er ist an einer besonders kniffligen Stelle und

will sich nicht unterbrechen. Ich habe dafür gesorgt, dass ihm sein Tee gebracht wird."

Tante Caroline schenkte weiter ein. „Er ist immer an einer kniffligen Stelle." Sie reichte Gwen die Tasse, die sie weiter herumreichte.

Gwen gab Miss Miller die Tasse. „Er ist genau wie du, wenn du in ein Gemälde vertieft bist."

Tante Carolines Gesichtsausdruck drückte ihre Missbilligung über den Vergleich aus, doch sie ließ das Thema auf sich beruhen. Sie wandte sich an Miss Miller. „Was hast du vorhin gesagt, Marion?"

Miss Miller blinzelte. „Was?"

„Über die fehlenden Fotos", fügte Tante Caroline hinzu.

Miss Miller stellte ihre Tasse in die Untertasse zurück. „Oh, ja. Ich verstehe nicht, warum die Polizei so viel Aufhebens um ein paar Fotos macht."

„Weil es bedeutet, dass Mr. Paynes Tod etwas mit seiner Zeit hier in Parkview während des Krieges zu tun haben muss", sagte Gwen prompt.

Sie wollte dringend die Nachricht verbreiten, dass es neben einer von Peters Episoden noch eine andere mögliche Erklärung für Paynes Tod gab.

„Sie meinen die Zeit, die er erwähnt hat, als wir das Haus besichtigt haben? Als er als Patient hier war?"

„Genau", sagte Gwen. Sie reichte einen Teller mit Keksen herum. „Sie waren damals hier, Miss Miller. Erinnern Sie sich an ihn?"

Miss Miller fummelte an dem Keks herum und ließ Krümel in ihren Schoß fallen. „Nein, ich habe ihn überhaupt nicht erkannt."

„Ich wusste nicht, dass Sie zu dieser Zeit hier in Parkview gearbeitet haben, Miss Miller. Hatten Sie Erfahrung in der Pflege?" Ich nahm einen Keks und reichte den Teller Gigi, die mit untergeschlagenem Bein auf dem Sofa saß.

„Himmel, nein", sagte Miss Miller. „Ich habe nur geholfen, den Patienten vorgelesen und gelegentlich Puzzles mit ihnen gespielt. Zu Beginn des Krieges bin ich ein paarmal die Woche vorbeigekommen, doch die Männer haben die hübscheren, jüngeren Mädchen mir vorgezogen. Ich war nicht so gefragt wie sie. Und dann hat sich der arme Winston die Hüfte gebrochen, und ich musste mich um ihn kümmern. Das war 1915, glaube ich. So eine anstrengende Zeit. Winston war launisch, und die Nachrichten waren die ganze Zeit so furchtbar." Sie legte ihren Keks ab, ohne abzubeißen. „Da war es so düster damals. Ich konnte nicht wieder nach Parkview zurück. Der arme Winston hat meine ganze Aufmerksamkeit gebraucht." Miss Miller nickte Sonia zu. „Die Einzige hier mit Erfahrung in der Pflege ist unsere clevere Sonia, glaube ich. Ich verstehe nicht, wie Sie das schaffen", sagte Miss Miller zu Sonia. „Winston war mürrisch – extrem mürrisch – überhaupt nicht wie sonst."

Sonia hatte eine Tasse Tee bekommen, sie aber auf den Tisch neben sich gestellt, anstatt sie zu trinken. Sie hatte weiter an ihrer Stickerei gearbeitet, doch das Glitzern der Nadel verriet das Zittern ihrer Hände. Ihre Stimme war jedoch ruhig, als sie sagte: „Patienten sind oft nicht in Bestform. Der Schmerz macht sie gereizt. Es ist am besten, einfach so zu tun, als wären sie nicht unhöflich oder weinerlich."

„Trotzdem muss es schwierig gewesen sein", sagte Miss Miller. „Zumindest war Ihre Umgebung schön." Miss Miller deutete mit ihrer Teetasse ins Zimmer. Sonia stach die Nadel schräg in den Stoff, um sie zu sichern, und legte den Stoff dann zwischen die Stuhlkante und ihr Bein. „Oh, ich habe nicht hier als Krankenschwester gearbeitet, sondern in einem Krankenhaus in London." Sie drehte sich ein Stück zu mir um. „So bin ich die Krankenschwester deines Vaters geworden." Sie neigte den Kopf zu Tante Caroline. „Als er krank wurde, hat Lady Caroline mich empfohlen."

„Oh, das hatte ich nicht gewusst."

Captain Inglebrook wandte sich vom Fenster ab. „Nun, wenn Lucas noch einen weiteren Grund gebraucht hat, um mich bei seinen Ermittlungen außen vor zu lassen – und das tut er natürlich nicht", sagte er mit einem kleinen Lachen, „dann war es das. Wenn es mit etwas zu tun hat, das hier während des Krieges passiert ist, dann lässt mich das raus."

Gigi schwang ihren Fuß hin und her und sah ihn unter ihren Wimpern hervor an. „Dann sind wir schon zu zweit."

Nur Gigi konnte eine solche Bemerkung machen und sie dabei suggestiv klingen lassen.

Captain Inglebrook zog die Augenbrauen ein Stück hoch, offensichtlich daran interessiert, an Gigis provokativem Ton anzuknüpfen. „Ach so?"

„Das ist auch mein erster Besuch in Parkview", sagte Gigi. „Ich bin Mr. Payne noch nie zuvor begegnet, Gott sei Dank."

Tante Caroline holte tief Luft, um das Thema zu wechseln, doch die Tür ging auf, und Inspector Longly trat ein. Alle verstummten.

Tante Caroline presste die Lippen aufeinander. Offensichtlich war sie im selben Lager wie Gwen und alles andere als glücklich mit dem Inspector, aber ihre gute Erziehung veranlasste sie, die unbehagliche Stille mit einer Einladung zu überbrücken. „Inspector, gesellen Sie sich doch auf eine Tasse Tee zu uns."

„Danke, aber ich kann im Moment nicht." Auf halbem Weg über den Teppich blieb er stehen, dann entdeckte er Onkel Leo, der seine Zeitung gesenkt hatte. „Wir haben unsere Suche beendet, Sir Leo. Vielen Dank für die Kooperation."

„Natürlich. Kann einer Untersuchung nicht im Wege stehen. Wäre nicht angebracht. Haben Sie irgendetwas gefunden?"

„In den Kaminen, nein. Doch die Reste einiger Fotografien wurden in der Verbrennungsanlage entdeckt."

„In der Verbrennungsanlage", sagte Gigi lachend. „Wie kann das sein? Wäre da nicht alles – nun ja, verbrannt?"

„Nicht immer, Lady Gina", sagte Longly. „Das hängt davon ab, wo sich die Gegenstände in der Brennkammer befinden. Wenn sie abseits des Hauptbereichs liegen, in dem die Verbrennung stattfindet, können sie intakt bleiben oder Fragmente der Gegenstände können zurückbleiben, wie in diesem Fall. Die Ränder mehrerer Fotografien."

„Wie können Sie sicher sein, dass es Fotografien waren?", fragte Tante Caroline.

„Der Glanz auf dem Papier ist ganz klar. Es steht außer Frage, was die Fragmente waren, und es zeigt, dass sich hier in Parkview jemand große Mühe gegeben hat, Beweise zu vernichten."

Gwen stellte ihre Untertasse ruckartig ab. „Und es ist ein weiterer Beweis, dass Peter nichts mit Mr. Paynes Tod zu tun hatte. Peter war während des Krieges kaum hier. Er war in der Schule und hat dann gekämpft", sagte Gwen herausfordernd in den Raum, doch ich wusste, dass ihre Worte an Longly gerichtet waren.

Longly starrte Gwen einen Moment lang an, sein Gesichtsausdruck verschlossen. „Das mag der Fall sein, aber es bedarf weiterer Ermittlungen. Sir Leo, es ist notwendig, dass ich noch einmal mit Ihren Gästen spreche. Die Bibliothek ist besetzt. Darf ich Ihr Arbeitszimmer benutzen?"

„Natürlich. Es steht zu Ihrer Verfügung." Leo faltete seine Zeitung. „Soll ich gleich mit Ihnen kommen?"

„Ja, das wäre hilfreich", sagte Longly. „Und danach bitte Miss Belgrave, dann Miss Stone."

∼

„Es ist einfach so frustrierend", sagte Gwen, als sie sich nach ihrem Gespräch mit Longly neben mir im Salon auf das Sofa fallen ließ. Ich war schon fertig. Ich hatte ihm alles über die Fotoalben erzählt, was nicht viel mehr war, als dass ich sie durchgesehen und festgestellt hatte, dass die Fotos fehlten. Gwen hielt ihre Stimme leise, um die anderen im Salon, die immer noch um das Teetablett auf der anderen Seite des Raumes herum saßen, nicht zu stören, doch ihre Stimme vibrierte vor Ärger. „Natürlich sind die fehlenden Fotos entscheidend, doch Inspector Longly scheint sie für unwichtig zu halten."

„Ich glaube nicht, dass das stimmt. Er hat das Haus nach ihnen durchsuchen lassen und spricht mit jedem von uns darüber."

Gwen schien mich nicht zu hören und sprach weiter. „Inspector Longly ist der frustrierendste Mann in ganz England, nein – auf der ganzen Welt."

Gwen war selten so leidenschaftlich. „Das ist eine ziemlich starke Reaktion."

Sie zuckte in meine Richtung, die Hände zu Fäusten geballt. „Er weigert sich zuzugeben, dass dieser neue Beweis für die fehlenden Fotos auf jemanden außer Peter deutet. Er scheint die Fotos nicht einmal zu berücksichtigen."

Ich legte eine Hand auf ihren Arm. „Ich bin sicher, wenn er Peter von seiner Verdächtigenliste streichen könnte, würde er es tun, nur für dich."

„Nun, so verhält er sich überhaupt nicht", sagte Gwen, doch eine Röte war in ihre Wangen gekrochen. Sie rutschte auf dem Kissen hin und her. „Was braucht er noch mehr? Peter ist Mr. Payne während des Krieges nie begegnet. Peter war nicht einmal hier, als wir das Lazarett eröffnet haben. Er war in der Schule."

„Es ist eine Schande, dass es keine Aufzeichnungen von 1914 gibt."

„Was meinst du?"

„Als Tante Carolyn uns durch das Haus geführt hat, hat Mr. Payne erwähnt, dass er 1914 hier war. Hättet ihr Aufzeichnungen aus der Zeit, als Parkview als Lazarett gedient hat, wüssten wir genau, wann Mr. Payne hier war. Dann, wenn Peter während dieser Zeit weg war ..."

„Wäre Inspector Longly gezwungen, Peter von der Verdächtigenliste zu streichen."

Ich war nicht der Meinung, dass es so klar war, aber bevor ich darauf hinweisen konnte, sagte Gwen: „Aber natürlich gibt es Aufzeichnungen."

„Sind nicht alle Unterlagen nach London gebracht worden, als sie das Lazarett verlegt haben?"

Gwen hüpfte vor Aufregung fast auf dem Kissen herum. „Nein, das glaube ich nicht. Ich erinnere mich, dass es einige Diskussionen über die Übertragung des Papierkrams gab, aber ich glaube nicht, dass es jemals passiert ist. Es wurde alles verpackt und weggeräumt."

„Wohin?"

Gwen lächelte. „Wo man alles verstaut, was verstaut werden muss – auf dem Dachboden."

KAPITEL ZWANZIG

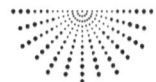

„*I*ch hätte meine Handschuhe mitbringen sollen."
Ich schloss eine Kiste und ging zur nächsten.
„Es ist eiskalt hier oben."

„Sind nicht mehr viele", sagte Gwen mit gesenktem Kopf, als sie sich über eine Kiste voller Unterlagen beugte.

Der Dachboden in Parkview war ein riesiger Raum, vollgestopft mit Kisten, Koffern, aufgerollten Teppichen und Möbeln, doch Gwen war selbstbewusst über die nackten, staubigen Dielen geschritten und direkt zu einem Bereich hinter einem verstaubten Kinderwagen gegangen, wo sie an einer Kette gezogen hatte, die an einer baumelnden Glühbirne hing. Mit zielstrebiger Konzentration war sie einen Stapel Kisten angegangen, der auf der einen Seite von einer Seekiste und auf der anderen Seite von einem Tisch im jakobinischen Stil begrenzt wurde. Der Stapel, den sie bereits durchgesehen hatte, reichte bis zu ihrer Schulter.

„Was ist mit den zwanzig oder dreißig Kisten unter dem Fenster?"

„Die brauchen wir nicht durchzusehen. Die meisten sind aus dem Kinderzimmer."

Ich kehrte dem Dachboden und seiner scheinbar endlosen Lagerkapazität den Rücken zu und stellte eine weitere Kiste auf einen wackligen Stuhl mit gerader Rückenlehne, dem die Sitzfläche fehlte. „Wir hätten Inspector Longly darüber informieren sollen, dass die Unterlagen möglicherweise auf dem Dachboden liegen. Seine Männer sollten danach suchen."

Gwen hörte auf, durch die Kiste zu blättern und sah mich über ihre Schulter hinweg an. „Wann hast du dir jemals Sorgen gemacht, Regeln zu brechen?"

„Ich breche keine Regeln. Ich beuge sie gelegentlich, besonders wenn die Regeln lächerlich sind." Ich öffnete die Kiste.

„Und es wäre lächerlich, darauf zu warten, dass die Leute von Inspector Longly das alles durchsehen", sagte Gwen. „Wir beschleunigen alles nur. Wir können die relevanten Unterlagen finden und – was ist das?"

„Krankenhausakten." Die Kiste, die ich geöffnet hatte, enthielt Akten mit den Namen der Patienten auf den Registerkarten und den Daten. „Ab 1915, wie es aussieht."

Gwen kam herüber und öffnete die nächste Kiste. „Da haben wir's ja, 1914." Ihre Finger strichen über die Registerkarten. „Sie sind alphabetisch sortiert. Da sollte also –" Ihre Stimme pulsierte vor Aufregung. „Ah, hier ist er. *Payne, Vincent.*" Sie klappte die Mappe auf und blätterte durch die Seiten. „Er kam am dreißigsten Oktober 1914 mit mehreren Verletzungen an, darunter ein gebrochenes Bein. Er hat ein Bett im Mahagonizimmer bekommen."

„Ja, das ist das Zimmer, an das er sich erinnert hat."

„Peter war damals nicht hier. Nach den Sommerferien war er schon wieder zur Schule gegangen."

Gwen blätterte die Seiten um. „Hier sind die Medikamente von Mr. Payne aufgeführt und die Aufzeichnungen der Ärzte. Sieht aus, als hätte ihn der alte Dr. Grimshaw am häufigsten gesehen. Es gab einige Zweifel, ob sein Bein heilen würde oder nicht. Sie dachten, sie müssten vielleicht irgendwann amputieren, doch dann ist seine Wunde geheilt. Er ist entlassen worden ... warte – am 8. Dezember. Das lässt Peter also komplett außen vor. Da wäre er noch nicht für die Weihnachtsferien zurück gewesen."

„Nun, das sind gute Nachrichten." Ich zog die erste Akte aus der Kiste und überflog die Daten.

„Was machst du da?" Gwen hatte einen Schritt in Richtung Tür gemacht. „Willst du nicht mit mir nach unten kommen und das Inspector Longly zeigen?"

„Er ist schon weg. Als wir hochgekommen sind, habe ich ihn und seinen Sergeant wegfahren sehen."

„Dann rufe ich die Wache an."

„Lass mich erst den Rest dieser Akten durchsehen. Wir sollten uns die Akten aller anderen ansehen, die hier waren, als Mr. Payne Patient war."

„Oh, ausgezeichnete Idee", sagte Gwen. „Wir werden ihm nicht nur Beweise liefern, dass Peter nicht beteiligt war, sondern wir werden ihm auch jede Menge andere Verdächtige zur Verfügung stellen, die Namen aller, die hier waren – Patienten und Pflegepersonal. Es sollte nicht so viele Patientenakten geben. Das war ziemlich früh im Krieg, und Mutter hatte das Lazarett noch nicht um beide Flügel erweitert. Ich suche nach der Liste des medizinischen Personals. Ich weiß, Mutter hatte eine."

Ich arbeitete mich durch die Akten und überprüfte die Daten. Ich stapelte die, die mit den Daten von Mr. Paynes Aufenthalt übereinstimmten, auf dem jakobinischen Tisch. „Ich habe einige gefunden... Benjamin Henry Allan, Carl Cummins, Percival Winston Finton ..." Ich hielt bei dem Namen *Winston* inne. Das konnte nicht Miss Millers Bruder gewesen sein – er wäre zu alt gewesen, um im Krieg gekämpft zu haben, doch der Name löste einen anderen Gedanken aus. „Hat Miss Miller nicht gesagt, dass sie 1914 hier in Parkview Freiwilligenarbeit geleistet hat?"

„Ja, sie hat gesagt, ihr Bruder hat sich 1915 die Hüfte gebrochen, doch vorher hat sie geholfen." Gwen neigte den Kopf und blickte in die Ferne. „Ich kann mich nicht erinnern, Miss Miller hier gesehen zu haben, doch das muss nichts heißen. Mutter hat mich die Männer nur nachmittags zur Teestunde besuchen lassen. Ich kenne nicht alle Leute, die gekommen und gegangen sind. Ich bin mir sicher, dass es auch eine Liste der Freiwilligen gibt. Ich muss sie nur finden."

Ich nickte und wandte mich wieder den Akten zu, murmelte die Namen, während ich sie dem Stapel hinzufügte. „Godfrey Rufus Lunn, Charles Robert Stanton, Rodger Scott, Thomas Talmage und Wesley Godfrey Williams. Ich denke, das sind alle. Insgesamt neun Patienten plus Mr. Payne. Das sollte nicht allzu schwer sein."

„Olive, komm, sieh dir das an." Gwens Stimme war scharf.

„Was ist?"

Gwen reichte mir ein zerknittertes Blatt Papier. „Es war im Dienstbuch der Freiwilligen. Es ist eine Liste von Leuten, mit denen Mutter Einstellungsgespräche für Positionen im Lazarett geführt hat." Sie tippte auf einen Namen. „Ist das nicht Sonias Mädchenname? Er ist mir ins Auge gestochen, weil mir der Name Sonia aufgefallen ist. Sonst hätte ich es vielleicht übersehen …"

Ich hielt das Papier gegen das Licht, um sicherzustellen, dass ich die Worte richtig las. „*Sonia Bernard*", las ich und ließ dann meine Arme sinken. „Sonia hat gelogen. Sie hat gesagt, sie hat nie hier gearbeitet." Ich riss das Blatt wieder ans Licht und suchte nach einem Datum. „30. November, *1914.*"

Sonia hatte mich angelogen, nie in Parkview gewesen zu sein. Worüber hatte sie sonst noch gelogen? Obwohl Jasper und ich Teile der Geschichte, die sie erzählt hatte, verifiziert hatten, war es unmöglich, jedes einzelne Stück davon zu bestätigen. „Oh, das ist schrecklich. Wenn Sonia etwas mit Mr. Paynes Tod zu tun hatte …"

Mein Herz schmerzte für Vater. Wenn Sonia für Paynes Tod verantwortlich wäre, wäre Vater am Boden zerstört. Er war jahrelang Witwer gewesen, bevor er Sonia geheiratet hatte. Von der Bigamie zu erfahren wäre schrecklich, doch noch dazu herauszufinden, dass sie eine Mörderin war –? Ich scheute mich, darüber nachzudenken. Es war zu schmerzhaft.

Gwen legte ihre Hand auf meinen Arm. „Olive, hast du gehört, was ich gesagt habe? Wir sollten nicht zögern. Wir müssen Inspector Longly informieren." Sie blickte auf ihre Uhr. „Wir haben genug Zeit dafür, bevor wir uns für das Abendessen anziehen müssen."

„Ja." Ich wandte meinen Blick von den Akten ab. „Ja, habe ich. Und du hast Recht. Inspector Longly muss es wissen." Egal wie schrecklich die Situation für Vater sein würde, die Polizei musste es wissen. Ich reichte ihr das Papier mit der Liste. „Kannst du es tun?"

Sie drückte meinen Arm. „Natürlich. Ich telefoniere in Vaters Arbeitszimmer." Sie wandte sich ab, dann blieb sie stehen, den Blick auf die Akten gerichtet. „Wo sollen wir sie hinbringen?", fragte Gwen. „Inspector Longly wird sie sehen wollen, aber ich möchte sie auch nicht alle ins Arbeitszimmer schleppen – das könnte zu Fragen führen."

Ich betrachtete den staubigen Haufen. „Wir könnten sie hier lassen. Sie sind seit Jahren ungestört …"

„Nein, diese Idee gefällt mir nicht", sagte Gwen. „Jeder könnte hier raufkommen. Es gibt kein Schloss an der Dachbodentür, und es ist offensichtlich, wo wir gesucht haben." Gwen nickte in Richtung der Fußspuren, die wir im Staub auf den Dielen hinterlassen hatten.

„Lass uns einen der Schränke hinter der Täfelung benutzen." Das war ein Versteck, von dem Sonia nichts wusste.

„Gute Idee", sagte Gwen. „Ich nehme die erste Hälfte

des Alphabets und verstaue sie in meinem Zimmer, und du nimmst die anderen. Der ganze Stapel wäre für einen von uns zu unhandlich." Sie sammelte die Akten ein. „Wir sehen uns vor dem Abendessen im Salon."

Ich hob die restlichen Akten auf, steckte sie in die Kiste und folgte Gwen, meine Schritte langsamer als ihre, als sie die schmale Treppe ohne Teppich hinuntereilte. Auf dem Weg zu meinem Zimmer sah ich zwei Zimmermädchen, doch keine Gäste. Ich deponierte die Akten in dem kleinen Schrank hinter der Täfelung des orientalischen Zimmers, staubte mir die Hände ab und machte mich auf die Suche nach Tante Caroline. Wenn ich mich beeilte, konnte ich sie abfangen, bevor sie in den Salon ging.

Als ich den Flur betrat, wäre ich fast mit Sonia zusammengestoßen. „Meine Güte, Olive, du bist ja über und über mit Staub bedeckt. Was hast du getan?"

„Gwen geholfen." Ich wollte um sie herum eilen, doch dann blieb ich stehen. Ich hatte nichts zu verlieren, wenn ich ihr sagte, was wir gefunden hatten. Sie konnte mir mitten am Nachmittag auf dem Flur der Gästezimmer in Parkview nichts anhaben. Zimmermädchen gingen von Zimmer zu Zimmer hin und her, bereiteten Kleider für die Gäste vor und trugen heißes Wasser für diejenigen, die lieber ein Sitzbad nahmen, anstatt auf das eine Bad auf jedem Flur zu warten, ganz zu schweigen von den Gästen, die auch unterwegs waren, um sich zum Abendessen umzuziehen. Der Korridor mochte verlassen sein, doch der Flügel war nicht leer. Ein Ruf würde die Leute schnell hierher bringen.

Ich bewegte mich, damit ich das Licht der Wandleuchte nicht blockierte. Ich wollte ihr Gesicht deutlich sehen. „Warum hast du gelogen, Sonia?", fragte ich, und mein Innerstes verdrehte sich. In einem entfernten Teil meines Verstandes bemerkte ich meine körperliche Reaktion und konnte es fast nicht glauben. Wenn mir vor ein paar

Wochen jemand gesagt hätte, dass ich eine Mischung aus Angst – und Bedauern, wie mir klar wurde – empfinden würde, wenn ich Sonia mit ihrer Lüge konfrontierte, hätte ich gedacht, dass die Person verrückt war.

Sonias Brauen verzogen sich, und sie sah mich finster an. „Wovon redest du?"

„Du bist während des Krieges hier nach Parkview gekommen, als Tante Caroline ein Einstellungsgespräch für eine Stelle im Lazarett mit dir geführt hat."

KAPITEL EINUNDZWANZIG

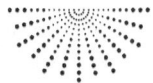

*S*onia straffte ihre Haltung zu ihrer vollen Größe und richtete sich noch ein paar Zentimeter auf. „Ich habe dich nie angelogen. Alles, was ich dir gesagt habe, war die volle Wahrheit. Du hast mich gefragt, ob ich jemals als Krankenschwester hier gearbeitet habe. Die Antwort ist nein. Lady Caroline hat mich zu einem Gespräch hierher eingeladen. Eine Freundin, die hier gearbeitet hat, hat mich Lady Caroline empfohlen. Ich kam zum Gespräch, weil meine Freundin gesagt hat, es sei eine ausgezeichnete Stelle, besser als jede andere, die sie in London gehabt hatte. Ich war eine Viertelstunde auf dem Gelände von Parkview. Ich bin aus London angereist, habe mich mit Lady Caroline getroffen und bin dann am nächsten Tag nach London zurückgekehrt."

„Aber das war zu der Zeit, als Mr. Payne als Patient hier war."

Einen Moment lang sah Sonia aus, als ob sie auf unebenem Bürgersteig in ein Loch getreten war. „Was?" Eine Tür den Korridor hinunter öffnete sich, und Deena kam heraus, von Kopf bis Fuß in Silber gekleidet. Von ihrem silbernen Kamm, der ihr Haar schmückte, über ihre baumelnden Diamantohrringe bis hin zu ihren silbernen Schuhen, die bei jedem Schritt funkelten, alles, was sie trug, schimmerte und sprach von Opulenz. Sie nickte uns im Vorbeigehen zu. Etwas klingelte in meinem Kopf, als ich ihr nachblickte, doch Sonias heftiges Flüstern lenkte meine Aufmerksamkeit wieder auf sie.

„Ich wäre dir dankbar, wenn du keine unbegründeten Anschuldigungen erhebst. Ich hatte nichts mit Simon zu tun – ich meine, Mr. Paynes Tod, und ob ich 1914 für ein paar Momente hier in Parkview war oder nicht, bedeutet nichts. Gar nichts." Sie wandte sich ab und drehte sich dann wieder um, um mich anzusehen. „Und wenn du das deinem Vater gegenüber erwähnst, wirst du es bereuen. Ich weiß, du denkst, dass nichts zwischen dich und ihn kommen kann, aber ich kann ihn sehr wohl gegen dich aufbringen. Und wenn du diese, diese – Verleumdung – gegen mich verfolgst, werde ich ihn davon überzeugen, dass du nichts anderes bist als ein gieriges Luder, das mich in ein schlechtes Licht drängt." Ihre Worte waren wie ein körperlicher Schlag, und ich wich einen Schritt zurück. Ihre Nasenflügel bebten, als sie einatmete. Ich glaubte einen Moment lang, einen verletzten Ausdruck in ihren Augen zu sehen, dann war er weg. „Ich dachte, ich könnte dir vertrauen. Jeder spricht davon, wie großzügig und loyal du bist, doch ich sehe keinen Beweis dafür – überhaupt keinen!"

Sie riss ihre Tür auf und kehrte in ihr Zimmer zurück. Ich erhaschte einen flüchtigen Blick auf ihr Gesicht, als sie durchatmete und eine heitere Maske aufsetzte. „Nein, alles ist gut, Cecil. Ich habe nur beschlossen, dass ich heute Abend mein Tuch tragen möchte …" Die Tür fiel leise ins Schloss.

Ihre Fähigkeit, ihre Emotionen abrupt zu verbergen, war beunruhigend, doch es gehörte zur Aufgabe einer Kranken-schwester, ein ruhiges, selbstbewusstes Auftreten zu zeigen. Sie musste viel Übung darin haben, ihre wahren Gefühle zu verbergen.

Ich ging langsam den Flur entlang. Konnte es ein Zufall gewesen sein, dass Sonia in Parkview war, als Payne hier Patient war? War Sonia ehrlich? Sie hatte sicherlich die Kraft und Entschlossenheit, Payne zu beseitigen, doch wenn Paynes Tod mit etwas zusammenhing, das sich 1914 ereignet hatte und Sonia nur eine Viertelstunde hier in Parkview war, wie sollte sie dann überhaupt wissen, dass Payne hier gewesen war? Es sei denn, Tante Caroline hatte Sonia mit auf einen Rundgang durch das Lazarett genommen und sie den Patienten vorgestellt.

Meine Schritte wurden schneller, als ich direkt zu Tante Carolines Zimmer ging und an ihre Tür klopfte. Sie saß in ihrem Unterkleid an ihrem Frisiertisch, den Kopf zur Seite geneigt, während sie einen Ohrring befestigte. „Hallo, Olive." Ihr Blick begegnete meinem im Spiegel. „Stimmt etwas nicht? Ist es Peter?", fragte sie und erhob sich halb vom Stuhl.

„Nein, das ist es nicht." Ich bedeutete ihr, sich wieder zu setzen, und ließ mich auf die Deckentruhe am Fußende des Bettes nieder. Als wir klein waren, hatten Gwen und ich auf der Truhe gesessen und ihr zugesehen, wie sie sich vor Partys anzog. Wir haben gekichert und davon geträumt, uns so elegant zu verkleiden.

Ich riss meine Gedanken von den Erinnerungen los. „Erinnerst du dich, als du das Lazarett hier in Parkview geleitet hast, dass du ein Gespräch mit Sonia für eine Stelle geführt hast?"

„Ja, sicher. Sie hat einen wunderbaren Eindruck gemacht. Ich dachte, sie würde einen ausgezeichneten Job machen." Tante Caroline neigte den Kopf in die entgegengesetzte Richtung und befestigte den anderen Ohrring. „Warum?"

Ich suchte nach einer Erklärung. „Ich wusste nicht, dass

du sie empfohlen hast, als Vater krank war. Ich war neugierig auf die ganze Situation."

Tante Caroline nahm einen Kamm und strich ihr Haar glatt. „Du und deine Neugier. Ziemlich unersättlich", sagte sie, aber ihr Ton war nachsichtig.

„Aber du hast sie nicht eingestellt."

„Nein, die Stelle, von der ich dachte, dass ich sie besetzen müsste, ist nicht frei geworden. Die Krankenschwester hat beschlossen, doch zu bleiben, also musste ich niemanden einstellen."

„Hast du Sonia durch Parkview geführt, als sie hier war?"

Tante Caroline tupfte ihren Duft auf ihr Handgelenk. „Nein. Für so etwas war keine Zeit. Es war ein viertelstündiges Gespräch. Wir haben uns ein bisschen unterhalten. Ich ging ihre Referenzen durch, und dann ist sie wieder gegangen. Ich konnte immer eine gute Krankenschwester gebrauchen, und sie war mir wärmstens empfohlen worden. Ich habe den Krankenschwestern, mit denen ich wegen einer Stellung gesprochen habe, nie Führungen gegeben. Das passierte erst, wenn sie zur Arbeit kamen."

„Ich verstehe."

Tante Caroline stellte die Glasflasche auf ihren Schminktisch. „Du solltest besser gehen und dich fertigmachen. Du siehst ziemlich ... verstaubt aus."

„Ja, ich sehe nicht gerade gesellschaftsfähig aus."

Ich ging bei Gwen vorbei, um ihr zu sagen, dass Sonia keine so gute Kandidatin für eine Verdächtige war, wie wir gedacht hatten, doch Gwen war nicht in ihrem Zimmer. Vielleicht hatte es länger gedauert, als sie dachte, den Inspector zu erreichen, und sie telefonierte noch immer. Ich hatte keine Zeit, nach unten zu gehen und sie zu suchen, dann nach oben zurückzukehren und mich zum Abendessen umzuziehen. Ich musste sie heute Abend beiseite nehmen und vor dem Abendessen mit ihr sprechen. Ich hoffte, Longly war unterwegs gewesen und sie musste ihm eine Nachricht hinterlassen. Wenn er nach Parkview zurückkehrte, musste ich ihn abfangen, bevor er das Abendessen störte, und ihm sagen, dass wir uns in Bezug auf Sonia geirrt hatten.

Ich rannte zurück in mein Zimmer, klingelte nach Hannah und bat sie, mir ein Bad vorzubereiten. Ich war zu schmutzig, um einfach mein Abendkleid anzuziehen. Ich war in meine eigenen Gedanken versunken und schenkte Hannahs Geplapper, als ich mein Schmuckkästchen durchsah, nicht viel Aufmerksamkeit, bis sie etwas über die Farbe der Haaraccessoires sagte. Ich ließ die Perlenkette sinken und drehte mich um. „Was war das?"

Sie hatte den Kleiderbügel mit meinem Kleid auf dem chinesischen Paravent eingehakt und richtete die Schärpe an der tiefen Taille gerade, doch sie hielt angesichts meines scharfen Tons in der Bewegung inne. „Es tut mir leid, Miss. Ich habe nur vor mich hin gejammert. Ich werde still sein."

„Nein, was haben Sie über Haarschmuck gesagt?"

„Nur, dass Miss Lacey so schöne Dinge hat. Stellen Sie sich vor, Accessoires wie Federn, Schmuck, Schuhe und Handschuhe zu haben, die zu jedem Kleid passen. Sie hat jede Farbe des Regenbogens in ihrem Kleiderschrank."

„Ja, Deena hat von allem das Feinste in passenden Farben."

Hannah ging ins Badezimmer und drehte die Wasserhähne der Badewanne auf, und ich starrte mein Spiegelbild an, ohne es zu sehen, während mein Verstand auf Hochtouren arbeitete.

Als sie das Wasser abdrehte, sagte ich: „Ich rufe Sie, wenn ich mit dem Bad fertig bin. Ich möchte heute Abend ein schönes, langes Bad."

„Sehr wohl, Miss", sagte Hannah und ging.

Normalerweise würde ich mich in dem tiefen, luxuriösen warmen Wasser einweichen, doch heute Abend hatte ich keine Zeit dafür. Ich schlüpfte so schnell wie möglich ins Wasser und wieder heraus und rief Hannah nicht mehr. Stattdessen ließ ich das Wasser in der Wanne stehen, ging zum lackierten Paravent und zog das Kleid über meinen Kopf. Es hatte nur ein paar Knöpfe an der Seite, die ich ohne Hilfe schließen konnte. Ich zog meine schlichten Schuhe an und nahm meine Handschuhe.

Als ich den Korridor betrat, kam Jasper in meine Richtung. „Ah, Olive. Ich habe dich den ganzen Nachmittag nicht gesehen."

Ich packte seinen Arm und zog ihn ins Zimmer. Ich schloss die Tür, und er sagte: „Meine Güte, das ist ungewöhnlich. Du hast mich noch nie in dein Zimmer gezerrt."

„Da ist etwas Wichtiges, das ich dir sagen muss."

„Ganz ernst, kein Spiel, wie ich sehe." Jasper verschränkte die Arme und lehnte sich gegen die Tür.

„Die Akten aus der Zeit, als Parkview ein Lazarett war, werden hier auf dem Dachboden aufbewahrt. Gwen und ich sind sie durchgegangen." Jasper richtete sich auf, das sanfte Lächeln verließ sein Gesicht. Ich erzählte ihm, was wir gefunden hatten und Sonias Erklärung über ihre Zeit in Parkview. „Tante Caroline hat bestätigt, dass sie hier ein Einstellungsgespräch mit Sonia geführt hat, doch dass es nur ein kurzes Interview war. Sie hat Sonia nicht durch Parkview herumgeführt. Ich kann mir nicht vorstellen, wie sie wissen könnte, dass Mr. Payne hier war."

„Es war also keine glatte Lüge, sondern eher eine Unterlassung."

„Was genauso hinterhältig sein kann … doch in diesem Fall scheint es egal zu sein."

„Ich habe auch Fortschritte gemacht – auch im negativen Bereich", sagte Jasper. „Ich konnte bestätigen, dass Captain Inglebrook nicht mit Mr. Payne gedient hat."

„Also kannten sie sich auch nicht."

„Korrekt", sagte Jasper. „Es scheint, wir sind erfolgreicher darin, Leute auszuschließen, als den Mörder zu finden."

„Ich habe noch eine Idee. Es ist ein bisschen seltsam, und ich weiß nicht, wie es zu allem anderen passt – tatsächlich scheint es zu nichts zu passen, aber ich würde es gerne untersuchen, denn, nun, um ehrlich zu sein, haben wir sonst nichts mehr."

„Und dein Ton deutet darauf hin, dass du mir nicht alle Einzelheiten erzählen wirst."

„Lieber nicht, bis ich es genau weiß. Willst du mitkommen und Wache stehen, während ich mich kurz in jemandes Zimmer umsehe?"

„Natürlich. Wir sind doch Komplizen", bemerkte Jasper und bezog sich auf den Spitznamen, den er uns gegeben hatte, nachdem wir einen Kriminellen in Blackburn Hall enttarnt hatten. „Ich kann dich nicht ohne Ausguck in jemandes Zimmer einbrechen lassen. Das ist die erste Regel der Detektivarbeit."

KAPITEL ZWEIUNDZWANZIG

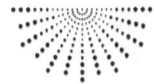

*J*asper sah auf die Karte im Namensschild und murmelte „Meine Güte", doch mehr sagte er nicht.

Ich klopfte an die Tür und wartete. Als keine Antwort kam, ging ich hinein und schloss die Tür hinter mir. Mr. Quigleys Käfig, ein riesiges rechteckiges Ding, stand in einer Ecke. Er war fast so groß wie ein Kleiderschrank und musste von zwei Dienern nach oben transportiert werden. Er stieß einen lauten Schrei aus. „Pst, Mr. Quigley", flüsterte ich. „Ich bin's nur. Du erinnerst dich an mich, oder? Olive."

Mr. Quigley stieß einen Pfiff aus, von dem ich sicher war, dass er im ganzen Haus zu hören war. Ein zusammengefaltetes schwarzes Tuch lag zwischen dem großen Käfig und dem kleineren runden Käfig, mit dem Deena Mr. Quigley zum Einkaufen ins Dorf mitgenommen hatte. Ich eilte hinüber, entfaltete das Tuch und warf es über den Käfig. „Tut mir leid, Junge." Ich wartete einen Moment, aber er schwieg. Ich hoffte, dass er sich beruhigen würde.

Ich atmete tief durch, um meinen rasenden Puls zu verlangsamen, und ging zum Kleiderschrank. Er war so vollgestopft mit Kleidern, dass die Türen unter dem Druck des Stoffes aufsprangen, als ich den Riegel löste. Reihen von Schuhen füllten den Sockel des Kleiderschranks. Ich sah mir jeden einzelnen sorgfältig an, dann durchsuchte ich die anderen Schubladen und Schränke, die wieder leer waren. Dann nahm ich das Tuch von Mr. Quigleys Käfig, faltete es wieder zusammen und ging zur Tür.

Jasper, der mit verschränkten Armen an der Wand gelehnt hatte, richtete sich auf, als ich herauskam. „Glück gehabt?"

„Würde ich sagen. Sie waren nicht da."

Jasper neigte den Kopf. „Du und ich haben unterschiedliche Definitionen von Glück."

„Nein, genau das wollte ich wissen. Du hast bestimmt schon bemerkt, dass alles, was Deena trägt, zusammenpasst, von ihrem Haarschmuck bis hin zu den Schuhen. Es ist alles in einem ähnlichen Farbton."

„Ja, sie ist immer gut zurechtgemacht."

„Erinnerst du dich, was sie an dem Abend getragen hat, als Mr. Payne gestorben ist?"

„Ein blaues Kleid, glaube ich."

„Ich wusste, dass du dich erinnern würdest. Du bist gut mit Mode. Genauer gesagt war ihr Kleid in dieser Nacht königsblau. Als Longly im Salon mit uns gesprochen hat, fiel mir auf, dass Deenas Schuhe hellblau waren." Ich zog meine Augenbrauen hoch.

„Ich fürchte, ich verstehe nicht, worauf du hinauswillst", sagte Jasper.

„Es gibt keine königsblauen Schuhe im Kleiderschrank. Ich glaube nicht, dass sie im Wohnzimmer eine Zeitschrift gelesen hat. Sie ist in einem der Momente, in denen Brimble nicht in der Eingangshalle war, in den Wintergarten gegangen. Ich glaube, sie hat Mr. Payne ermordet und etwas an ihre Schuhe bekommen – wahrscheinlich Blut. Als ihr klar wurde, was passiert war, ist sie wieder nach oben gerannt, um sich ein anderes Paar Schuhe anzuziehen. Die königsblauen Schuhe muss sie später entsorgt haben."

„Und Brimble hat sie beim zweiten Mal nicht zurückkommen sehen?" sagte Jasper in nachdenklichem Ton, während er sich die Idee durch den Kopf gehen ließ. „Es hätte wohl so passieren können. Doch vielleicht hatte sie keine Schuhe, die zu ihrem Kleid passten."

„Jasper, sie ist stolz darauf, eine modebewusste Frau zu sein. Sie hat Schuhe, die zu jedem Kleid passen. Wie könnte jemand, der perfekt abgestimmte Outfits trägt, nicht ein Paar Schuhe haben, die zu diesem exquisiten Abendkleid passen? Um Himmels willen, sie hat silberne Schuhe. Natürlich hätte sie ein Paar Schuhe im gleichen Farbton wie ihr königsblaues Kleid."

„Du bist ziemlich begeistert von diesem Mode-Hinweis, wie ich sehe", sagte Jasper und beeilte sich dann, bevor ich widersprechen konnte. „Ich will ihn gar nicht kleinreden. Aber warum soll Deena Mr. Payne getötet haben?"

Das war der Knackpunkt. „Ich bin mir nicht sicher, doch es muss mit der Zeit zu tun haben, als Mr. Payne während des Krieges hier Patient war, nachdem die Fotografien zerstört wurden. Deena hat Freiwilligenarbeit geleistet. Vielleicht gab es ein gemeinsames Foto von Deena und Mr. Payne. Ja, ich wette, das ist der Grund. Denk daran, ich habe ein Bild von Deena gesehen, auf dem sie geholfen hat, Parkview für Patienten vorzubereiten, doch es war nicht in der richtigen Reihenfolge im Album. Sie hat alle anderen Fotos herausgenommen, das jedoch nicht, weil es nicht bei den anderen war."

Jasper sagte: „Also muss sie die anderen Fotos aus dem Album genommen haben, nachdem sie Mr. Payne getötet hat – vielleicht in der Nacht."

„Wenn wir Recht haben und alles auf die Zeit zurückgeht, als Parkview ein Lazarett war, könnte die Antwort in den Krankenhausakten liegen. Ich habe einige davon in meinem Zimmer." Während ich sprach, gingen wir den Flur entlang und an den mittelalterlichen Wandteppichen und dem gläsernen Antiquitätenschrank vorbei. „Der Rest der Akten ist in Gwens Zimmer. Wenn wir uns beeilen, können wir uns die in meinem Zimmer ansehen, bevor wir zum Essen gehen." Ich ging schneller, als wir uns meinem Zimmer näherten. „Wir werden die letzten sein, die im Salon ankommen, doch wir sollten es schaffen, bevor sie zum Abendessen gehen."

Ich ging zum Einbauschrank und drückte auf die Zierleiste. „Gwen hat eine Liste von Freiwilligen gefunden. Vielleicht steht Deenas Name darauf."

Die Schranktür ging auf. Jasper trat vor. „Erlaube mir." Er zog die Kiste heraus und stellte sie auf das Bett, dann trat er einen Schritt zurück und bürstete seine Ärmel ab, die jetzt mit Staub bedeckt waren.

„Entschuldigung", sagte ich. „Sag Grigsby, dass es meine Schuld ist." Ich fing an, die Akten herauszunehmen und sie auf dem Bett zu stapeln. „Dies sind die Akten der Patienten, die 1914 hier waren, doch ich denke, die Liste der Freiwilligen sollte auch hier sein ..." Ich hielt inne und starrte auf den Namen auf der Karteikarte, die ich in der Hand hielt.

Mein plötzliches Schweigen führte dazu, dass Jasper aufblickte, nachdem er ein Spinnennetz weggewischt hatte, das von seiner Manschette hing.

„Der Name dieses Patienten war Robert Stanton." Die Gedanken stürzten so schnell auf mich ein, dass ich mich auf die Bettkante setzen musste. „Robert – Bobby – Stanton."

„Habe ihn nicht gekannt", sagte Jasper mit einem Kopfschütteln.

„Oh, richtig. Sie waren ein paarmal zu Besuch, aber du warst damals nicht hier. Bobby Stanton war Deenas Cousin. Bobby ist während des Krieges gestorben, und sie hat das

Vermögen ihres Onkels geerbt. Erinnerst du dich, dass sie uns beim Picknick davon erzählt hat? Dass ihr Onkel dachte, dass sie die Finanzen der Erbschaft nicht bewältigen könnte, und beabsichtigt hatte, alles Bobby zu überlassen, weil er ein Mann war?"

„Und ihrem Automobil und ihrer Kleidung nach zu urteilen, war es ein großes Vermögen, nehme ich an?"

„Ein ganz Enormes sogar." Ich öffnete die Akte, überflog die Informationen und las laut vor. „Bobby ist hier am 7. November 1914 gestorben." Ich blickte zu Jasper auf. „Er war im Mahagonizimmer. Dort war auch Mr. Payne."

Jasper, die Hände in den Taschen vergraben, ging auf und ab, dann kam er zurück, den Blick auf den Boden gerichtet. „Vincent Payne war also dabei, als Bobby gestorben ist."

„Vielleicht hat Deena Bobby getötet und Mr. Payne hat sie dabei beobachtet?" Ich wandte mich wieder Bobbys Akte zu und blätterte die letzten Seiten durch. „In den Notizen steht, dass Bobby nicht auf die Krankenschwester reagiert hat, als sie während ihrer Visite nach ihm gesehen hat." Ich nahm Mr. Paynes Akte und blätterte auf die Seite mit demselben Datum. „Mr. Payne hat an diesem Morgen Morphium bekommen, und um ein Uhr sollte er eine weitere Dosis erhalten. Wenn er zu sich gekommen ist, als Mr. Stanton gestorben ist, und er gesehen hat, was vor sich ging …"

„Aber warum hat Mr. Payne dann all die Jahre geschwiegen?" Jasper griff nach Paynes Akte.

„Ich weiß nicht. Vielleicht war Mr. Payne vom Morphium benommen und nur halb bei Bewusstsein, nicht ganz klar über das, was um ihn herum geschehen ist. Vielleicht hat er erst später herausgefunden, was tatsächlich passiert ist."

Jasper hatte die Akte überflogen, während ich sprach,

jetzt klappte er sie zu. „Ich denke, dass du die Verbindung zwischen Deena und Mr. Payne gefunden hast."

„Ja, das sicher." Ich fing an, die Akten zurück in die Kiste zu schichten. „Lasst uns die Akten hierlassen, versteckt hinter der Täfelung." Wie in Sonias Fall bezweifelte ich, dass Deena wusste, wo die versteckten Schränke waren. „Deena ist im Salon. Ich habe sie vorhin runtergehen sehen. Warum behältst du sie nicht im Auge, während ich Longly anrufe?"

Jasper warf die Akte in die Kiste. „Oh nein. Ich lasse dich keinen Moment allein, altes Mädchen, jetzt wo wir wissen, was passiert ist."

„Das ist lieb von dir, aber völlig unnötig." Ich bückte mich und drückte auf die Zierleiste, um den Schrank zu öffnen. „Ich kann gut auf mich aufpassen."

Jasper hob die Kiste auf. „Ja, das habe ich gemerkt, aber vielleicht zeigst du dich nachsichtig mit mir."

Es war schwer, ihm zu widerstehen, wenn er mich so ansah. „Gut. Wir bleiben zusammen."

„Gut." Er stellte die Kiste weg. „Gib mir nur einen Moment, mich sauberzumachen, bevor wir nach unten gehen." Er ging ins Bad und wischte sich die neuen Staubflecken von seinen Ärmeln und den Revers seines Smokings.

Da ich nur mit den Akten hantiert hatte, nicht mit der Kiste, war ich nicht so verstaubt wie Jasper. Das Geräusch von fließendem Wasser kam aus der Badewanne, als ich mir die Hände an meinem Taschentuch abwischte. Ich ging zum Spiegel des Frisiertischs, um mein Aussehen zu überprüfen.

Ein metallisches Klicken ertönte, als die Tür aufschwang – Hannah kehrte zurück, um mir beim Anziehen zu helfen. Warum hatte ich die Tür nicht abgeschlossen? Und Jasper war in meinem Zimmer – nun ja, im angrenzenden Bad, doch die Tür stand offen – skandalös! Die Nachricht würde sich im ganzen Haus herumgesprochen haben, bevor der Abend vorüber war.

Ich drehte mich um, „Hannah –"

Aber es war Deena, die durch die Tür trat und sie sanft mit dem Ellbogen schloss, obwohl sie Mr. Quigleys kleinen Käfig trug, der bis auf den Ring oben, an dem sie ihn hielt, mit einem Tuch verhüllt war. Sie trug einen eleganten Glockenhut, ihren Fahrermantel mit Nerzkragen und hatte den Riemen ihrer Handtasche über den Unterarm gehakt. Ich nahm diese Details als verschwommenen Hintergrund wahr, im scharfen Kontrast zu der kleinen Pistole, die sie in der Hand hielt.

KAPITEL DREIUNDZWANZIG

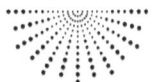

„**G**uten Abend, Olive", sagte sie in einem ganz normalen Ton, als sie den Vogelkäfig auf dem Bett abstellte. „Wo ist Jasper?"

Jasper hatte die Wasserhähne ein paar Sekunden, bevor Deena die Tür öffnete, zugedreht, Gott sei Dank. „Er ist unten", log ich. Eine Pistole auf mich gerichtet zu sehen, verursachte alle möglichen körperlichen Reaktionen. Mein Herz flatterte, und meine Stimme klang so zittrig, wie sich meine Beine anfühlten. Ich benetzte mir die Lippen und versuchte es noch einmal. Ich hoffte, dass meine zittrige Stimme bis ins Bad hörbar war. „Er ist gegangen, um Inspector Longly anzurufen."

„Oh, das ist nicht nötig", sagte Deena. „Der Inspector ist schon da." Ihre Wangen waren gerötet, doch ansonsten sah sie genauso aus wie vorhin, als ich sie auf dem Flur gesehen hatte. Ihr schmales Gesicht sah nicht im Geringsten beunruhigt aus, während sie den Lauf der Waffe auf meine Körpermitte gerichtet hielt.

„Was meinst du damit, Inspector Longly ist hier?"

„Ich habe die Wache mit einem Tipp angerufen." Der Hauch von Mr. Quigley, der seine Flügel ausbreitete, ertönte unter der Stoffhülle, und der Käfig schaukelte ein wenig. Deena hielt ihn mit ihrer freien Hand fest.

„Dann solltest du die Waffe besser weglegen", sagte ich. „Die Polizei neigt dazu, es nicht gutzuheißen, wenn Leute mit Pistolen herumfuchteln. Ich bin sicher, wenn du sie weglegst, wird alles gut. Ist ja nichts passiert." In meiner Stimme lag eine Spur von Sonias entschieden fröhlichem Ton.

Deena stand vor der Tür zum Flur. Ich war zu weit vom Klingelzug entfernt, sodass ich kein Dienstmädchen herbeirufen konnte, und die Badezimmertür befand sich auf der anderen Seite des Zimmers. Ich saß in einem Bereich des Zimmers fest, wo die Tische und Stühle außer Reichweite waren. Das Möbelstück, das mir am nächsten war, war das Bett, einen langen Schritt entfernt, doch außer Mr. Quigleys Käfig lagen nur Fransenkissen darauf.

„Inspector Longly wird diese Pistole nie sehen. Und ich lege sie nicht weg, also kannst du dir deinen falschen fröhlichen Ton sparen. Und jetzt", sagte sie energisch, „musst du nicht so tun, als wüsstest du nicht genau, was passiert ist. Ich bin nach oben gekommen, um mein Taschentuch zu holen, und habe Jasper in der Nähe meines Zimmers herumstehen sehen, also habe ich mich hinter dem Wandteppich im Flur versteckt und euch über meine Schuhe reden hören. Ihr wart beide so in euer Gespräch vertieft, dass ihr direkt an mir vorbeigegangen seid und mich nicht bemerkt habt. Ich hasse es, Parkview so abrupt zu verlassen – das zeugt von so schlechten Manieren, aber es ist nicht zu ändern. Ich bin zurück in mein Zimmer gelaufen und habe ein paar Sachen eingesammelt." Sie warf einen Blick auf den Vogelkäfig. „Ich kann Mr. Quigley nicht zurücklassen. Und ich habe dafür gesorgt, dass ich dieses süße kleine Ding hatte." Sie schwenkte die Pistole.

Sie warf einen Blick auf ihre Armbanduhr. „Ich habe nicht viel Zeit. Ich muss verschwinden, solange der

Inspector beschäftigt ist, und ich habe ihm viel zu tun gegeben. Er muss das Foto aus Peters Zimmer holen und ihn verhaften. Dann wird er –"

„Welches Foto?", fragte ich und bemühte mich, auf Bewegungen aus dem Badezimmer oder auf dem Flur zu lauschen. War Jasper durch die Tür, die zum Korridor führte, hinausgeschlüpft? War er auf der anderen Seite der Zimmertür und wartete auf den richtigen Moment, um in mein Zimmer zu platzen?

„Das Foto, das ich aus dem Album zurückbehalten habe." Sie lächelte, doch in ihrem Gesichtsausdruck lag keine Wärme, nur eine hämische Traurigkeit, die ihre Ähnlichkeit mit der Ikone einer traurigen Heiligen betonte. „Arme Olive. Du hast so hart gearbeitet, bist herumgelaufen und hast versucht, alles herauszufinden, aber ich bin dabei, das alles rückgängig zu machen. Das Foto von Mr. Payne war praktisch. Es war brillant, finde ich, es in Peters Zimmer zu legen." Sie neigte den Kopf, und ihr baumelnder Diamantohrring schwankte von ihrer Wange weg. „Es ist so schade, dass ich es kurz machen muss. Es wäre so befriedigend gewesen, Inspector Longly eine weitere Leiche zur Untersuchung zu übergeben. Aber ich habe einfach keine Zeit, einen *Unfall* zu arrangieren und dich in der Badewanne ertrinken zu lassen."

„Was? Das kann nicht dein Ernst sein."

„Natürlich meine ich es ernst, aber ich habe die Idee aufgegeben. Als ich gehört habe, wie du und Jasper vor meinem Zimmer spekuliert habt, wusste ich, dass ich meine Pläne ändern musste. Es wäre zu umständlich, mich um dich *und* Mr. Rimington zu kümmern", sagte sie, als ob es lästig wäre, zwei Menschen töten zu müssen. „Doch am liebsten hätte ich ihn oben von der Treppe gestoßen."

„Wie du Peter gestoßen hast", sagte ich, und mir wurde die Wahrheit über das, was während des Picknicks passiert war, klar.

„Das war eine Fehleinschätzung, mein einziger Fehler. Mr. Rimington die Treppe hinunterzustoßen wäre eine ganz andere Situation. Kein praktisches Unterholz, um sich dort festzuhalten, um seinen Sturz abzufangen. Ich mache nie den gleichen Fehler zweimal, deshalb bin ich gut darin – sogar ziemlich gut. Es ist mein Talent, weißt du, Morde. Ich kann weder singen noch spielen, und ich war in der Schule nicht gut, aber einen Mord zu planen ist nicht schwer. Es braucht nur ein wenig Überlegung, um alle Details auszuarbeiten, und die Fähigkeit, sich anzupassen, wenn sich die Situation ändert."

Für jemanden, der unter Zeitdruck stand, war sie ziemlich gesprächig, doch ich konnte sehen, dass sie jedes Wort genoss. Ich nahm an, ein Mörder zu sein – ein erfolgreicher – brachte einen in eine einsame Lage. Sie konnten nicht damit prahlen oder angeben. Niemand sonst wusste von ihrer Brillanz, was für mich kein angenehmer Gedanke war. Ich sagte: „Aber Jasper weiß, dass du Mr. Payne und deinen Cousin getötet hast – ja, das haben wir auch herausgefunden. Was auch immer du mir antust –" Die Worte blieben mir im Mund stecken, doch ich fuhr fort: „Jasper weiß es, und er wird es Inspector Longly sagen."

Sie wedelte mit ihrer freien Hand und wischte mein Argument beiseite. „Inspector Longly mag mich verdächtigen, aber er wird die Nacht nicht überleben. Glaubst du mir nicht? Das ist dumm. Ich habe festgestellt, dass die Leute mir gerne helfen, wenn sie angemessen belohnt werden. Ein dickes Bündel Pfundnoten kann selbst die treuesten Mitarbeiter davon überzeugen, mir einen Gefallen zu tun. Die Kurve bei der Brücke ist äußerst gefährlich. Der Inspector und wer auch immer mit ihm im Auto sitzt – das wird natürlich Peter sein – werden sie nicht überleben. Das wird der perfekte Schlussstrich unter allem. Diese scharfe Kurve am Fluss ..." Sie machte einen ts-Laut und schüttelte den Kopf. „Ihr Automobil wird nicht das erste sein, das dort abstürzt, oder? Ich habe die Diener darüber reden hören. Dort sind in den letzten Jahren schon zwei Menschen gestorben. Es ist so traurig, dieser Bilanz zwei weitere Opfer hinzuzufügen, doch man tut, was man muss."

„Du kannst nicht glauben, dass du alles vertuschen kannst, wenn du eine Spur von Leichen hinterlässt?" Ich war entsetzt, und es kam in meinem Ton zum Ausdruck, doch sie riss nur die Augen auf, und ihr Gesicht nahm einen unschuldigen Ausdruck an.

„Aber es wird ein Unfall sein – ein tragischer, schrecklicher Unfall." Ihr Gesichtsausdruck wurde hart. „Deshalb kann ich dich und Mr. Rimington nicht töten, so sehr ich es auch möchte. Vier Leichen an einem Abend wäre ein bisschen übertrieben."

„Aber die Beweise …"

„Werde ich haben. Ich werde heute Abend Bobbys Krankenakten mitnehmen, und dann steht mein Wort gegen deines und das von Mr. Rimington. Er ist nur ein alberner alter Salonlöwe. Niemand wird ihn ernst nehmen."

„Du solltest Jasper nicht unterschätzen." Wo war er? Wenn er nicht bald auftauchen würde, würde es mir leidtun, dass ich ihn verteidigt hatte.

Deena schnaubte. „Dieser Pfau? Da mache ich mir keine Sorgen. Du hingegen bist ein Problem. Doch während ich in einem tropischen Land bin—ich habe gehört, dass Südamerika lieblich, warmherzig und exotisch ist und wohlhabende Ausländer dort sehr willkommen sind—, werde ich eine ausgezeichnete Anwaltskanzlei beauftragen, um alle Gerüchte oder Anspielungen zu zerschmettern, die du über mich erzählst. Dann werde ich ein paar Leute beauftragen, die *deinen* Ruf zu Staub zermahlen werden. Wenn sie mit dir fertig sind, wird dir niemand mehr ein Wort glauben. Du wirst gründlich diskreditiert. Wo ist die Notiz? In deinem kleinen Versteck dort in der Wand? Mein Dienstmädchen hat mir alles über die Schränke hinter der Täfelung erzählt. Nur zu – mach sie auf, und hol die Notiz zusammen mit Bobbys Akte heraus."

„Die Notiz?", fragte ich.

„Ja, die Notiz." Ungeduld lag in ihrem Ton. „Du hast geschnüffelt und gesucht. Und du hast gesagt, du kennst dieses Haus gut. Du musst sie gefunden haben."

„Ich weiß nicht, wovon du redest."

„Komm schon, du erwartest doch nicht wirklich, dass ich das glaube."

„Ehrlich gesagt, ich weiß nicht, was du meinst." Was tat Jasper nur? War er in den Salon gegangen, um Verstärkung zu holen? Ich hatte wirklich keine Ahnung, welche Notiz Deena meinte, und ich war mir nicht sicher, wie lange ich sie noch aufhalten konnte.

Deena neigte den Kopf und sagte eher zu sich: „Vielleicht war es ein Bluff. Warum er es dann jedoch bei seinem letzten Atemzug erwähnt hat, weiß ich nicht."

Sicherlich sprach sie nicht über ihren Cousin Bobby. Er war vor Jahren gestorben und die Wahrscheinlichkeit, dass jemand eine Notiz von ihm fand, war winzig. „Mr. Payne hat eine Notiz erwähnt?"

„Ja, frustrierender Mann. Bis dahin war alles perfekt gelaufen. Ich habe versehentlich den Umschlag mit Bargeld fallengelassen, den ich mitgebracht hatte, er hat sich gebückt, um ihn aufzuheben, und ich habe ihm den Spaten über den Schädel gezogen, den ich vor seiner Ankunft im Laub versteckt hatte. Erst als ich ihn über den Boden gezerrt habe, hat er etwas über die Notiz gemurmelt. Leider hat er nicht lange genug gelebt, um mehr Details aus ihm herauszubekommen." Sie warf einen Blick auf ihre Uhr und seufzte. „Nun, jetzt muss ich sie selbst finden." Sie winkte mit der Pistole zur Wandtäfelung. „Gib mir Bobbys Akte."

Ich wollte ihr nicht den Rücken zukehren. Als ich mich nicht bewegte, ging sie ein paar Schritte in die Mitte des

Raumes und stellte ihre Füße auf das hellgrüne Blattmuster in der Mitte des Orientteppichs. Sie legte beide Hände um den Griff der Pistole. „Beweg dich."

Ich tat das Einzige, was mir einfiel. Ich kniff die Augen zusammen und sagte: „Ich glaube, du hast einen deiner Ohrringe verloren."

Ich duckte mich, und in dem Moment, in dem sie ihre Hand hob, um ihr Ohrläppchen zu überprüfen, kam ein nasser Schwamm durch die Badewannentür geschossen und landete spritzend in Deenas Gesicht.

Ich blieb hinter dem Bett, während sie das Wasser wegwischte und in Richtung Badezimmer herumwirbelte. Eine langstielige Badebürste wirbelte durch die Luft und streifte ihre Schulter.

Sie feuerte die Pistole ab. Im Türrahmen sah ich ein zersplittertes Loch. Mit vom Knall pfeifenden Ohren kroch ich um das Ende des Bettes herum, packte den Rand des Teppichs, auf dem Deena stand, und riss daran. Sie stolperte zur Seite und fiel gegen den Paravent. Der Aufprall faltete ein Segment nach hinten, und der Paravent kippte um, wobei die Kante des schweren Eichenrahmens der Trennwand direkt auf Deenas Oberschenkel fiel. Ich hörte ein Krachen – das Geräusch eines brechenden Knochens – und mein Magen drehte sich.

Jasper kam aus dem Bad gestürzt. „Geht's dir gut?", fragte er mich, als er die Pistole, die ein paar Meter von Deena entfernt gelandet war, aus ihrer Reichweite trat. Die Pistole schien ihr egal zu sein. Sie packte ihr Bein und stöhnte.

Ich stand aus meiner geduckten Position auf. „Ja, ich glaube schon", sagte ich, drückte aber eine Hand auf das Bett, um mich zu stützen. Der Druck auf die Matratze ließ den Vogelkäfig kippen, und der Stoff fiel herunter und gab Mr. Quigley frei. Er drehte seinen Kopf herum und musterte zuerst uns, dann Deena.

Jasper sagte: „Ich glaube, Deena ist ohnmächtig geworden. Nicht überraschend. Das ist ein schlimmer Bruch."

„Warum hast du so lange gebraucht?" Der Wirbel aus Panik und Angst, der in mir tobte, ließ meine Worte schrill klingen. „Hast du dir da drin den Rücken geschrubbt?"

„Nicht wirklich. Ich wusste, dass du alle Details von ihr haben willst. Ich wollte dir nur Zeit geben, die Wahrheit herauszubekommen."

Mr. Quigley kreischte und schlug mit den Flügeln, als er sagte: „Die Wahrheit wird euch frei machen."

„Nicht in Deenas Fall", witzelte Jasper, doch sein Gesicht wurde ernst, als ich sein Lächeln nicht erwiderte. „Du bist immer noch durcheinander, wie ich sehe. Ich verspreche, dass ich meinen Schwamm die ganze Zeit bereitgehalten habe." Er hob die Arme. Winzige Seifenblasen säumten seine Manschetten und schäumendes Wasser rann in Rinnsalen über seinen Smoking. „Danke übrigens, dass du mich verteidigt hast. In der Tat alter Salonlöwe!"

Ich grinste. „Nun, du bist ein bisschen wie ein Pfau, aber du bist sicher nicht albern oder alt – na ja, du kannst albern sein, aber das meine ich im besten Sinne des Wortes."

„Danke, meine Liebe – denke ich." Jasper wrang Wasser aus seinen Manschetten und lächelte, als die Anspannung zwischen uns nachließ. Er streckte einen Arm aus. Ich lehnte mich an ihn, ohne auf die Feuchtigkeit zu achten, die in die Rückseite meines Kleides sickerte, als er seinen Arm um mich legte.

Ein Klopfen ertönte an der Tür. „Olive!", rief Gwen. „Bist du da drin?"

„Komm rein", sagte ich. Jasper trat zurück und straffte seine Revers, als ob ihn das vorzeigbarer machen würde.

Die Tür ging langsam auf. „Olive, ich habe schreckliche Neuigkeiten–" Gwens erschrockener Blick wanderte von

Deena, die immer noch halb unter dem Paravent lag, dann zu Jasper und mir. „Grundgütiger! Was ist passiert?"

„Deena hat Mr. Pay– oh, Gwen! Wo ist Inspector Longly?", fragte ich und erinnerte mich an Deenas Pläne für ihn. Eine frische Dosis Adrenalin schoss durch mich hindurch. Ich hatte keine Ahnung, ob das Automobil der Wache manipuliert worden war, doch wenn auch nur ein Teil von dem, was sie gesagt hatte, stimmte …

Gwen blinzelte und wandte ihren Blick von Deena ab. „Das ist es, was ich dir sagen wollte. Er ist einfach weg – mit Peter. Es ist schrecklich. Eines der Fotos aus dem Album war in Peters Zimmer –"

Ich eilte um das Bett herum. „Deena hat sein Automobil manipuliert. Sie sagte, er würde an der Kurve bei der Brücke abstürzen."

Sie starrte mich einen Moment lang an, dann rannte sie um mich herum und aus dem Zimmer. Sie durchquerte den Flur zu den Fenstern. Die Vorhänge blähten sich, als sie sie zurückzog. Scheinwerfer fegten durch die Dunkelheit. „Sie fahren gerade von den Ställen los."

Sie rief: „Ich werde ihn aufhalten", während sie die Treppe hinunterlief.

Ich machte ein paar Schritte, um ihr zu folgen, blieb dann aber stehen und blickte zurück in mein Zimmer. Jasper hatte die Waffe aufgehoben. „Geh nur. Gwen kann deine Hilfe brauchen." Er setzte sich in einen Sessel. „Ich warte hier mit Miss Lacey." Jasper schlug ein Bein über das andere. „Ich bezweifle, dass sie mir Schwierigkeiten machen wird, aber schick doch ein paar Constables und den Arzt hoch, wenn sie einen Moment Zeit haben."

„Das werde ich. Danke, Jasper."

„Keine Bange. Ich tue nichts lieber, als eine bewusstlose Mörderin zu bewachen. Jetzt geh. Gwen braucht dich vielleicht."

Gwen war immer eine ruhige Seele gewesen, die sich in

einem stetigen Tempo durchs Leben bewegt hatte, doch jetzt bewegte sie sich schneller, als ich sie je gesehen hatte. Als ich den Treppenabsatz über der Eingangshalle überquerte, riss sie bereits eine der schweren Haustüren auf. Die kalte Luft wehte mir ins Gesicht, als ich ihr nach draußen folgte. Das Automobil der Wache, ein leises Knurren, wurde lauter, als es um das Haus herum kam.

Gwen flog einen Zweig der doppelten, geschwungenen Treppe hinunter und rannte in den Weg des Automobils. Es kam von den Ställen um die Ecke, und die Scheinwerfer erleuchteten Gwen, als sie mit winkenden Armen darauf zulief.

Das Automobil wich ihr aus und raste über die Wiese, holperte über den Boden, bis der Scheinwerfer am Stamm einer der massiven Eichen hängenblieb. Das Automobil wurde langsam und schleuderte Gras in die Höhe, dann blieb es stehen.

Gwen lief in dem Moment, in dem das Automobil anhielt, weiter, und schlug mich um Längen. Als ich ankam, war Peter auf der Beifahrerseite ausgestiegen und ging auf die andere Seite, wo Longly und Gwen standen und sich anschrien.

„… in aller Welt hast du dir dabei gedacht, so in den Weg zu springen?" Longlys Gesicht war blass, und er gestikulierte und wedelte mit dem Arm zum Automobil. „Du hättest getötet werden können."

„Wenn du einen Moment schweigen würdest, könnte ich es dir sagen", sagte Gwen und ballte ihre Hände zu Fäusten. „Es war Deena. Sie hat Mr. Payne getötet!" Gwen winkte in meine Richtung. „Olive hat es herausgefunden, wie ich wusste, dass sie es tun würde. Ich kenne die Details nicht, aber Deena hat etwas mit deinem Automobil getan, um einen Unfall zu verursachen. Du wärst vielleicht im Fluss gelandet, wenn ich dich nicht aufgehalten hätte."

„Also bist du rausgelaufen und hast dich dem Auto-

mobil in den Weg gestellt?" Longly war auf sie zugekom-
men, doch er hatte seine Stimme nicht gesenkt. „Von all den
dummen, törichten Dingen –"

„Ich musste dich aufhalten. Ich liebe dich und konnte
dich nicht einfach fahren lassen." Gwens gereizte Stimme
übertönte sein Geschrei.

Longly erstarrte. Er verstummte, als wäre er zu Stein
geworden. Er musterte einen Moment lang ihr Gesicht und
sagte dann: „Du –" Er räusperte sich. „Du liebst mich?"

Gwen sah gedemütigt aus.

„Nun, das kannst du jetzt nicht zurücknehmen", sagte
ich zu Gwen und gab ihr einen sanften Schubs, der sie
Longly ein paar Schritte näher brachte.

Ihr Blick war auf Longly gerichtet, und ich glaube, sie
hatte nicht bemerkt, dass ich sie berührt hatte. Sie hatte
beide Hände vor den Mund gepresst, doch sie nickte mit
dem Kopf.

Longlys Gesichtsausdruck wurde weicher. Er legte seine
Hand an ihre Wange.

Peter trat vor. „Ich finde das nicht angemessen."

Longly hörte ihn nicht. Für ihn gab es nur Gwen.

Ich hakte mich bei Peter unter und zog ihn zurück zum
Haus. „Ich denke, dass wir jetzt endlich alles klären
können. Lass mich dir erzählen, was passiert ist."

KAPITEL VIERUNDZWANZIG

*A*ls Hannah am nächsten Morgen meine Taschen packte, rieb ich mir die Augen und goss mir noch eine Tasse Tee ein. Es war schon früher Morgen gewesen, als ich mich endlich ins Bett zurückgezogen hatte. Deena würde bald des Mordes an Payne angeklagt, und wir konnten alle gehen.

Nachdem sich alles beruhigt hatte und Longly sich von Gwen losreißen konnte, war ich gerade dabei gewesen, Longly Deenas fehlendes Paar Schuhe zu beschreiben, als der Sergeant, der sich Notizen gemacht hatte, seinen Bleistift weglegte und sich räusperte. „Entschuldigen Sie bitte."

Longly hatte von seinem Notizbuch aufgeblickt, als der Sergeant fortfuhr: „Ich glaube, ich habe einen Schuh in der Verbrennungsanlage gesehen, als ich sie durchsucht habe. Er lag auf der Seite und war nur ein bisschen verkohlt. Ich habe ihn nicht herausgeholt, weil wir zu diesem Zeitpunkt nur nach Fotos gesucht haben."

Longly hatte ihn losgeschickt, um die Verbrennungsanlage zu überprüfen, und der Sergeant war mit einem Frauenschuh zurückgekehrt. „Ich konnte nur den einen finden,

Sir", hatte er entschuldigend gesagt. Das Bündel, das er in der Hand hielt, roch stark nach Rauch – er hatte seinen Fund in eine alte Zeitung gewickelt –, doch der Schuh selbst war intakt, und es war genug Stoff übrig, um zu sehen, dass er einst königsblau gewesen war. Zu diesem Zeitpunkt kümmerte sich der Arzt um Deena und richtete ihr Bein. Longly hatte dem Sergeant gesagt, er solle Deena, sobald sie fertig waren, mit einem der Automobile des Anwesens zum Polizeirevier bringen, da die Lenkung des Wagens der Wache nicht funktionierte.

Ich griff nach der Teekanne und betrachtete mein Gepäck, das Hannah bei der Tür aufgestapelt hatte, bevor sie mein Zimmer verlassen hatte. In den letzten Tagen hatte Paynes Ermordung meine Sorgen, eine neue Unterkunft zu finden, in den Schatten gestellt, doch nachdem Peter von jedem Verdacht entlastet war, rückte mein Problem des Mangels an Wohnraum wieder scharf in den Fokus.

Ein Klopfen an meiner Tür ertönte, und Gwen steckte ihren Kopf ins Zimmer. „Oh, gut. Du bist wach." Sie bemerkte meinen Koffer und meine Reisetasche. „Und bereit abzureisen, wie ich sehe."

„Ja. Das Problem ist, dass ich nicht sicher bin, wohin ich gehe." Gwen setzte sich auf das Bett. „Wirst du nach London zurückfahren?"

„Ich muss. Ich habe noch ein paar Tage im Haus von Mrs. Gutler. Danach bin ich mir nicht sicher, was ich tun werde. Vielleicht könnte ich meine zusätzlichen Koffer und Kisten hier lassen?"

„Natürlich. Und du weißt, dass du auch hierher zurück-kommen und hier bleiben – oder einfach jetzt bleiben kannst."

„Nein, das kann ich nicht. Ich muss mich in London nach einer Unterkunft umsehen, auch wenn es ein schmud-deliges Zimmerchen oder eine feuchte Wohnung ist. Ich mag, was ich tue. Ich meine, Menschen zu helfen."

„Nun, du hast Peter sicherlich geholfen. Er war im Morgengrauen unterwegs, um nach seinen Bienen zu sehen. Dann hat er später heute eine Besprechung, um den Honig in Nether Woodsmoor und ein paar anderen Dörfern in der Umgebung zu verkaufen. Es besteht sogar die Möglichkeit, dass Geschäfte in London ihn verkaufen wollen."

„Das ist wunderbar." Ich stellte meine Tasse ab. Gwen kannte Peter besser als jeder andere. „Glaubst du, dieser Vorfall hat ihn zurückgeworfen?"

Gwen dachte einen Moment nach, bevor sie antwortete. „Es hat eine Weile düster ausgesehen, aber heute Morgen wirkte er sonnig und optimistisch – na ja, so sonnig und optimistisch, wie man mit einem blauen Auge aussehen kann. Es ist heute ein schreckliches Gelbgrün, aber das bedeutet, dass es Gott sei Dank fast verheilt ist." Sie nickte kurz. „Ich denke, es wird ihm gut gehen, besonders wenn er weiter viel Zeit draußen verbringt und mehr Verantwortung von Vater übernehmen kann. Wenn er beschäftigt ist, hilft ihm das."

Gwen hob eine Hand, um eine Haarsträhne hinter ihr Ohr zu streichen, und ich beugte mich vor. „Gwen, ist das ein neuer Ring?"

Ein langsames Lächeln breitete sich auf ihrem Gesicht aus, als sie mir ihre Hand entgegenstreckte, die Finger gespreizt und die Handfläche nach unten gerichtet. „Ja."

Ich bewunderte den Ring, als sie ihre Hand so anwinkelte, dass der zierliche Stein das Licht einfing. „Er ist wunderschön", sagte ich. „Und es ist typisch für dich, dass du heute Morgen zuerst nach mir fragst, anstatt mir deine Neuigkeiten zu erzählen."

Ihre Wangen röteten sich in einem leuchtenden Rosa, und sie richtete den Stein so aus, dass er in der Mitte ihres Fingers saß. „Lucas hat ihn mir gestern Abend gegeben."

„Nachdem du ihn gerettet hast."

„Oh, ich würde nicht sagen, dass ich ihn gerettet habe –"

„Du hast ihn gerettet", sagte ich mit Nachdruck. „Diese Kurve am Fluss ist gefährlich." Gwen rutschte auf dem Bett hin und her, und ich konnte sehen, dass ihr das Lob unangenehm war. „Es ist wahr", sagte ich.

„Nun, was auch immer es war, es hat ihn schließlich davon überzeugt, dass ich ihn liebe."

„Hat er das vorher nicht bemerkt?"

„Er hatte die dumme Idee, dass ich nicht die Frau eines Polizisten sein will. Als ob es mich interessieren würde, ob ich in Parkview Hall wohne oder in seiner kleinen Wohnung in London – die übrigens nicht feucht oder heruntergekommen ist."

„Das dachte ich auch nicht. Ich glaube, er ist einer der Stars von Scotland Yard. Er hat eine glänzende Zukunft vor sich."

„Das denke ich auf jeden Fall."

„Wo ist er jetzt?"

„Er ist jetzt bei Ross und lässt den Wagen der Wache untersuchen. Ross sagte, der neue junge Mann, den er vor ein paar Wochen eingestellt hat, um im Garten zu helfen, ist verschwunden." Gwen rümpfte die Nase. „Das hätte ich dir wahrscheinlich nicht sagen sollen. Ich werde als Frau eines Inspectors lernen müssen, viel diskreter zu sein."

„Du musst dir keine Sorgen meinetwegen machen. Du weißt, dass ich nicht darüber reden werde."

„Du bist diskret, und ich bin sicher, dass die Neuigkeiten sowieso in ein paar Stunden in Parkview und im Dorf bekannt sein werden."

„Also ist der Mann weg?"

„Ja, Ross hat gesehen, wie er den Stall zu einer Zeit verlassen hat, in der er keinen Grund hatte, dort zu sein. In den Dienstbotenquartieren heißt es, er hat gestern Abend im White Duck angehalten und eine Runde für alle gekauft, behauptet, er hätte Glück gehabt, und dann ist er nach Upper Benning gefahren. Deena muss ihn bezahlt haben, das Automobil zu sabotieren."

„Es scheint eine Angewohnheit von ihr zu sein, mit Geld um sich zu werfen, um zu bekommen, was sie will."

„Nun, Lucas sagt, dass alles Geld der Welt ihr jetzt nicht helfen wird."

Ein kräftiges Klopfen ertönte an der Tür, und Sonia kam herein, blieb dann aber an der Türschwelle stehen. „Oh, tut mir leid. Ich komme später zurück."

Gwen stand auf. „Nein, ich lasse euch zwei allein." An der Tür blieb sie stehen. „Olive, und bitte mach noch keine Pläne für Juni."

Gwen schloss die Tür, und Sonia machte ein paar Schritte in den Raum, dann zögerte sie, die Hände vor der Taille gefaltet.

„Scheint, dass es im Juni eine Doppelhochzeit geben wird", sagte ich und wünschte mir, ich könnte mir auf die Zunge beißen, weil Sonia so darauf bedacht war, mich heiraten zu sehen.

Aber sie überraschte mich und sagte nur: „Ich hoffe, Gwen und der Inspector werden sehr glücklich." Sonia räusperte sich. „Ich habe gestern ein paar verletzende Dinge gesagt und bin gekommen, um mich zu entschuldigen."

Sonia sah aus wie jemand, der ins Büro des Schulleiters gerufen worden war. Ich deutete auf einen Sessel und sagte: „Du bist nicht die Einzige, die sich entschuldigen sollte. Ich hatte einen ziemlich dunklen Verdacht gegen dich, und das tut mir leid."

Sonia saß mit geradem Rücken da, die Hände im Schoß gefaltet. „Jetzt, wo ich Zeit hatte, darüber nachzudenken, kann ich verstehen, dass du annehmen musstest, dass ich in den Tod verwickelt war. Als ich dich um Hilfe gebeten habe, wusste ich nicht, dass du so an der Wahrheitsfindung interessiert warst. Ich konnte nur daran denken, mich zu schützen, mein Geheimnis zu bewahren. Aber du wolltest wissen, was wirklich passiert war. Ich sehe jetzt, dass du genauso nach der Wahrheit strebst, wie ich meinen Patienten helfen wollte, sich zu erholen."

Hätte ich nicht schon gesessen, hätte ich abrupt Platz nehmen müssen.

Sonia lachte kurz und starrte auf ihre verschränkten Finger. „Du bist überrascht, dass ich das gesagt habe. Ob du es glaubst oder nicht, ich bewundere dich. Ich dachte, eine Ehe wäre das Beste für dich, aber anscheinend hast du etwas gefunden, das zu dir passt." Ein Anflug eines Lächelns huschte über ihr Gesicht. „Zumindest für den Moment. Aber schreibe das Eheleben nicht ganz ab."

„Apropos", sagte ich, „dein Geheimnis ist bei mir sicher."

Sonia seufzte und ihre Haltung entspannte sich. „Du musst es nicht geheim halten – zumindest nicht vor deinem Vater. Ich habe ihm letzte Nacht alles erzählt, also ist es mir jetzt egal, ob Inspector Longly herausfindet, dass ich einst mit Simon Adams verheiratet war, der irgendwann Mr. Payne wurde. Es ist eine enorme Last, die mir von meinen Schultern genommen wurde. Der Inspector scheint jedoch nicht geneigt zu sein, die Vergangenheit von Mr. Payne eingehender zu recherchieren. Inspector Longly sagte, es gibt genügend Beweise gegen Miss Lacey."

„Wie hat Vater die Nachricht aufgenommen?", fragte ich.

„Ich hatte solche Angst, dass er wütend werden würde, aber das war er nicht. Er war enttäuscht, dass ich es ihm nicht gesagt hatte – und verletzt." Sie hielt inne, holte tief Luft und fuhr fort: „Dein Vater hat hohe Ansprüche, aber er verzeiht auch. Cecil sagte mir, er wünschte, ich hätte ihm genug vertraut, um ihm die Wahrheit zu sagen, aber er habe selbst viele Fehler gemacht. Die Dinge sind jetzt ein bisschen – angespannt – zwischen uns, aber ich denke, wir werden das durchstehen."

„Ich bin froh", sagte ich und meinte es so.

„Danke. Ich weiß das zu schätzen." Ihr besorgter Blick kehrte zurück, als sie hinzufügte: „Cecil hat vor, den Bischof zu kontaktieren und zu erklären, was passiert ist. Die Idee gefällt mir nicht, aber dein Vater hat mir versichert, dass man sich darauf verlassen kann, dass der Bischof die Details vertraulich behandeln wird. Cecil sagt, da ich wirklich geglaubt habe, dass ich Witwe war, als wir geheiratet haben, wird alles gut."

„Ich bin sicher, das wird es. Schließlich hat die britische Regierung geglaubt, dass er tot war."

„Ja, das ist wahr", sagte sie etwas erleichterter.

Meine Güte, ich beruhigte Sonia – das war etwas, von dem ich nie gedacht hätte, dass es jemals passieren würde. Ich hatte sie immer als störenden, herrischen Eindringling betrachtet, doch so konnte ich sie mir nicht mehr vorstellen, nicht jetzt, wo ich ihre Vergangenheit kannte.

Sonia stand abrupt auf und strich ihre langen Röcke glatt. „Ich muss gehen." Sie wandte sich von der Tür ab, zögerte und sagte dann: „Vielleicht kommst du auf eine Tasse Tee in Tate House vorbei, bevor du nach London zurückkehrst?"

„Das würde mir sehr gefallen."

Sie nickte und verließ dann das Zimmer.

Ich zog meine Mütze und Handschuhe an. Wenn mir jemand bei meiner Abreise aus London gesagt hätte, dass Sonia und ich vor meiner Rückkehr eine zaghafte Beziehung aufbauen würden, hätte ich es nicht geglaubt. Ich war mir nicht ganz sicher, ob die Situation von Dauer sein würde, aber sie gefiel mir besser als die Spannung, die unsere Beziehung immer geprägt hatte. Ich nahm meine

Handtasche und traf Miss Miller im Flur. Gemeinsam gingen wir die Treppe hinunter. „Fahren Sie heute nach Hause?", fragte ich sie.

„Das tue ich. Dieser nette Inspector hat mir meinen Brief zurückgegeben." Sie tätschelte die Tasche ihres Kleides. „Ich habe vor, nächste Woche für ein Bridge-Turnier, das Caroline veranstaltet, nach Parkview zurückzukehren. Werden Sie auch hier sein?"

„Ich glaube nicht." Ich hoffte aufrichtig, dass ich nächste Woche eine neue Unterkunft in London gefunden haben würde.

„Dann bis zum nächsten Mal, meine Liebe." Sie tätschelte meine Hand. „Vielen Dank für Ihre Hilfe. Heute Morgen stand eine Marmelade auf dem Frühstückstisch, die besonders köstlich war. Ich glaube, ich habe einen Hauch von Honig darin geschmeckt. Ich muss mir das Rezept besorgen, bevor ich gehe ..." Sie schwebte in Richtung Frühstücksraum davon.

Ich bat Brimble, mein Gepäck holen zu lassen, und drehte mich gerade um, als Mr. Davis' runde Gestalt aus Onkel Leos Arbeitszimmer auftauchte. In einer Hand hielt er einige Unterlagen, in der anderen seinen Zwicker. „Guten Morgen, Miss Belgrave", sagte er, dann wandte er sich, ohne meine Antwort abzuwarten, dem Butler zu. „Wo ist Sir Leo?"

„Er ist mit Mr. Peter auf der Nordseite des Anwesens."

„Dann ist der Inspector noch hier?"

„Nein, aber ich denke, er wird später zurückkehren."

„Benachrichtigen Sie mich sofort, wenn er ankommt. Ich muss mit ihm sprechen. Es ist dringend. Äußerst dringend."

„Sehr wohl, Mr. Davis." Brimble nickte und machte sich daran, mein Gepäck zu koordinieren.

„Sie wirken beunruhigt, Mr. Davis", sagte ich.

Er klopfte mit seinem Zwicker auf das Papier. „Das ist

ein Beweisstück. Es muss mehrere Tage auf meinem Schreibtisch gelegen haben, was beunruhigend ist, wenn man es bedenkt."

„Beweisstück? Was meinen Sie?"

„Es ist ein Brief von Mr. Payne."

KAPITEL FÜNFUNDZWANZIG

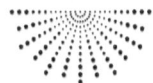

„*D*arf ich?", fragte ich Mr. Davis.

„Natürlich." Er reichte ihn mir und sagte: „Sir Leo hat ihn auf meinem Schreibtisch liegen lassen. Auf dem Umschlag hat er vermerkt, dass es sich um eine Rechnung für die Karten handelt, doch das" – er klopfte wieder mit seiner Brille auf das Papier – „ist keine Geschäftskorrespondenz. Etwas ganz anderes."

Ich blickte zu dem Umschlag auf, mit dem Mr. Davis winkte, bevor ich mich dem Brief zuwandte. Es war der Umschlag, den ich auf seinem Schreibtisch gesehen hatte, als ich Boggs angerufen hatte.

„Ich glaube, ich weiß, was passiert ist", sagte ich langsam.

„In Mr. Paynes Zimmer lag noch ein Umschlag. Ich habe ihn gesehen, als Inspector Longly das Zimmer durchsucht hat. Da war eine Rechnung für die Karten drin. Inspector Longly dachte, es sei eine Kopie der Rechnung, doch ich wette, was passiert ist, ist, dass es nur *eine* Rechnung gab, keine Kopie davon. Mr. Payne muss das Schreibpapier vom Schreibtisch benutzt haben, um die Rechnung zu schreiben. Dann hat er dasselbe Briefpapier benutzt, um diesen Brief zu schreiben. Er hat beide Zettel in Umschläge gesteckt und dann den falschen Umschlag mitgenommen und ihn Onkel Leo gegeben, weil er dachte, es sei die Rechnung für die Karten. Hat Onkel Leo den Umschlag geöffnet?"

„Nein, er öffnet Rechnungen nie. Er gibt sie mir immer direkt."

„Das ist also die Notiz, nach der Deena gesucht hat."

„Die junge Frau, die – ähm – so viel Unannehmlichkeiten verursacht hat?"

„Ja, sie hat Mr. Paynes Zimmer in der Nacht nach seiner Ermordung verwüstet und nach diesem Brief gesucht." Ich las ich ihn noch einmal langsamer durch.

Ich, Vincent Payne, war Zeuge, wie Deena Lacey ihren Cousin Bobby Stanton im November 1914 erstickt hat. Es hat sich ereignet, als ich mich in Parkview Hall als Patientin von Kriegsverletzungen erholt habe. Mir wurde das Mahagonizimmer zugewiesen, das ich mit Mr. Stanton geteilt habe.

Ich war ziemlich erschöpft und unter Medikamenteneinfluss, doch ich war mir bewusst, dass Krankenschwestern und Ärzte ein und aus gingen sowie gelegentliche Besucher wie Miss Lacey. Sie kam, um uns vorzulesen und unsere Briefe zu schreiben. Eines Tages verlor ich das Bewusstsein, als ich dachte, sie beugte sich über Mr. Stanton und hielt ihm ein Kissen über das Gesicht.

Meine Erinnerungen an diese Zeit waren verschwommen, doch mein Besuch in Parkview hat sie in den Fokus gerückt. Vielleicht hatte ich die Erinnerung unterdrückt, weil es so viele andere schreckliche Dinge gegeben hat, an die ich mich auch nicht erinnern wollte, doch als ich dort im Mahagonizimmer stand und Miss Lacey auch da war, kehrte alles wie ein Film im Kino zurück.

Ich hatte an diesem Morgen eine Dosis Medizin bekommen und mich lethargisch gefühlt. Ich öffnete meine Augen – kaum weiter als Schlitze – und sah Miss Deena Lacey neben Mr. Stan-

tons Bett stehen. Ich versuchte, wach zu bleiben, aber meine Augen schlossen sich immer wieder. Ich erinnere mich, dass ich es schade fand, dass ich nicht mit der jungen Dame sprechen konnte. Ich musste eingeschlafen sein, doch ich hörte ein Geräusch – ein seltsames Geräusch – Bewegung, als ob jemand um sich schlug. Ich öffnete meine Augen wieder, und sie drückte Stanton ein Kissen aufs Gesicht. Dann trat sie zurück und beobachtete ihn einen Moment lang. Ich wollte gerade rufen, doch als ich sah, wie sie ihn beobachtete – um sich zu vergewissern, dass er tot war – verlor ich die Nerven. Ich schloss meine Augen wieder, in der Hoffnung, dass sie glauben würde, dass ich schlief. Ich hatte Angst, dass ich der Nächste sein könnte, wenn sie wüsste, dass ich sie gesehen hatte. Als ich meine Augen wieder öffnete, war sie weg. Eine Krankenschwester kam herein, gab mir eine weitere Spritze und brachte mich zum Schweigen, als ich versuchte, ihr zu erzählen, was passiert war. Die Medizin hat gewirkt, und ich konnte nicht wach bleiben.

Als ich das nächste Mal aufgewacht bin, sagte mir die Schwester, dass Mr. Stanton in ein anderes Zimmer verlegt worden sei und Miss Lacey seit Tagen nicht zu Besuch gekommen war. Ich schwieg, weil ich dachte, ich hätte den Verstand verloren. Ich wollte nicht einer von denen sein, die Dinge sehen. Ich dachte, die ganze Sache musste ein schrecklicher Albtraum gewesen sein.

Einen Monat später erfuhr ich, dass Mr. Stanton tatsächlich gestorben war. Zu diesem Zeitpunkt zweifelte ich an meinen eigenen Erinnerungen. Hatte ich wirklich gesehen, was ich zu sehen glaubte? Waren es die Medikamente? Hatten sie mich halluzinieren lassen? Und was war mit Miss Lacey passiert? Ich habe sie in Parkview Hall nicht wiedergesehen.

Jetzt weiß ich, dass es keine Halluzination war. Als ich ihr von meiner Erinnerung erzählt habe, verriet mir ihre Reaktion mit dem erschrockenen Blick alles, was ich wissen musste. Es war wahr. Sie hatte Bobby Stanton getötet, und ich hatte sie dabei beobachtet. Ich schreibe das als eine Art Versicherungspolice auf. Miss Lacey wird mir eine ordentliche Summe zahlen, um mein

Schweigen zu gewährleisten – und ich werde ihr von diesem Brief erzählen –, doch wenn mir etwas passiert, wird es Deena sein, die es getan hat.

Ich blickte von dem Brief auf. „Wie entsetzlich."

Mr. Davis legte eine Hand an seine Krawatte. „In der Tat."

Hinter uns räusperte sich jemand, und Inspector Longly trat vor. „Miss Belgrave. Ich sehe, Sie befinden sich wie immer im Zentrum der aufregendsten Enthüllungen."

„Aber ich habe eine wichtige Neuigkeit verpasst. Herzlichen Glückwunsch zu Ihrer Verlobung."

Er errötete genau wie Gwen und lächelte. Er sah wirklich glücklich aus, als er sagte: „Danke."

„Ich freue mich darauf, Sie als Schwiegercousin zu haben."

Er sah fassungslos aus, als hätte er nicht daran gedacht. Ich reichte ihm den Zettel. „Sie werden diese Lektüre faszinierend finden", sagte ich und beschrieb, wie dieser Brief und die Rechnung vertauscht worden sein mussten.

Als ich fertig war, kam Brimble auf mich zu und fragte: „Soll ich Ihr Gepäck in Ihr Automobil laden lassen, Miss Belgrave?"

„Ja, bitte tun Sie das."

Als ich ging, begleitete Longly Mr. Davis zurück ins Arbeitszimmer und stellte Fragen zu Umschlag und Brief.

Ein paar Minuten später hatte ich mich von Tante Caroline und Gwen verabschiedet. Als ich mich nach Jasper erkundigte, sagte Brimble mir, dass Jasper bereits gefrühstückt hatte und zu einem Spaziergang aufgebrochen war.

„Wie ungewöhnlich", sagte ich. Jasper war normalerweise nicht so begeistert von Bewegung. „Nun, ich bin sicher, ich werde ihn in London sehen." Ich würde ihm eine

Nachricht schicken, sobald ich wieder in der Stadt war. Vielleicht würden wir im Savoy Tee trinken.

Der Morris wurde vorgefahren, und ich war auf halbem Weg die Treppe hinunter, als Gigi meinen Namen rief. Sie drückte Captain Inglebrooks Arm und bedeutete ihm, an der Tür zu warten, dann rannte sie zu mir. „Olive, du kannst nicht gehen. Erinnerst du dich, dass es etwas gab, worüber ich mit dir sprechen wollte?"

„Es tut mir leid. Bei allem anderen, was passiert ist, habe ich das ganz vergessen."

„Ich habe eine Ausnahme von meiner Regel gemacht, vor dem Mittag aufzustehen, nur für dich. Ich wusste, dass du so schnell wie möglich abreisen würdest, und ich muss mit dir reden. Meine Situation ist nur eine Kleinigkeit, aber ich möchte deine Hilfe."

„Meine Hilfe?"

„Es ist meine Großmutter Pearl. Sie glaubt, dass jemand versucht, sie zu töten", sagte sie in dem gleichen Ton, den jemand verwenden würde, um ein Kind zu beschreiben, das glaubte, dass es Einhörner gibt.

„Du denkst, sie bildet es sich nur ein."

Gigi neigte ihren Kopf hin und her, als ob sie sich nicht entscheiden konnte. „Nun, sie ist schwierig genug, dass ich mir vorstellen könnte, dass jemand sie töten will. Der Gedanke ist mir durch den Kopf gegangen, glaub mir, aber ich wäre nie auf die Idee gekommen, ihn umzusetzen." Gigi lächelte über ihren eigenen Scherz, doch nach der Situation in Parkview fand ich es weniger amüsant, Verwandte des Mordes zu verdächtigen. Gigi bemerkte meine gedämpfte Reaktion nicht und fuhr fort: „Aber ja, ihre Fantasie hat … ist in letzter Zeit mit ihr durchgegangen. Ich habe gehört, dass Sie in Bezug auf deine Wohnsituation ein wenig in Bedrängnis bist?"

„Das stimmt."

„Warum kommst du dann nicht in meine Wohnung in

London? Ich habe viel Platz. Wir können Großmutter besuchen, und du kannst ihr helfen zu verstehen, dass sie sich einfach geirrt hat."

„Klingt faszinierend, und ich liebe faszinierende Situationen."

„Ausgezeichnet. Ich habe Captain Inglebrook überzeugt, dass er auch einige Zeit in London verbringen sollte. Wir können Partys besuchen und einkaufen und in den besten Restaurants speisen."

„Dann bleibe ein paar Tage bei dir. Sagen wir ab nächster Woche?"

„Perfekt." Sie beugte sich vor und küsste die Luft neben meiner Wange. „Wiedersehen, Darling. Bis nächste Woche dann." Sie rannte mit wehendem Kleid wieder die Treppe hinauf.

Ich ging die Treppe hinunter und stieg in den Morris ein. Ich wollte gerade den Gang einlegen, als Jasper auf der Beifahrerseite auftauchte und einen Arm auf die Tür stützte. „Hast du noch einen Platz frei?"

„Natürlich. Soll ich dich nach London mitnehmen?"

„Oh, der ist nicht für mich." Er trat zurück und hob Mr. Quigleys Käfig. „Tante Caroline denkt, dass du und Mr. Quigley eine ziemliche Affinität füreinander habt. Sie möchte, dass du ihn nach London bringst. Sie sagt, sie schickt ihm seinen größeren Käfig, sobald du ihr deine neue Adresse gibst."

„Sie will, dass ich Mr. Quigley mitnehme?" Ich hatte kaum einen Platz zum Schlafen. Ich konnte mich nicht auch noch um einen Papagei kümmern. „Aber im Wintergarten wäre er so viel glücklicher."

„Ich habe diese Idee vorgetragen, doch Tante Caroline sagte nur für kurze Besuche. Sie will keinen Papagei als Haustier aufnehmen."

„Nun, ich auch nicht." Mr. Quigley neigte den Kopf und stieß ein Klickgeräusch aus. Ich seufzte. „Ich denke, ich kann ihn behalten, bis ich ein neues Zuhause für ihn gefunden habe."

„Wunderbar. Und da du auf dem Weg nach London bist, fahre ich mit dir bis nach Upper Benning. Mein Automobil sollte mittlerweile repariert sein. Das heißt, wenn du Platz hast", sagte er und ließ seinen Blick über das auf dem Sitz gestapelte Gepäck schweifen.

„Für dich habe ich immer Platz, Jasper."

„Das sind gute Neuigkeiten", sagte er leise.

Ich lächelte ihn an und bemerkte die zusätzliche Bedeutung, die sein Ton den Worten gab. Ich reichte ihm meinen Koffer, damit er ihn verschieben konnte, um Platz zu schaffen. „Aber für einen Papagei *und* Grigsby habe ich keinen Platz."

Jasper winkte ab. „Grigsby fährt mit dem Zug nach London zurück. Er fährt aus irgendeinem Grund nicht gerne mit mir."

Nachdem seine Taschen verstaut und Mr. Quigleys Käfig zwischen uns auf dem Vordersitz positioniert war, fuhr ich die Auffahrt hinunter. „Also, Jasper", sagte ich, „hast du jemals in Erwägung gezogen, einen Papagei zu besitzen?"

Möchten Sie informiert werden, wenn das nächste Buch über die *Detektivin mit Stil* erscheint? Melden Sie sich unter SaraRosett.com/signup für Saras Newsletter an, und erhalten Sie Empfehlungen zu ihren Krimis und Neuigkeiten zu Verkaufsaktionen und Rabatten.

DIE GESCHICHTE HINTER DER GESCHICHTE

Vielen Dank, dass Sie Olive durch einen weiteren rasanten Fall in der High Society begleitet haben. Eine meiner Lieblingsbeschäftigungen beim Schreiben von Olives Abenteuern sind die Recherchen. Da das Geheimnis dieses Buches seine Wurzeln in der Vergangenheit hatte, habe ich mich in die Geschichte des Ersten Weltkriegs vertieft und über das Leben in den Schützengräben sowie an der Heimatfront gelesen. *Lady Almina and the Real Downtown Abbey: The Lost Legacy of Highclere Castle by the Countess of Carnarvon* lieferte die Inspiration für die Beschreibungen der Umwandlung von Parkview Hall in ein Lazarett für verletzte Soldaten.

Kurz nach der Kriegserklärung im Jahr 1914 baute Lady Almina Highclere Castle in einen Ort der Heilung und Genesung um, um den dringenden Bedarf eines Landes zu decken, das nicht darauf vorbereitet war, für die enorme Zahl von Verwundeten zu sorgen. Ich war überrascht zu erfahren, dass ein gebrochener Oberschenkelknochen, wie die Verletzung von Mr. Payne, oft ein Todesurteil war. Es war die Verwendung einer speziell entwickelten Schiene, der sogenannten Thomas-Schiene, die die Überlebensrate dramatisch erhöhte.

Der einzigartige Betrug von Mr. Payne, antike Karten mit gefälschten Unterschriften zu verkaufen, basiert auf den *Lincoln Forgeries*, einem Betrug, den Eugene Field II im wirklichen Leben begangen hat. Er erbte Bücher von seinem Großvater und fälschte die Unterschrift von Abraham Lincoln darauf. Schließlich zog er einen Partner hinzu und weitete das Geschäft aus, indem er in den zwanziger und dreißiger Jahren Lincolns Unterschrift sowie die von Rudyard Kipling, Theodore Roosevelt und Samuel Clemens auf Karten, Büchern und anderen Dokumenten fälschte. Es ist wirklich ironisch, dass diese Fälschungen jetzt von Sammlern begehrt sind. Es schien genau die Art von Betrug zu sein, die Mr. Payne begehen würde. Das Fälschen von Gemälden wäre ihm viel zu viel Arbeit gewesen. Alte Karten mit Unterschriften zu versehen und Landhäuser zu besuchen, um sie an ahnungslose Sammler zu verkaufen – das würde einem faulen Betrüger gefallen.

Ich bin auch tief in die Wintergärten britischer Landhäuser eingetaucht. Ich habe Parkview Hall Chatsworth House nachempfunden. Chatsworths Orangerie ist heute der Laden des Anwesens, und es hat Spaß gemacht, bei meinem Besuch in den Büchern und Geschirrtüchern zu stöbern und mir vorzustellen, wie es gewesen sein muss, als Orangenbäume den Raum mit ihrem Duft füllten. Chatsworth beherbergte auch eines der dramatischsten „Glashäuser" der Welt. Das Great Conservatory von Chatsworth wurde unter dem Gärtner und Architekten Sir Joseph Paxton gebaut und war über 60 Meter lang und über 30 Meter breit. Es war das größte Glasgebäude seiner Zeit, als es 1836 gebaut wurde. Beheizt mit Boilern, die 12.000 Lampen befeuerten, war es ein Vorläufer des Crystal Palace, den Paxton später entwarf. Leider musste das Great Conservatory während des Ersten Weltkriegs zerstört werden, da die Kosten für seinen Betrieb zu hoch waren. Der Wintergarten in Parkview ist nicht so großartig wie das Great Conservatory, doch ich hatte die erstaunlichen Wintergärten mit ihren üppigen tropischen Pflanzen im Hinterkopf, als ich in diesem Buch über den Wintergarten schrieb.

Ein paar andere interessante Leckerbissen tauchten in meiner Recherche auf, darunter der Chanel-Anzug, den Deena beim Picknick trägt. Coco Chanel ist berühmt dafür, bequeme und stylische Kleidung aus Jersey, einem Strickmaterial, das früher für Herrenunterwäsche verwendet wurde, gefertigt zu haben. Ihr berühmter Tweed-Anzug kam Anfang der zwanziger Jahre auf den Markt. Ich fand ein Bild eines Tweed-Chanel-Anzugs aus dem Jahr 1924, der den neuen lässigen Stil populär machte. Ich wusste, dass Deena, die immer auf dem neuesten Stand der Mode war, ihn bei seinem Debüt in Paris sofort gekauft hätte.

Ein anderes Kaninchenloch, in das ich bei meiner Recherche gekrochen bin, waren die Lesegewohnheiten von Soldaten während des Krieges. Die Truppen wurden mit Büchern versorgt, und die Kommandanten berichteten, dass ihre Männer eine Vorliebe für Jane Austen hätten, was mich überhaupt nicht überrascht. Gibt es einen besseren Weg, den Wirren des Krieges zu entkommen, als mit einem von Austens Romanen, die voll von sanftem Humor und tiefer menschlicher Emotion sind. Ein weiterer Lesefavorit in den zwanziger Jahren war *The Thirty-Nine Steps*, das 1915 veröffentlicht wurde. Ich hatte nur die schwarz-weiße Hitchcock-Filmversion des Romans gesehen, doch nachdem ich erfahren hatte, dass es ein so beliebtes Buch war, las ich es beim Recherchieren. Ein Vorbehalt in Bezug auf das Buch: Eine Figur in *The Thirty-Nine Steps* hat eine erschreckende antisemitische Haltung, die schließlich diskreditiert wird. Das atemlose Tempo einer der ersten „Mann auf der Flucht"-Geschichten war so beliebt, dass es

Filme wie *North by Northwest* und *The Bourne Identity* beeinflusste.

Nochmals vielen Dank fürs Lesen! Sehen Sie sich mein Pinterest-Board an, um mehr über die Orte und Menschen zu erfahren, die das Buch inspiriert haben. Melden Sie sich für meinen Newsletter unter SaraRosett.com/signup an, um meine Leseempfehlungen sowie Updates zu kommenden Büchern und Verkaufsaktionen zu erhalten. Ich würde gerne mit Ihnen in Kontakt bleiben!

ÜBER DEN AUTOR

USA Today Bestsellerautorin Sara Rosett schreibt unterhaltsame Kriminalgeschichten für unbeschwerte Lesestunden für LeserInnen, die interessante Schauplätze, skurrile Charaktere und Rätsel mögen.

Publishers Weekly lobt Saras "gekonnten Schreibstil" und bezeichnet ihre Werke als "erfrischend" und "schillernd".

Sara freut sich über jeden neuen Stempel in ihrem Pass und egal, wohin die Reise geht, dunkle Schokolade ist stets mit im Gepäck.

Erfahren Sie mehr unter: www.SaraRosett.com

BÜCHER VON SARA ROSETT

Registrieren Sie sich unter *SaraRosett.com/signup* für Saras
Newsletter, um exklusive Inhalte sowie weitere Informationen
über Neuerscheinungen zu erhalten.

Detektivin mit Stil

Mord auf Archly Manor

Mord auf Blackburn Hall

Der Mumienmord

Mord im Gesellschaftsanzug

Mord in Mayfair

Mord Um Mitternacht

Murder at the Mansions

Murder on Location

Death in the English Countryside

Death in an English Cottage

Death in a Stately Home

Death in an Elegant City

Menace at the Christmas Market (novella)

Death in an English Garden

Death at an English Wedding

On the Run

Elusive

Secretive

Deceptive

Suspicious

Devious

Treacherous

Ellie Avery

Moving is Murder

Staying Home is a Killer

Getting Away is Deadly

Magnolias, Moonlight, and Murder

Mint Juleps, Mayhem, and Murder

Mimosas, Mischief, and Murder

Mistletoe, Merriment, and Murder

Milkshakes, Mermaids, and Murder

Marriage, Monsters-in-law, and Murder

Mother's Day, Muffins, and Murder